论语言在文学和科学间的转换
——基于房龙作品的科普价值研究

刘光宇　著

科学技术文献出版社
·北京·

图书在版编目（CIP）数据

论语言在文学和科学间的转换：基于房龙作品的科普价值研究 / 刘光宇著. —北京：科学技术文献出版社，2017.7
ISBN 978-7-5189-2690-9

Ⅰ.①论… Ⅱ.①刘… Ⅲ.①房龙（Van Loon, Hendrik Willem 1882—1944）—文学语言—研究 Ⅳ.① I712.06

中国版本图书馆 CIP 数据核字（2017）第 103241 号

论语言在文学和科学间的转换——基于房龙作品的科普价值研究

策划编辑：孙江莉　　责任编辑：崔灵菲　白建刚　　责任校对：张吲哚　　责任出版：张志平

出　版　者	科学技术文献出版社
地　　　址	北京市复兴路15号　邮编 100038
编　务　部	（010）58882938，58882087（传真）
发　行　部	（010）58882868，58882874（传真）
邮　购　部	（010）58882873
官 方 网 址	www.stdp.com.cn
发　行　者	科学技术文献出版社发行　全国各地新华书店经销
印　刷　者	虎彩印艺股份有限公司
版　　　次	2017年7月第1版　2017年7月第1次印刷
开　　　本	710×1000　1/16
字　　　数	170千
印　　　张	11
书　　　号	ISBN 978-7-5189-2690-9
定　　　价	58.00元

版权所有　违法必究

购买本社图书，凡字迹不清、缺页、倒页、脱页者，本社发行部负责调换

自 序

源远流长者——文学（Literature）。
洋洋大观者——艺术（Art）。
探天究地者——科学（Science）。
推陈出新者——技术（Technology）。

　　Literature、Art、Science、Technology 这 4 个在英文中泾渭分明的单词，到了中文的日常语境当中，却被文艺和科技这两朵浮云遮望，导致文学与艺术及文艺常常被混用，科学与技术和科技大多被混为一谈。由此足以管窥中国语言的"逻辑"特色：许多习以为常的概念，一旦深入学术层面"较真儿"，便陷入无止境的众说纷纭、永远的莫衷一是。概念既已如此不定，建诸其上的话语体系又何异于沙滩上的城堡？或有开篇界定，亦难免自说自话。佛祖言"不可说，不可说，一说即是错"，至禅宗主张"不立文字，教外别传。直指人心，见性成佛"。道祖言"道可道，非常道""信言不美，美言不信"，至庄子提出"意之所随者，不可以言传也"。可见语言在中国思想界的配角地位由来已久。

　　而在西方思想界，语言却是亘古主角。以"两希"文化渊源观之，古希腊的 logos 概念本意即为说话之意，概念、判断、推理都需经其拷问，德里达更是把西方哲学传统判定为"逻各斯中心主义"。自亚里士多德以降的"三段论"演绎模式则定型了西方人重视语言形式、重视理性思辨的特点。而希伯来文化中的上帝造世也是通过语言来完成，"上帝说要有光，于是就有了光……"及至现代，海德格尔提出"语言是存在之家"，维特根斯坦认为"语言的界限就是世界的界限"。两位巨擘都从"存在论"的高度审视语言，指出传统形而上学只会导致语言的实体化和对象化，造成语言的凝固性和僵化性；主张语言具有流动性、开发性，倡导人们在具体生活的使用过程中恢复语言的源初意义。

　　语言在中西思想界的地位虽大相径庭，但无分优劣。二者可以互为借鉴、互相参照。无论充当主角还是配角，语言都是人类表达思想的首选工具。至少在人工智能实现心灵感应的规模化应用之前，语言比表情、眼神、动作、图画、曲调都更为普适、更为丰富、更为高效。这就将语言从哲学的层面落实到了实操层面——文学领域。这一领域不仅包括戏剧、诗词歌赋、散文、小说等狭义的范围，也涵盖了公文、新闻、论文等更为宽广的范畴。凡需语言表达之领域，皆有文学之规律。词法、句法、章法，谋篇布局皆有法度；修辞、节奏、音律，处处技巧不失规矩。文学领域具有历史性，随着人类文明的进步而扩展。文学规律具有成长性，随着人类语言的实践而丰富。文学要保持旺盛的生命力，就绝不可固守传统的"一亩三分地"，而应随着人类社会的发展不断开疆拓土。正如清代画家石涛曾提出的艺术思想："笔墨当随时代，犹诗文风气所转。"

人类社会的发展无外乎人文思想、社会生活和科学技术三大主线。文学均可以忠实地记录、可以艺术地反映、可以抒情地讴歌。近代以前，文学更多地着眼于人文思想和社会生活，突出表现为文艺复兴运动和启蒙运动。此后，除了国际共产主义运动，这两条主线未再有革命性突破。近代以降，科学技术因其突飞猛进的发展，逐渐挤入文学的视野，出现了科普文学和科幻小说。当前，全球正处于新一轮科技革命和产业变革从蓄势待发到群体迸发的关键时期，科学发现日新月异，技术发明层出不穷，文学只有向科学技术领域寻求突破，才能避免沉入"文学已死"的命题。这必然涉及语言在科学与文学间的转换。然而，语言的这种转换是可能的吗？

首先，语言的这种转换在理论上站得住。英国文学理论家瑞恰慈较早致力于厘清文学语言和科学语言的差异，总结出文学语言是某种虚拟性的语言，无关真伪。而科学语言则是对事实或真相的客观表述，关乎真伪。文学语言偏重于情感的表现，而科学语言服务于意思的表达。法国哲学家利科则运用了一种极限思维，认为人类的整体语言系统存在着两极，一极强调语言的精确性和明晰性，另一极则追求语言的含混性和歧义性。如果对应人类活动的不同领域，前者可称为科学语言，后者可称为诗歌语言。著名文学理论家雅各布森进一步提出，任何语言交往行为都是发送者将信息传递给接受者，但是，由于目标指向的不同，语言的功能或用法就有所差异。据此，他把语言区分为6种基本功能：情绪、意动、诗歌、指称、交际和元语言。这其实在科学语言和文学语言之间的中间地带标上了刻度。

其次，语言的这种转换在实践中行得通。我曾经从事中华文化对外传播的新闻媒体采编工作，后长期从事公文写作和科技经济政策的研究与制定，同时还要不时撰写学术论文反映自己的研究成果，对语言在不同文体间的转换产生了直接需求和直观兴趣，遂入读北京语言大学比较文学与世界文学专业，主攻跨文化研究方向博士。在广泛的涉猎中，一度流连于雨果、歌德、卡夫卡、福楼拜、莫泊桑等文豪作品之间，但觉文学味过浓，不够实用；后涉猎凡尔纳等科幻作家，以及法布尔、布封、米·依林、詹姆斯·金斯等科普名家，又觉科学味过浓，略输文采。直到邂逅美国畅销书作家亨德里克·威廉·房龙的作品，顿觉大获我心、爱不释手。其内容之广博，令我五体投地；其文笔之传神，让我自叹弗如。房龙的作品具有丰富而多元的价值，单从科普价值的角度切入，其对语言在科学与文学间的转换早已游刃有余，堪称典范。

我们已经身处人尽可言的自媒体时代，传统的新闻、出版、广电都已失去了神圣的色彩。面对万物互联，面对人工智能，面对大数据与云计算，精神产品的供给与需求已不亚于物质产品的市场繁荣。快餐一样的生产，快餐一样的流通，快餐一样的消费。张甲李乙也能续写《红楼梦》，阿猫阿狗亦敢摹写太史公。也曾幻想中国有我领呐喊，也曾憧憬文坛从此不彷徨。然而置身璀璨的流星雨中，纵使鲁迅再生，未必能再脱颖而出。读者每读一本书都是一次时间、精力和热情的"风险投资"。保本的办法往往保守——重读经典，房龙作品即在其中，而鄙见附会其上如狗尾续貂，恰似鲁迅先生所写："今人标点古书而古书亡，因为他们乱点一通，佛头着粪：这是古书的水火兵虫以外的三大厄。"但于我而言，这绝非最好的时代，也不算最坏的时代；这谈不上智慧的岁月，也无所谓愚蠢的岁月；这是信仰的时期，也是怀疑的时期；这是氤氲的时节，也是晦暗的时节；这是希望之春，也是失望之冬。世人手中应有尽有，世人面前一无所有；人们正在直登天堂，人们正在直下地狱。书不尽言，言不尽意。言之者无罪，闻之者足以戒。开卷有益，不揣冒昧！是为序。

刘光宇于京潘家园
2017 年 6 月 9 日

目 录

第一章 绪 论 …………………………………………………… 1
第一节 研究目的与意义 ………………………………………… 1
第二节 国内外相关研究现状 …………………………………… 5
第三节 本书的主要界定和创新点 ……………………………… 15

第二章 房龙的人生经历对其文学创作的影响 ………………… 18
第一节 房龙写作的素质积累与习惯养成 ……………………… 19
第二节 博士的学养和语言的锤炼 ……………………………… 25
第三节 交游与市场对写作的提升 ……………………………… 29

第三章 房龙的创作分期、内容特点及其本质 ………………… 35
第一节 《人类的故事》及其掩映下的前期创作 ……………… 35
第二节 《伦勃朗的人生苦旅》：中期的严肃文学孤峰 ……… 43
第三节 巅峰《人类的家园》及之后的晚年创作 ……………… 46
第四节 房龙作品的内容特点 …………………………………… 51
第五节 房龙的创作本质：讲故事 ……………………………… 54

第四章 房龙作品对科技知识的普及 …………………………… 58
第一节 天文科学知识 …………………………………………… 58
第二节 地理科学知识 …………………………………………… 63
第三节 大气科学知识 …………………………………………… 67
第四节 海洋科学知识 …………………………………………… 71
第五节 人类科技实践 …………………………………………… 76

第五章 房龙作品对科学方法的介绍 …………………………… 85
第一节 观察方法 ………………………………………………… 85
第二节 测量方法 ………………………………………………… 92

第六章 房龙作品蕴含的科学思想分析 ·········· 98
第一节 科技"双刃剑"的辩证思想 ·········· 98
第二节 生物进化思想 ·········· 103
第三节 人和自然协调发展的思想 ·········· 112

第七章 房龙作品对科学精神的弘扬 ·········· 119
第一节 泰勒斯等人体现的古希腊科学精神 ·········· 120
第二节 培根代表的中世纪科学精神 ·········· 126
第三节 达·芬奇代表的文艺复兴时期科学精神 ·········· 131
第四节 笛卡尔代表的近代科学精神 ·········· 134

第八章 房龙作品科普价值的启示 ·········· 137
第一节 传统的文学语言理论需要批判 ·········· 137
第二节 科普文学的陈旧理念需要突破 ·········· 143
第三节 文学科普的创作实践需要完善 ·········· 146

第九章 结 语 ·········· 156

参考文献 ·········· 158

跋 ·········· 165

第一章 绪 论

第一节 研究目的与意义

文学的价值何在？文学的功能何在？文学的生命何在？这些都是文学研究者难以回避的重大理论问题。无论是亚里士多德的模仿说，还是刘勰的"原道"说，抑或是基于文学四要素（作者/作品/读者/世界）的实用说、独立说、体验说、表现说、再现说……古今中外，对这些理论问题的解答众说纷纭。

然而，歌德在《浮士德》中写得好："尊贵的朋友，所有理论都是灰色的，生活的金树常青。[①]"对此道理，列宁在《论策略书》中做了更为具体的诠释："现在必须弄清一个不容置辩的真理，就是马克思主义者必须考虑生动的实际生活，必须考虑现实的确切事实，而不应当抱住昨天的理论不放，因为这种理论和任何理论一样，至多只能指出基本的、一般的东西，只能大体上概括实际生活中的复杂情况。'我的朋友，理论是灰色的，而生活之树是常青的。'[②]"

具体到文学领域，在众多文学理论专著中，笔者与南京大学周宪教授的《文学理论导引》有颇多共鸣，常常引以为据。其中提出："关于如何研究文学，古往今来人们积累了许多理论和方法……但是，无论主张哪种理论和方法，首先必须明白，文学研究一定是立足于文学文本，此乃文学理论研究的基点。文学理论是关于文学的理论，当然也就是通过解析文学文本而发展起来的理性思考。离开了文学文本，文学理论就成了无源之水、无本之木。把文本视为文学理论的基点，意在强调文本阅读和解释的重要性，因为文本分析就是基于文本的阅读经验。可以说，文学理论说到

[①] 歌德. 浮士德. 绿原，译. 北京：人民文学出版社，1994：57.
[②] 中央编译局. 列宁全集：第29卷. 北京：人民出版社，1986：139.

底就是基于文学文本及其阅读经验的理论思考。①"

众所周知，科普是当今中国不可或缺的社会教育形式。这既为文学发挥其教育功能和认识功能提供了舞台，也与"文以载道"的中国传统文学主张相一致。虽然人类已经步入信息化时代，但科技的日新月异不等于科普的与时俱进。尤其是当前的中国社会，层出不穷的微信流言，举不胜举的"大师""神功"，都暴露出国民科学素养的缺失。当此现状，文学正该奋起出手，在科普的方向上丰富文学的实用价值，增强文学的生命力。

本书秉承"实用说"的文学观念，兼顾文学的审美功能，主张科普是文学义不容辞的责任，文学是科普不可或缺的手段。全书基于美国畅销书作家房龙的作品文本，以叙事批评为主，运用文学语言的"拟陈述说""歧义说""突出说"等相关理论，重点分析房龙以文学语言书写科学内容的特色。最终，笔者基于自身的阅读经验，总结房龙作品对文学科普的启示，力求集众家所长，成一家之言，能自圆其说。

房龙全名亨德里克·威廉·房龙（Hendrik Willem Van Loon, 1882—1944），祖籍荷兰，后移民美国，是20世纪上半叶红极一时的畅销书作家。"他的作品赢得了良好的声誉，因为他能够吸引广大既有读书愿望又缺乏深厚理论功底的读者。②"就数量而言，房龙终生笔耕不辍，著作等身；就质量而言，房龙作品遍布世界，畅销不衰。为了便于本书的研究，笔者对房龙的主要作品进行了梳理，对不同版本的译名进行了去伪存真、去粗取精的处理，并做了相关备注，按照出版年份排序，如表1-1所示。

表1-1 房龙主要作品

序号	作品名称	出版年份	出版商	备注
1	《荷兰共和国的衰亡》	1913	霍顿·米夫林公司	处女作：由博士论文改写而成，业界评论尚可，市场表现欠佳
2	《荷兰王国的兴起》	1915	道布尔戴-佩奇公司	市场表现欠佳
3	《荷兰航海家宝典》	1916	世纪公司	市场表现欠佳
4	《上古的人：文明的开端》	1920	博尼和利弗奈特公司	畅销的序曲，后基本纳入《人类的故事》第一章
5	《人类的故事》	1921	博尼和利弗奈特公司	成名作，第一座畅销高峰

---

① 周宪. 文学理论导引. 北京：高等教育出版社，2014：3.
② 房龙. 房龙文集. 李丽娜，译. 北京：北京出版社，2001：序.

续表

序号	作品名称	出版年份	出版商	备注
6	《圣经的故事》	1923	博尼和利弗奈特公司	饱受宗教争议
7	《宽容》	1925	博尼和利弗奈特公司	英国版名为《人类的解放》
8	《美国的故事》	1927	博尼和利弗奈特公司	与《人类的故事》《圣经的故事》构成房龙三部曲。也有译名为《美国史事》
9	《奇迹与人》	1929	博尼和利弗奈特公司	房龙自己倾向的书名为《万能的人类》。中译名较乱，有的改名为《发明的故事》，与《上古的人》合译成《人类征服的故事》等
10	《伦勃朗的人生苦旅》	1930	博尼和利弗奈特公司	文学成就的代表作，证明房龙的多元创作风格
11	《人类的家园》	1932	西蒙和舒斯特公司	第二座畅销高峰。美国版名为《房龙的地理》
12	《船舶及它们如何在海上航行》	1935	西蒙和舒斯特公司	一般作品
13	《人类的艺术》	1937	西蒙和舒斯特公司	第三座畅销高峰，美国版名为《艺术》
14	《欧洲印刷史话》	1938	图书制造商协会	一般作品
15	《西方美术简史》	1938	全国艺术鉴赏委员会	一般作品
16	《我们的奋斗》	1938	西蒙和舒斯特公司	反纳粹主题，销量一般
17	《太平洋的故事》	1940	哈考特－布雷斯公司	一般作品
18	《巴赫传》	1940	西蒙和舒斯特公司	一般作品
19	《天堂对话》	1942	西蒙和舒斯特公司	最后一座畅销高峰。有的译名为《与世界伟人谈心》
20	《托马斯·杰弗逊》	1943	多德－米德公司	一般作品
21	《西蒙·玻利瓦尔》	1943	多德－米德公司	一般作品
22	《古斯塔夫·瓦萨传》	1945	多德－米德公司	一般作品
23	《致天堂守门人》	1947	西蒙和舒斯特公司	未完成的自传

注：房龙一生的各类作品约计50部，本书仅择其知名度较高且有国内译本的23部。

笔者通读了上述作品中的大多数,并对其中的畅销代表作逐一做了文本细读,发现其中的许多内容都涉及天文科学、地理科学、大气科学、海洋科学、生命科学、航海技术、工程技术及科技史、科学家逸事等内容。这些科学内容被房龙以文学的语言书写得深入浅出,往往令读者豁然开朗、过目难忘,读来不忍释卷。随着房龙作品在世界范围的畅销不衰,这些科学内容被广泛普及开来,影响了全球一代又一代读者。

究其根源,房龙的作品实现了鲜活文学语言对严谨科学内容的跨越性阐释,把科学技术的发展融入人类文明史来讲述,"文不甚深,言不甚俗",为读者所喜闻乐见,堪称用文学手法普及科学内容的大师级作家。正如中国现代著名作家郁达夫所评价:"房龙的这一种方法,实在巧妙不过,干燥无味的科学常识,经他那么的一写,无论大人小孩,读他的书的人,都觉得娓娓忘倦了。你一行一行的读下去,就仿佛是和一位白胡须的老头儿进了历史博物馆在游览。你看见一件奇怪的东西,他就告诉你一段故事。说的时候,有这老头儿的和颜笑貌,有这老头儿的咳嗽声音在内。你到了读完的时候,就觉得这老头儿不见了,但心里还想寻着他来,再要他讲些古代的话给你听听。房龙的笔,有这一种魔力。但这也不是他的特创,这不过是将文学家的手法,拿来用以讲述科学而已……从前试过的人,也许有过,但是成功的,却只有房龙一个。[1]"

因此,无论房龙是否被定位为科普作家,无论其是否曾立意撰写科普作品,无论其作品的主题是历史、社会、政治还是科技,本书立足"读者生产"的批评立场认为,房龙的作品在客观上确实具备了丰富的科普价值。本书的研究目的就是要提炼出房龙作品中的这些科普价值、分析透这些科普价值,举一反三、触类旁通,从中提取对文学科普的启示。

本书的理论意义在于:活学活用一般文学理论和文学批评方法,具体分析房龙的文学创作、作品特点及其读者的文学消费与接受,在广义文学的理论框架内,沿着文学功能实用说的方向,向具体的科普功能延展,本质上是对一般文学理论阐释范围的扩展,促成了文学理论在这一具体方向的生长。本书的实践意义在于:尝试从房龙的创作实践中总结出一套运用文学语言普及科学内容的经验性做法,从作品内容及形式方面,提出若干实操性建议,增益中国科普事业。

---

[1] 房龙. 古代的人. 林微音, 译. 北京:人民文学出版社, 2007:序.

第二节　国内外相关研究现状

一、国外知识界对房龙作品的评价

对研究房龙生平最具价值的文献，是房龙次子杰勒德撰写的《房龙传》，书中对房龙有较为全面的介绍，侧重展现房龙作为"人文主义者、充满睿见的历史学家、富于正义感的公共知识分子的形象"①。该书记录了房龙鲜为人知的人生细节，不仅让读者对房龙生活的一面有所了解，更提供了一条作品线索，帮助研究者捋清房龙诸多作品的前后相继顺序，以及作者当时的创作状态。该传记为本书的研究提供了重要的背景资料和基本的事实依据。但是，由于该书更多地偏重于房龙的私生活经历，广泛涉及其职业生涯、社交圈子、婚姻家庭等内容，且叙事顺序多变，很多内容都需要去粗取精地挖掘，由表及里地推论。特别是作者对房龙在全球一直热销不衰的著作分析不够，对其中蕴含的科普价值更是论述不足。因此，本书着重于应用该书的基础素材，沿着自己的研究目标深入挖掘相关内容。

作为美国红极一时的畅销书作家，房龙的作品流传广泛，影响深远，获得了诸多名家的交口称赞。美国著名历史学家和政治评论家，曾任美国总统肯尼迪白宫特别助理、两获普利策奖的小阿瑟·施莱辛格（Arthur M. Schlesinger, Jr）认为，房龙主要的贡献在于普及了历史、地理和艺术等方面的知识，推动了历史的大众化②。

查尔斯·A. 比尔德（Charles A. Beard）作为 20 世纪上半叶美国举足轻重的宪法学家及历史学家，把房龙《人类的故事》同 H. G. 韦尔斯③的

---

① 林贤治. 房龙：为宽容而斗争. 南方周末，2003-04-10.
② Arthur M Schlesinger Jr. The story of america. New York：Fawcett World Library, 1959.
③ H. G. 韦尔斯是英国著名作家，以新闻和文学创作闻名于世。其作品《时间机器》《隐身人》被视为现代科幻小说开山之作。韦尔斯一生涉猎广泛，虽非科班历史学家，却以《世界史纲》跻身于史学大家之列。由于《世界史纲》卷帙浩繁，难以为普通读者所消化，韦尔斯遂于 1923 年出版了包含着"崭新立意和写法"的《韦尔斯世界简史》。作为《世界史纲》的普及版，此书将生物起源及人类历史水银泻地般展示给读者，以流畅简洁的笔调表现出了恢宏广阔的学术视野，成为传世经典。比尔德将其与房龙比较，足见二者泰山北斗、难分伯仲。

《世界史纲》做了比较，认为房龙对历史的了解要远胜威尔斯，而且他以同样富有趣味和更多的幽默进行写作。他写出了一部伟大的书，一部能持久的书①。

美国著名历史学家，曾任康奈尔大学教授、美国科学院院士的卡尔·贝克尔（Carl Becker）认为，房龙虽然有些细节不够准确，但是文笔生动有趣，很有感染力②。

美国社会哲学家刘易斯·芒福德（Lewis Mumford）曾受封为英帝国爵士，获得过英帝国勋章和美国自由勋章，他评价房龙写史言简意赅，尤其是对中世纪城市的描述特别生动③。其1922所作《乌托邦的故事》甚至刻意模仿房龙的《人类的故事》，以期为读者所喜闻乐见，并且大获成功④。

美国小说家，曾获普利策奖的路易斯·布罗姆菲尔德（Louis Bromfield）评价房龙："……他用一种经典的明白易懂的散文写成……既含有老一套的哲学观点，又具有一种有说服力的新见解，它自始至终慷慨激昂。⑤"

美国文学评论家、传记作家、文学史家凡·威克·布鲁克斯在《凤凰的生活》一书中，以"人文主义者"为题，专辟一章来论述房龙，评价房龙的"个性比他的著作更具有意义"，而"他作为他所处时代的知名人物和重要的公众形象是独一无二的"，并把房龙称为"通俗作家中的佼佼者"。⑥

高尔基作为苏联无产阶级艺术最伟大的代表者和革命文学导师，其对房龙的评论从另一个角度彰显了房龙的分量，一是高尔基指出，在资本主义者的世界，共产主义只有两个危险的对手：施本格勒⑦和房龙。⑧ 二是他把房龙归入"资产阶级的安慰者们"，说这样的"文化大师们"是在维

---

① Beard Charles A. The story of mankind. The New Republic, 1921, 29 (368): 105.
② Carl Becker. Vivid history for children. The Literary Review, 1921 (12): 165.
③ Lewis Mumford. The proud pageantry of man. The Freeman, 1922 (4): 449 – 450.
④ Cotton W T. The Eutopitect: Lewis Mumford as a reluctant utopian. Utopian Studies, 1997, 8 (1): 1 – 18.
⑤ 颜坤琰. 房龙与罗斯福. 世界文化, 2005 (8).
⑥ 颜坤琰. 房龙的故事. 世界文化, 2004 (3): 29 – 30.
⑦ 施本格勒（Oswald Spengler）是德国唯心主义哲学家、史学家，因《西方的没落》一书而享誉全世界。其思想对当代美国外交家、国际问题专家亨利·阿尔弗雷德·基辛格具有深远影响。斯坦利·霍夫曼曾经指出："基辛格就连走路时也似乎有施本格勒的幽灵伴随他的左右。"
⑧ 林贤治. 房龙：为宽容而斗争. 南方周末, 2003 – 04 – 10.

护"不负责任的掠夺者阶级"①。

以上诸多国际名家的分析与评价,尽管不乏溢美之词,也不免意识形态偏见,但确实都在相当程度上指出了房龙作品的不同凡响。这为本书的研究奠定了基调,提供了一定的指引和辩证的视角。遗憾的是,专门从科普价值角度对房龙作品进行的研究还很鲜见。但这也为本书辩证地研究房龙作品的科普价值预留了空间。

二、中国知识界对房龙作品的译介与评价

(一)民国首现"房龙热"

最早把房龙作品译介到中国来的是沈性仁②女士。其选择翻译的正是查尔斯·A. 比尔德(Charles A. Beard)高度评价的《The Story of Mankind》,可谓英雄巨眼。沈性仁的中译本《人类的故事》于1923年由商务印书馆出版,一时间洛阳纸贵,在中国掀起了首轮"房龙热"。

杰出的无产阶级革命家和理论家,后来曾任中共第五任总书记,被誉为"红色教授"的张闻天,也是《The Story of Mankind》较早的中文译者。1924年,张闻天从美国留学归来,到上海中华书局做编辑,他认为该书"对于有数千年文化史的中国与印度,只在原书第四十二章内略略说了一点,敷衍了事。不幸就是这一点也已经犯了许多错误!我觉得删去这一章对于读者既没有损失,而且他所说的既以欧美人为中心,倒不如把原书的书名改为《西洋史大纲》较为近于实际。③"

张闻天的译本表现出了不同凡响的批判精神,以及独具慧眼的视角与观点。在译稿第五十八章"解放运动"的末尾,他直接写入了共产党人领导的社会主义革命在俄罗斯的成功,向读者昭示社会发展的新希望。同时,该译本的文笔精当晓畅,充分展示了张闻天在文学上的出色才华。

---

① 杰勒德·威廉·房龙. 房龙传. 朱子仪,译. 北京:北京出版社,2003:译序.

② 沈性仁是我国著名社会学家陶孟和先生的夫人,早年留学日本,一生翻译介绍了许多世界名著,如王尔德的《遗扇记》(又名《少奶奶的扇子》)、德林瓦脱的历史剧《林肯》、法朗士的《哑妻》,还曾与徐志摩合译了詹姆士·斯蒂芬斯的《玛丽玛丽》,其中,培克耳·霍尔登的《生物学与人常生活》和房龙的《人类的故事》都具有较强的科普价值。其父沈秉钧是光绪年间举人,曾为上海商务印书馆编辑,独立校订过《资治通鉴》,并参与《新字典》和《辞源》的编纂工作。

③ 房龙. 张闻天手稿:西洋史大纲. 张闻天,译. 上海:上海辞书出版社,2003:出版说明.

遗憾的是，该译本未能及时出版。直到 1986 年，上海辞书出版社才在该社图书馆（其前身为中华书局图书馆）发现了张闻天的该部翻译手稿，及其致中华书局编辑左舜生、周白棣的信，以及带有张闻天诸多批注的房龙原著。在中共重要领导人的早期手稿中，《西洋史大纲》堪称稀世珍品。作为迄今发现的张闻天最大部头译著，房龙的作品竟成为现存历史最久远的张闻天研究资料，不仅对于研究张闻天早期思想发展脉络具有重要意义，也充分说明了房龙作品的巨大影响力。

《人类的故事》在中国掀起首轮"房龙热"后，中国现代出版家、翻译家汪原放①于 1926 年初在商务印书馆买到了房龙成名前于 1920 年出版的《Ancient Man：the Beginning of Civilizations》英文原著，便去请教胡适。胡适提到了沈性仁《人类的故事》的成功，并介绍了自己了解的房龙，加深了汪原放对房龙的认识。两年后，汪原放所在的亚东图书馆以《上古的人》出版了该书的中文版②。

而此前不久，林微音③基于同一英文原著翻译的《古代的人》已由上海开明书局抢先一步出版，郁达夫所做的序为房龙大增颜色，流传至今。几乎同期，商务印书馆也将此书译为《远古的人类》纳入"儿童史地丛书"，翻译者为中国著名爱国人士、文史学家陈训慈④先生。

此外，房龙 1928 年的新作《奇迹与人》的中译本也由黎明书局于 1929 年 5 月出版，书名转译为《万能的人类》，翻译者为擅长译介国外科

---

① 汪原放是对中国古典小说用新式标点和分段进行整理的第一人。1910 年，他采用新式标点和分段形式整理出版了《水浒传》。从 1920 年起，先后整理出版了《红楼梦》《三国演义》《西游记》《儒林外史》等十多部经典，编辑有《书信选辑》《诗经今译》。此外，高尔基的《我的旅伴》《伊所伯寓言》《印度七十四故事》《一千零一夜》《鲁滨孙漂流记》《流浪人契尔卡士》等 20 多部文学作品也是由其翻译出版。汪原放还撰写有 100 多万字的回忆录，学林出版社节录 20 万字以《回忆亚东图书馆》的书名出版。

② 朱子仪. 房龙与二三十年代的中国出版界. 中华读书报，1999-08-18.

③ 林微音是 20 世纪 30 年代中国海派作家、诗人，与施蛰存等人都有所交往。1932 年为帮助好友邵洵美，一度担任新月书店经理，1933 年参与创立"绿社"和《诗篇》月刊，大力提倡唯美主义，"为艺术而人生"，他的作品无不体现唯美主义的风格。1933 年，林微音与鲁迅发生过一场论战，被鲁迅责骂为"讨伐军中最低能的一位""叭儿们中的一匹"。一代才女林徽因（原名林徽音）也由于与林微音姓名相似而登报更名。

④ 陈训慈，学者，陈训恩（即陈布雷）弟，历任上海商务编译馆编辑、中央大学讲师、浙江图书馆馆长、浙江大学史地系教授。抗日战争中，主持组织抢运浙图馆藏《四库全书》及古籍善本，工古文词，尤精历史，著有《五卅惨史》《世界大战史》《晚近浙江文献述概》等。

普图书的伍况甫①。在如此集中的时期内，如此多的房龙作品中译本不约而同地出现，且译者中不乏大思想家、大作家、大翻译家，足以说明房龙作品对当时中国知识分子的巨大魅力。

随着房龙在美国文坛如日中天，中国的"房龙热"也不断升温。《房龙地理——地球的故事》1932年写成后，仅隔一年，中文版便跟风而至。对此盛况，现代作家、文学翻译家徐懋庸于1933年10月14日在《申报》副刊《自由谈》上发表了一篇读《房龙的地理》的杂感。文中说："今年的出版界，提供了几部好书，《房龙的地理》便是其一，大概是因为可供学校采作教本，销路比较有把握吧，这一部卷帙并不少的书，竟有三家书铺，同时印行译本。②"现在可查的其中之一是傅东华③的译本《我们的世界》，新生命书局出版；另有世界出版合作社版的陈瘦石④等人译本《房龙世界地理》。

中国地理学巨擘、中国科学院院士侯仁之⑤曾说："在我的生活历程中，有两部通俗的地理著作曾经强烈地吸引着我，甚至把我引向一个我始终未能达到的写作境界。⑥"《房龙世界地理》便是其一。侯仁之在燕京大学读本科三年级（1934年）的时候，曾于《大公报史地周刊》（中华民国二十三年十一月二日），发表了《读"房龙世界地理"》一文，这是迄今

---

① 伍况甫先生的详细介绍已很难觅到，但从其所留译作可推断其专长于科普著作翻译，且多为商务印书馆和世界书局等名社出品，如约翰·德斯蒙德·贝尔纳所著《历史上的科学》，J. Arthur Thomson 所著《进化福音》《大众生物学》，裴立尔所著《史前的地球》，盖茨的《心理学大纲》等，以及其编译的《猿类的生活史》《爱迪生传》等。由此可以推断，其选择《奇迹与人》并捕捉到房龙的本意将其书名翻译为《万能的人类》，应该也是看到了其中的科普价值。

② 朱子仪. 房龙与二三十年代的中国出版界. 中华读书报, 1999-08-18.

③ 傅东华主要从事文学翻译工作和文字学研究。他的译本用语灵活多变，行文自然，清楚明了。新中国成立后，傅东华任中国文字改革委员会研究员、中华书局辞海编辑所编审、辞海语辞学科主编。译有《飘》《唐·吉诃德》《失乐园》《伊利亚特》《红字》《夏伯阳》《虎魄》等十几种，著有《文学批评ABC》《国文法程》《字源》《李白与杜甫》《李清照》《山核桃集》（散文）等。傅东华的译本《飘》在第一代中国读者中影响十分深远。

④ 陈瘦石是老一辈翻译家，被认为是第4个把《共产党宣言》（英文版）翻译成中文的人，该书为非共产党人翻译、在国民党统治区合法出版的唯一版本。陈瘦石一考入国立中央大学英国语言文学系即译作《房龙地理》，此后陆续翻译过 Bertrand Russell 所著《自由与组织》（与其弟陈瘦竹合译）和 W. N. Loucks 所著《比较经济制度》，Hacker, Louis M 所著《美国资本主义之胜利：1850—1880年美国制造业之发展》，毕尔所著《怎样学习》等，受到同行的重视。新中国成立后，自学俄语、法语，外语水平较高，翻译了苏联别亚列依所著小说《迦尔洵》。

⑤ 侯仁之先生是中国历史地理学创始人，也是将世界文化遗产这一概念引入中国的第一人，1940年毕业于燕京大学，1949年获英国利物浦大学博士学位，1952年任教于北大地质地理系，曾兼任地质地理系系主任和北大副教务长等职，1980年当选为中国科学院地学部院士。

⑥ 杰勒德·威廉·房龙. 房龙传. 朱子仪，译. 北京：北京出版社，2003：译后记.

所知侯仁之最早的一篇直接谈论地理学的文章。

《房龙世界地理》之后，房龙作品的中译本开始呈现百舸争流之势，层出不穷。如商务印书馆 1936 年出版、宋桂煌①译述的《思想解放史话》(《The liberation of mankind》，即《宽容》的英国版本)，世界书局 1937 年 6 月出版的《圣经的故事》、1941 年 7 月出版的《太平洋的故事》，朔风书店 1941 年 5 月出版的《纳粹进攻美国记》等。

房龙作品的引进对当时的中国知识界和思想界产生了巨大的影响，除了前文提到的诸多名家，曹聚仁②、瞿秋白等人也都对其称赞有加。曹聚仁认为对自己思想影响最大的即是房龙。他当时读的也正是沈性仁译的《人类的故事》。他曾对沈性仁的妹妹沈君怡③说："我得感谢您的姊姊，她是使我思想上有进步的人，她翻译了房龙的《人类的故事》。"据曹聚仁自述，23 岁的自己在真如车站等车时买了这部书，一直从真如看到了上海北站，又从上海北站看到了家中，从黄昏看到了天明，看完了才睡觉。

上述出现在《书林新话》中的文字，后来在曹聚仁的回忆录《我与我的世界》中又得到了完善。④"那天下午，我在发痴似的，把这部史话读下去。车来了，我在车上读。到了家中，把晚饭吞下去，就靠在床上读，一直读到天明，走马观花地总算看完了。这五十年中，总是看了又看的，除了《儒林外史》《红楼梦》，没有其他的书这么吸引我了。我还立志要写一部《东方的人类故事》。岁月迫人，看来是写不成了。但房龙对我的

---

① 宋桂煌先生是著名翻译家，被誉为中国翻译高尔基小说第一人。1923 年开始发表作品，1953 年加入中国作家协会，主要传记文学译著包括《高尔基小说集》《美国建国伟人传记》《莎士比亚故事集》等；主要学术译著：《思想自由史》《论宗教》《基督教的起源》《英国文学史》《世界史纲》《文学研究法》《小说的研究》《科学迷信斗争史》《思想解放史》《西洋文化史》《近代著名战役》等政治、经济、军事、历史、宗教多种门类 40 余部。

② 曹聚仁先生是我国现代著名作家、学者、记者和杰出的爱国文化人士，国学大师章太炎的入室弟子，中国新闻史泰斗方汉奇先生的业师，当代著名媒体人曹景行之父，横跨政治、历史、新闻和文学"四界"，和近代文坛上左中右的各方面人士，包括周氏兄弟（鲁迅等），都有过密切来往，还曾成为中南海毛泽东、周恩来的座上宾。

③ 沈君怡女士是我国近代著名工程师，曾与"中国土木水利（交通）建设之父"和"孙中山建国方略实践第一人"的曾养甫并列作为 1936 年首届中国建筑展览会的名誉副会长。沈君怡有两个姐姐，一个妹妹，她们及其丈夫都曾名噪一时。沈性仁是其二姐。

④ 朱子仪. 房龙与二三十年代的中国出版界. 中华读书报，1999 - 08 - 18.

影响，真的比王船山①、章实斋②还要深远呢！③"

中共第二任总书记、中国革命文学事业奠基者之一的瞿秋白，也非常重视房龙的作品，甚至进行了深入的比较阅读。这从其撰写的《房龙的"地理"和自己——读书杂记之一》中足见一斑。该文发表于1934年1月《文学季刊》第1卷第1期上，原题为《读房龙的〈地理〉》。瞿秋白在文中指出此书很有价值，他读得非常仔细，在文后"附记"里还特别注明：《世界地理》的中国文译本非此一种，我读的是陈瘦石和胡淀咸两先生译的。偶然翻着傅东华先生译的一种，看中间的文句似乎深奥些，还发现了这么一句……再查陈胡两先生的译本，这一句却是这样写的……究竟不知道房龙先生的原文是怎样的。过几时，倒要找本英文原本来读读④。

综上，在20世纪上半叶，房龙作品对中国知识界的影响已无须赘言。然而，新中国成立后，房龙的著作在中国大陆却长期销声匿迹。这可能与高尔基对房龙的前述评价有关。但是"青山遮不住，毕竟东流去"，房龙作品的魅力仍然通过一切可能的缝隙流淌出来，滋润着干渴的中国知识分子。

例如，江苏省作家协会副主席叶兆言，作为著名作家及教育家叶圣陶的养孙，坐拥好书无数，年少时越是"禁书"越想看⑤。叶兆言认为房龙的作品给他的印象最为深刻。《宽容》《人类的故事》《圣经的故事》《房龙地理》……本本都是他少年时代的爱物。通过《房龙地理》，叶兆言第一次对法国有了生动的了解。房龙简单的几句话，就可以把法国人的精髓提炼出来，让法国人的形象和性格跃然纸上。"后来，我去法国，把看到的风物和房龙笔下一一对照，真的是哑然失笑。多么可爱的房龙，那些潇洒幽默的文字，其实藏着作家积累起来的真知灼见。如果当初，房龙是板

---

① 王船山即王夫之，与顾炎武、黄宗羲并称明清之际三大思想家，晚年隐居于石船山，著书立传，故学者多称之为船山先生。他认为作文作诗要带有感情，不能无病呻吟。清代学者刘献廷称王夫之学无所不窥。苏联学者弗·格·布洛夫称王船山的学说是真正百科全书式的学者。曹聚仁将房龙与之相比，想必也是有感于房龙的博学多才。

② 章实斋即章学诚，字实斋，清代杰出史学家和思想家，中国古典史学的终结者、方志学奠基人。其《文史通义》与唐代刘知几的《史通》齐名，并称中国古代史学理论的"双璧"。章学诚不仅批判了以往的文学和史学，还提出自己的理论体系，包括"经世致用""六经皆史""做史贵知其意""史德"等著名论断。曹聚仁将房龙与之相比，主要是突出房龙的史学成就。

③ 曹聚仁．我与我的世界．北京：人民文学出版社，1983．

④ 瞿秋白．瞿秋白文集：文学编（第二卷）．北京：人民文学出版社，1986：104．

⑤ 丁玉宝．作家们童年读什么书．教育导报，2011-10-25．

着面孔来写，我也许就不会有阅读的兴趣了。"当女儿请叶兆言推荐读物时，他首先想到的就是房龙的作品。叶兆言的力作《江苏读本》正是以模仿的方式向房龙的致敬之作。叶兆言"希望《江苏读本》能像《房龙地理》一样，把复杂的事情说简单。让读者在轻松中去体会。①"

（二） 改革开放再现 "房龙热"

改革开放后，中国大陆知识界终于冲破了长期以来"左"的思想束缚，出现了学习借鉴西方思想文化的"西学热"。三联出版社于1985年率先翻译出版了房龙的《宽容》，好评如潮，成为当时名列前茅的畅销书，《宽容》的序言还入选了我国的高中语文教材，成为精讲课文。许多中国知识分子都把阅读房龙作品视为了解西方历史、接受人文主义启蒙教育的捷径，对房龙作品的翻译出版热情空前高涨，英文原版和中英双语对照的版本也屡见不鲜。《人类的艺术》《天堂对话》等作品轮番创造销售奇迹。2000年前后，房龙的许多作品都已经拥有不下一个译本。杨玉圣的《美国书籍在中国：成就与问题》详细介绍了房龙作品在中国大陆的热销情况②。业已超出著作权保护期的房龙作品，实际已经成为各个出版社一本万利的金矿。中国大地由此形成了第二次"房龙热"。

然而，热销也滋生了乱译、抄译、"影子译者"的现象，胡编、乱编行为更是屡见不鲜，令读者眼花缭乱。从出版质量观察，许多译者和编者对房龙不甚了了，相关介绍大多你抄我、我抄你，千篇一律，甚至以讹传讹。一些译文粗糙生硬，与房龙原著的风格相去甚远，令读者不明就里。甚至某些著名出版社请大家作的"序言"都不乏事实性错误，如三联出版社2008年版的《宽容》，请赵一凡所撰《房龙小引》中，对于房龙求学、做记者、教书等人生经历的描述就有若干与事实不符，对房龙的某些评价也显有偏颇。中央编译出版社2013年版《房龙地理》，孙法理的"译者序"中，更是搞混了《房龙地理》同《人类的故事》的关系。社会科学文献出版社1999年版《太平洋的故事》"译者的话"中，有关房龙硕士学位的介绍也不确切。凡此种种，不胜枚举。

相对而言，北京出版社分别于1999年和2001年出版的两批共14册（收入17种著作）的《房龙文集》对房龙作品的梳理较为清晰。但该社

---

① 蒋蓝. 叶兆言：总想写没写过的东西. 成都日报，2011-09-13.
② 杨玉圣. 学术批评丛稿. 沈阳：辽宁大学出版社，1998.

作为国内出版房龙作品最全的出版社，在2011年出版的房龙的《未完成的自传》也出现了不确切之处。例如，其所附房龙生平年表认为，房龙于1905年在哈佛大学读研究生、1916年在一次船只爆炸事件中身负重伤等事件，都与《房龙传》中的记述不符。名社尚且如此，其他一些出版社更是漏洞百出，几乎到了令人不忍卒视的程度。例如，当代世界出版社2015年1月版的《古代的人》，竟然把身为男性的译者林微音误作才女林徽因，还堂而皇之地加了详细介绍："原名林徽音，著名建筑师、诗人、作家、人民英雄纪念碑和中华人民共和国国徽深化方案的设计者、建筑师梁思成的第一任妻子。其文学著作有散文、诗歌、小说、剧本、译文等，代表作有《你是人间的四月天》《九十九度中》《莲灯》等。①"由此可见，当前国内一些出版商对房龙及其作品的无知到了何等地步。

本书为严谨起见，据以分析的房龙作品大多是尽己所能搜集到的英文原著，辅之以若干国内出版社的各类中译本，进行比较阅读和文本细读，相关引文也适当融入了自己的翻译。为行文一致起见，后文中提到的房龙作品译名，均以表1-1为准，避免同一作品的诸多译名造成的不便。

总体而言，随着房龙作品在中国的走俏，知识界和思想界对房龙及其作品的认识也在不断深化，且颇多正面评论。钱满素女士是哈佛大学美国文明史博士、中国社会科学院外国文学研究所研究员、南京师范大学外国语言文学学科博士生导师。她对房龙给予了高度评价，并指出了房龙作品的知识普及功能。

钱满素认为房龙始终站在全人类的高度在写作。他不是深奥的理论家，但选择的题目基本是围绕人类生存发展最本质的问题，贯穿其中的精神是理性、宽容和进步。他的目标是向人类的无知与偏执挑战。他采取的方式是普及知识与真理，使它们成为人所皆知的常识。一个民族要孕育少数精英容易，要提高整体素质却很难，普及工作是艰巨而伟大的，是一项民族和人类赖以发展的事业。房龙着眼于此，一生致力于此，他以生动简洁的语言，自配插图，将一个现代社会的公民所应具备的科学人文知识复述得精彩扼要，其中还不时闪烁着他的真知灼见。在普及现代知识的同时，他也普及了现代意识②。

从中可见，钱满素的评价已经明确了房龙作品的知识普及价值，而科

---

① 房龙. 古代的人. 林徽因，译. 北京：当代世界出版社，2015.
② 钱满素. 向无知与偏执挑战//房龙. 房龙文集. 张文，等译. 北京：北京出版社，1999.

技知识自是其中应有之义，这为本书沿着科普价值的细致方向，更深一步地研究房龙作品提供了坚实基础。

复旦大学历史学系教授、博士生导师张广智指出，从房龙的《宽容》《人类的故事》到威尔·杜兰的《世界文明史》等，这些"另类的"且令人眼界大开的历史著作，受到了中国广大读者的广泛欢迎，这让我们悟到，历史著作还可以这样写，还可以用讲故事的方式述史而引人入胜……房龙随他的系列通俗的历史作品，走红了现代中国，影响了几代中国人，受到了像郁达夫、曹聚仁等老一辈读者的青睐。房龙的风格是什么？简言之，即是运用通俗流畅的文笔，透过一个又一个生动有趣的故事，叙述人类的历史[①]。值得注意的是，张广智的此段评价出自文聘元所著《话说西方》的序言。笔者阅读文聘元的作品后，确实明显感受到了房龙作品在其中的影子。

商务印书馆副编审常绍民认为，房龙的书通俗而不失品味，光是通俗还不足以说明他的价值，他真正的价值在于具有很大的知识含量和深刻睿智的见解，为人们提供了"史鉴"[②]。中国和平出版社副编审庞旸认为，房龙的书将大雅与大俗完美地结合了起来。他是讲故事，又不像哄小孩那样讲，他的叙述风格带有诗意，有韵味，娓娓道来，举重若轻，雅俗共赏，用生动的生活场景，讲述人类的文明史、艺术史、发展史这些重大的命题，既能满足人们的求知欲，又非常好读，使人在一种很轻松很乐于接受的方式中获得知识。这也就是几十年中房龙的著作在中国的畅销不衰，为中国读者大众广泛接受的一个秘密[②]。

曾任《人民文学》杂志社副主编的著名作家肖复兴说："通俗也不是那么好弄的，它一样需要学问。大学问家不齿于它，没学问的人又弄不通它，这就是迄今为止我们拥有许多学问家却没有一位房龙的缘故。[②]"以《夕阳下的舰队》《"审判"余秋雨》等文史作品闻名的作家聂作平指出，房龙是以诗化的语言，以充满热血和激情的心灵，在20世纪初和煦的阳光下向我们娓娓讲述他眼中的人类思想发展史[③]。这些评价实际上点明了房龙作品中蕴含的文学品质和思想品格，尤其是对房龙高超的叙事手法有口皆碑。

[①] 张广智. 房龙的风格 杜兰的气派——序 // 文聘元. 话说西方. 历史教学问题，2011（5）：67-68.

[②] 颜玉强，常绍民，庞旸. 三人话房龙. 博览群书，1997（7）.

[③] 聂作平. 宽容：房龙的精神品位. 书城，1997（1）：44-45.

此外，江西师范大学乐小欢的硕士论文《房龙与史学大众化》，苏州大学陶弘扬的硕士论文《基于文本类型理论的科普文本翻译方法研究——以〈房龙地理〉翻译为例》，也都初步梳理了国内外对房龙的研究和译介情况，为本书提供了一些文献基础。但是其中的不少信息需要予以完善和纠正。

总之，从中国近现代知识界对房龙作品的译介与评价，到中国当代知识界对房龙作品的认识，其中的一个基本态度是对房龙作品的高度认可。这些研究已经从文学性、知识性两大维度肯定了房龙作品蕴含有丰富而多元的价值，但专门针对其科普价值的研究尚不多见。这既为本书的研究预留了空间，也为本书从内容特点、语言风格和叙事手法等方面研究房龙作品的科普价值提供了诸多借鉴与启示，坚定了对这一研究方向的信心，拓宽了研究思路。

第三节　本书的主要界定和创新点

如果说巴尔扎克的《人间喜剧》是反应19世纪法国社会的"百科全书"，那么房龙的众多作品则构成了20世纪在世界范围内普及知识的"大成之作"。从"社会历史批评"的视角看，两者都彰显了"文以载道"的文学功能。而在房龙作品涉及的广泛知识领域中，有关科学技术的内容草蛇灰线、自成一体、熠熠生辉。郁达夫、曹聚仁、侯仁之等诸多名家的评价都已对此形成公论，但对其科普价值的深入挖掘和系统研究还较为少见。

一、主要界定

本书所指房龙作品中的科普价值，主要基于对"科普"一词的界定。作为中文专有名词，"科普"一词出现于新中国成立后。据樊洪业考证，1950年"中华全国科学技术普及协会"成立，"科普"是该协会的简称。大约从1956年前后开始，"科普"作为"科学普及"的缩略语，逐渐从口头词语变为非规范的文字语词，1979年被收入《现代汉语词典》，成为规范化的专有名词，[①] 沿用至今。

---

① 樊洪业. 科普史辨三则. 科学时报，2004-01-09.

科普的内涵是随着科普实践的发展而逐步演变的。新中国刚刚成立时，在文化部设立了科学普及局，主要强调科学知识的普及；1950年8月，由于中华全国科学技术普及协会成立，科普实践拓展为科学技术知识普及，即在普及科学知识的基础上，增添了普及实用技术知识。此后，科普的内涵不断丰富。

刘新芳从科普内容的角度进行分析，将其归纳为三大类型①，即"三科""四科"和"五科"。"三科"把科普的内容在普及科学技术知识的基础上，进一步拓展为普及科学思想和科学方法；"四科"则在"三科"的基础上增添了"科学精神"。"五科"则又在"四科"的基础上增添了科学道德。

2002年颁布的《中华人民共和国科学技术普及法》采纳了"四科"的界定，明确"本法适用于国家和社会普及科学技术知识、倡导科学方法、传播科学思想、弘扬科学精神的活动。"同时指出："开展科学技术普及（以下称科普）应当采取公众易于理解、接受、参与的方式。"

鉴于法律定义的权威性和实操性，本书以其为基础，将房龙作品的科普价值界定为：房龙主要畅销作品中涉及的科学技术知识、科学方法、科学思想和科学精神，以及房龙表达这些内容的文学手段。

二、主要创新点

本书的主要创新点在于，从科普价值的角度切入房龙的主要畅销作品，系统地梳理出相关内容；再重点运用叙事批评对这些内容进行深入分析。事实证明，这些内容既是促成房龙相关作品畅销的原因，也借其畅销而达到了科普的效果。其中必定蕴藏着某种文学创作规律，正是在这种文学创作规律的作用下，严肃的科学内容以读者喜闻乐见的方式深入人心。

而对这种文学创作规律的归纳与提炼，就是本书的最终落脚点。也就是探索在科普这一层面上，如何运用文学语言讲述有关科学技术的内容。房龙的畅销作品已经在实践上证明了这样做的可行性。郁达夫等人的评价也已经点出了房龙作品存在这一特点。然而，鲜有文学研究者为其寻找经典理论的支撑，更未进行过理论的批判。这正是本书所要进行的补充性研究。

---

① 刘新芳. 当代中国科普史研究. 合肥：中国科学技术大学，2010.

在理论方面，本书上承经典的文学理论，开展演绎性研究。重点分析英国文学理论家瑞恰慈（I. A. Richards）的"拟陈述说"和法国哲学家利科（Paul Ricoeur）的"歧义说"，基于其对"文学语言"和"科学语言"的研究成果，进行理论批判，并据以对房龙作品中的科学内容进行叙事批评。

在实践方面，本书对文学科普提出了两个操作建议：首先，在作品层面，本书提出文学科普应融入更为广泛的知识普及中去。科普的界定绝非孤立的、静止的，而是联系的、动态的。实践证明，单纯为了科普而科普，往往单调乏味、事倍功半，只有将科普融入人类历史、经济、社会、政治发展的整体叙事中，才能取得"不射之射"的效果。其次，在作家层面，本书主张文学科普应将科学家科普与文学家科普结合起来。一直以来，中国科普实践过于偏重科普中的"科"字，主要依靠理、工、农、医等领域的专家苦练文笔，依靠小品文等有限的文类"造"船出海，实际传播效果并不理想。然而，如果打破思维定式，从浅层的"普及"目标务实出发，在科普的"普"字上做文章，则文、史、哲等人文社科人才完全有能力将一些科学内容融入广泛的文学作品"借"船出海，使科普"随风潜入夜，润物细无声"。

第二章 房龙的人生经历对其文学创作的影响

对于一名优秀作家的成长,丰富的人生经历至关重要。房龙的文学创作就深受其人生经历的影响。精神分析批评是针对这一方面的有力研究工具。如果说精神分析学是"关于无意识的科学"①,精神分析批评则是关于无意识的批评,"它致力于考察艺术品中的无意识意义,研究作家所虚构人物的无意识动机和作家的无意识趋向"②。

弗洛伊德本人曾应用精神分析学说对索福克勒斯和他的《俄狄浦斯王》,延森和他的《格拉底瓦》,达·芬奇和他的《蒙娜利莎》,米开朗琪罗和他的《摩西》,莎士比亚和他的《哈姆雷特》,进行了分析批评,力图从作家童年经验、潜意识积淀中找出对他们的性格和创作的解释。其后的主流精神分析批评也多离不开变态、性欲等元素。

本书分析房龙的人生经历对其文学创作的影响时,无意照搬和移植弗洛伊德学说,而是重在借鉴精神分析批评的模式和方法论,对作家生平和创作做出说明和解读。通过房龙的生平和传记去考察作家无意识心理的形成和内涵,然后用这些无意识去解释房龙的创作,力图从生活经历和经验中寻找对作家创作的心理学说明,使后面的文本分析获得某种作家身世的深度支持,因此,本章的分析兼具传统的传记批评。

---

① 约翰·里克曼. 弗洛伊德著作选. 贺明明,译. 成都:四川人民出版社,1986:45.
② 尹鸿. 精神分析学与中国二十世纪文学批评. 海南师范大学学报(社会科学版),1991(4):37-42.

第一节 房龙写作的素质积累与习惯养成

一、成年之前的综合素质积累

房龙能够成为百科全书式的多产畅销书作家，很大程度上得益于其在成年前的"童子功"。不同于马克·吐温、杰克·伦敦、陀思妥耶夫斯基、高尔基这类贫苦出身的作家，房龙出生于1882年的荷兰鹿特丹，祖上经营珠宝生意，生活条件优越。在这个家庭里，"钱普通得就如同奶油。绝不会有人谈钱的事，而钱确实是从不短缺的"①。基于富裕的家境，房龙能够在多方面得到良好的启蒙教育。

同时，从外部成长环境看，当时的鹿特丹已跻身全球最大、最繁忙的人工港，被誉为"欧洲的枢纽"。浸淫于"门泊东吴万里船"的环境，房龙自幼便阅尽千帆，见多识广。海港中频繁进出的各国船只，引起了房龙对地理科学的最初兴趣，船只和地图随之成为房龙热衷的绘画题材。由此养成的绘画爱好也使房龙受益终生，为其文学作品锦上添花。

童年的房龙还曾流连于家乡的"大地和人类知识及航海事务"博物馆。馆内展品大多是鹿特丹水手们的远航纪念品，包括异国服饰、鸟的标本、船舶模型、印尼巴厘岛民的面具、拉普兰的玩偶，甚至还有"可能是生活在距今3万年的史前人类的头颅"……对此，房龙已开始沉思"假如它是我们自己祖先的脑袋，那会怎么样呢？""想象你的祖先与乳齿象和老虎搏斗而不是像如今的每个人那样一年到头都要去乏味的办公室，那生活该变得多有趣味呀。②"这一对古人类的好奇几乎伴随了房龙一生，在其每一部重要作品中都占有一席之地。

博物馆的展品激起了幼年房龙对科学的广泛兴趣。这些兴趣又得到了舅舅约翰·汉肯的循循善诱，他不仅是有名的泌尿学家，还是海牙的综合医院的创办人，融自然科学和人文素养于一身。房龙评价自己的舅舅："他也是个出色的音乐家，一个能力超过一般人的画家，而且他非常有修

---

① 杰勒德·威廉·房龙. 房龙传. 朱子仪, 译. 北京：北京出版社，2003：4.
② 杰勒德·威廉·房龙. 房龙传. 朱子仪, 译. 北京：北京出版社，2003：8.

养,人也很机智。"①

在舅舅的长期熏陶下,房龙少年时已习得包括拉丁语、希腊语、法语、德语、英语等在内的多种语言,并且画得一手谐趣传神的漫画,拉得一手悦耳动听的小提琴。然而,由于出身富而不贵,多才多艺的房龙仍然遭到同学中荷兰贵族后裔的轻视。为了获得同学们的认可,房龙尝试踢足球之类的群体活动,不幸伤及膝盖,再难涉足体育运动。为了摆脱校园环境带来的不愉快,自命不凡的房龙练就了一副伶牙俐齿。对于巧舌如簧、能言善辩的房龙,那些轻视他的同学们只能侧目而视。这也塑造了房龙一生桀骜不驯、放荡不羁的一面,并直接融入到了其作品风格当中。

1899年,将至成年的房龙经历了鹿特丹的一次船坞工人罢工事件。借助其英语老师提供的机会,房龙将该事件写成一篇英文报道,并被伦敦一家报纸刊发。虽然未能署名,但房龙仍然倍受鼓舞,开始认真考虑从事新闻记者的工作。随后,在英语老师的鼓励下,房龙就此理想勇敢地与当时英国著名媒体人威廉·托马斯·斯特德②通了信,得到了对方真诚的回复,旋即成为忘年之交。

从此,少年房龙开始习惯于给一些重要人物写信,和他们讨论自己最关心的问题,从中得到名人的指点、高人的传授,为自己一生的写作成就打牢了基础。这其中就包括美国教育家、田纳西大学的校长查尔斯·威廉·达布尼博士,他最先为房龙介绍了去美国接受高等教育的机会。而房龙这种对于写信的钟爱,也成为他一生练笔的重要途径,"拳不离手,曲不离口",综合锻炼了一名作家应该具备的写作基本功,包括表达观点、描摹事物、抒发情感、发表评论、记叙事件等多方面的技巧。就此意义而言,成年前的房龙就已较为全面地实践了孔子所言的"兴、观、群、怨"文学观。

从上述内容不难发现,房龙在成年前便已经成为一名非常聪明的"有心人",锻炼出了一股闯劲儿,特别善于利用文字与人沟通,并以其特有的坦率交朋识友,增益己所不能。这些经历也支撑房龙对写作"自信人生二百年"。显而易见,房龙日后能够成为百科全书式的多产畅销书作家,与其成年前的上述成长环境、素质积累、兴趣爱好、所受教育、为人处世

---

① 杰勒德·威廉·房龙. 房龙传. 朱子仪,译. 北京:北京出版社,2003:3.
② 威廉·托马斯·斯特德是英国著名媒体人,和平主义者与社会改革家,集记者、编辑和发行人于一身,创建了著名的《评论的评论》月刊。

等因素有着密不可分的关系。

二、大学期间的写作能力提升

1900年,房龙甫一成年,便经历了丧母之痛。由于房龙同自己的父亲素有龃龉,加之其父续弦,已继承母亲约3万美元遗产的青年房龙决心尽快远走高飞。但他拿到中学毕业证书至少还需两年,否则将无缘就读欧洲的名牌大学。此时,前文所提房龙的两位"忘年交"都建议其就读美国高校。达布尼校长自然欢迎他入读田纳西大学,但也同时推荐了哥伦比亚大学、耶鲁大学和哈佛大学等名校的新闻学教育。斯特德则向房龙推荐了康奈尔大学,他曾与该校首任校长安德鲁·迪克森·怀特博士有过见面之缘。最为凑巧的是,康奈尔大学的乔治·林肯·伯尔教授与房龙的舅舅、舅妈有过交往,愿意提供帮助。于是,房龙将康奈尔大学确定为申请目标。1902年7月,受惠于伯尔教授,20岁的房龙漂洋过海来到美国,入读康奈尔大学。

伯尔教授由此成为房龙半生的贵人。房龙甚至将其视为理想中的父亲形象。及至声名显赫,房龙在其1939年所撰《我认识的一位圣人》中,公开追认伯尔教授为"圣人",表达了自己的敬意。鉴于伯尔教授及斯特德的双重关系,康奈尔的老校长怀特博士对房龙也颇有好感,成为房龙在康奈尔大学的又一位贵人。而房龙也深受怀特所著《科学和神学的战争》的影响,房龙日后作品中有关历史、神学和科学的想法都能从中找到影子,特别是房龙勇于质疑一切事实的科学精神和世界主义基调。此外,康奈尔培养的鸟类学家和画家路易斯·阿加西斯·福尔特斯也是房龙读大学时最为爱戴和钦佩的人之一,二人交往甚笃。可想而知,其对房龙的科技知识、科学方法、科学思想和科学精神也会产生相当影响。

就读康奈尔大学期间,房龙不断为自己的新闻职业理想谋划高起点。初到康奈尔,他就在当地的《伊萨卡新闻》发表了一篇有关荷兰的文章。此后,房龙一直致力于写作,不断练笔,向大学的出版物投稿短篇小说和特写,在康奈尔小有名气。尽管在大二时,房龙获准进入的是法律学院,但他只把学习法律作为开阔视野的一种途径。房龙曾写道:"至于律师,我是决不会去从事这个行当的。但我想从事的新闻业是世界上那种伟大的新闻业……在发生重大事件的天地之间我感到如鱼得水。①"我们从中不难感受到房龙那种"一万年来谁著史,三千里外觅封侯"的情怀。

房龙继续发挥他通过书信结交名人的特长,得到了当时大红大紫的记者理查德·哈丁·戴维斯②有关新闻领域的悉心点拨。房龙还按照戴维斯的指点,勇敢地向《纽约太阳报》求职,想担任驻外记者,并最终由老校长怀特引荐给美联社社长梅尔维尔·斯通③,确定了毕业后的工作意向。大学期间的辛勤笔耕和对新闻职业的孜孜以求,为房龙后来明白晓畅的叙事技巧奠定了基础。

除了写作技术层面的文笔,优秀的作家往往少不了鲜明的个性。房龙就读康奈尔大学期间已经表现出了这种作家品质。一方面,他勇于平起平坐地与教员们讨论历史事件和当时的世界形势,指点江山,气度不凡。另一方面,他又以古怪的行为闻名于同学之间,能够轻而易举成为众人关注的焦点。

房龙的一位女同学回忆道:"在浪漫的女生眼里,房龙整个儿一个不对劲……这男孩有六英尺④高或者还要高些,体重嘛,我得说至少有185磅⑤。他不算肥胖,但油脂均匀地遍布全身,就像一只光滑好动的海豹。在参加晚会的头一个小时,他能给人深刻的印象。虽然他的英语听起来像荷兰语,但他算得上口齿伶俐,而且他自然大方地与人相识,毕恭毕敬地鞠躬。不管是谈什么话题,他都应付自如。可等到来的人多了,晚会上的一切都变得一般化了,房龙便不再占据关注的中心,而是跳脱出来自行其是了。他会取出小提琴,坐到一个角落背对众人,轻柔地自顾自拉和弦或演奏乐曲的片段。他经常在晚会时这样做。⑥"大学同学的这段回忆,实际上反映出房龙当时已显露忧郁症的迹象,而日后房龙摆脱忧郁症的一个重要手段正是废寝忘食的写作。

日益鲜明的个性令房龙再也难以忍受康奈尔单调的校园生活。他又揣

---

① 杰勒德·威廉·房龙. 房龙传. 朱子仪,译. 北京:北京出版社,2003:21.
② 理查德·哈丁·戴维斯是美国浪漫派小说家、戏剧家,名噪一时的战地记者,曾任《哈伯斯周刊》主编。
③ 梅尔维尔·斯通是美国记者,《芝加哥每日新闻》创始人、美联社首任社长。他积极为美联社建立国外新闻来源,使美联社成为真正的世界性通讯社。
④ 1英尺=0.3048米,下同。
⑤ 1磅≈0.4536千克,下同。
⑥ 杰勒德·威廉·房龙. 房龙传. 朱子仪,译. 北京:北京出版社,2003:22.

着伯尔教授的推荐信来到哈佛大学重读大二。到哈佛大学后，勤于练笔的房龙便积极向校刊《红色哈佛报》投稿。当时执掌《红色哈佛报》的主编，正是日后连任四届美国总统的富兰克林·罗斯福。他此时正通过引入"现代新闻学"的营养剂，加速《红色哈佛报》的血液循环。而房龙已能将优美的文笔、敏锐的观察力和新颖的视角集于一身，很快得到了罗斯福的赏识。

二人以文会友，加之年龄相仿且同为荷兰血统，更加惺惺相惜。这为房龙成名后的许多传奇式经历做好了铺垫。但由于哈佛大学不承认房龙中学期间的学分，加之当地生活开销较高，房龙一年后重返康奈尔大学，以期尽快毕业。尽管如此，哈佛大学的经历仍为他日后开展高水平的写作开阔了眼界，提高了层次。特别是罗斯福等一批政界、商界、宗教界、文学界的高朋贵友，成为房龙在哈佛大学的最大收获，也为其后来加入哈佛俱乐部、广结善缘创造了前提。国内很多出版社对房龙的介绍中，误传房龙是哈佛大学研究生，盖都出于对房龙此段经历的一知半解。

三、长期的专业媒体文笔锻炼

1905年6月，23岁的房龙在康奈尔大学如期获得文学学士学位，在纽约顺利入职美联社，不久又被调往华盛顿。此间，房龙还曾获得巴拿马运河开凿的独家新闻。由此可见，在记者的岗位上，初出茅庐的房龙表现相当出色。工作一年后，职场得意的房龙又在情场"抱得美人归"，迎娶了发妻伊莱扎，其岳父曾是哈佛大学医学院的院长，不仅书香门第，更是名门望族。通过这门姻亲，房龙得以接触到一个科学界的精英圈子，这无疑也会对房龙后来作品中的科普价值产生了一定影响。

鉴于俄国革命逐渐乌云压城，日益成为全球媒体关注的重点，美联社委派年轻的房龙前往挖掘当地新闻。房龙携新婚妻子赴俄，开始了一段充满挑战、危险和动荡的生活。房龙首站抵达的是当时的俄国首都圣彼得堡，刚待了一个周末，就被派往莫斯科等待定点采访任务。然而，当时的莫斯科上流人士大多已经外逃，城中只剩下教堂、博物馆里有一些寥落的参观者，戏剧和歌剧都已停演，连克里姆林宫都门可罗雀。加之当地严格的新闻审查制度，房龙在莫斯科能够获得的消息寥寥无几，更毋论有分量的独家新闻。作为一名初出茅庐的年轻记者，房龙被这种局面严重挫伤了积极性。

但无米下锅的窘境也激发了房龙的两项潜能,对其日后的文学创作大有裨益。一是深刻的思考和长远的眼光,这使房龙能够敏锐洞见关乎民族、社会和民众命运的重大的历史人物与事件,做出自己的评判,且见解独到。例如,后来房龙就超前地判断出了希特勒的野心和斯大林的专政。二是"自来熟"的沟通技巧,房龙借此能够轻而易举地与素昧平生之人攀谈,迅速取悦对方,获取自己想要的信息。由此,房龙结识了沙皇尼古拉二世的好友、十月党人的领袖古契科夫,得到了一些有价值的新闻。这两项突出能力,构成了房龙日后作品畅销的重要原因,即能够以深刻的思想和娴熟的文笔与"隐含的读者"随时进行沟通。

不久,房龙又受命到波兰的华沙为美联社设点,并喜得长子。一方面,房龙初为人父,舐犊情深,感慨于人类的纯真。另一方面,房龙又目睹了当地错综复杂的政治问题、民族问题和宗教问题,深入观察了俄国人、波兰人和飘荡的犹太人群体。人类单纯与复杂的两面性,使房龙思想上受到了强烈的震撼,奠定了日后作品中以"宽容"为标志的人文主义情怀。

驻华沙期间,房龙还与一些波兰贵族、精英人士成为朋友。这些宝贵的人脉资源都曾给予房龙重要的帮助。例如,波托利基伯爵一家,波兰民族解放运动的领袖兼生物学家德莫夫斯基,耳科学家本尼博士等人。房龙在其间受到的影响也都反映在了后来的著作中。

1907年夏天,鉴于已为人父,加之记者工作的危险性、奔波劳顿及入不敷出的薪水,房龙认识到曾经为之奋斗的新闻理想并不真正适合自己。在妻子的支持下,房龙放弃了美联社的工作,别作良图。

然而,房龙的媒体经历并未就此了断。鉴于美联社社长梅尔维尔·斯通的赏识,房龙与美联社的合作长期藕断丝连,离职后仍然为美联社报道过齐柏林飞艇在德国试飞等重要新闻。第一次世界大战爆发后,房龙还曾为美联社在荷兰海牙设立办事处,定期发送专电。

此外,房龙还做过《阿姆斯特丹商报》的记者,甚至在第一次世界大战初期曾经深陷战场、出生入死。而这次死里逃生的经历,使房龙目睹了其同伴记者所持美国护照的优越性,刺激房龙于1915年1月申请加入美国国籍,并于第一次世界大战结束前后正式成为美国公民。

除去上述一线记者的锻炼,房龙撰写各种评论的能力也在《纽约时报》《国民》《新共和》《世纪杂志》、克里斯蒂沃尔什报业辛迪加、赫斯特报业辛迪加等专业媒体得到了提升。囊中羞涩时，房龙甚至还为一些企业撰写过广告词。成名后，房龙还担任过《巴尔的摩太阳报》的副主编，并在全国广播公司（NBC）等电台发表了一段时期的广播评论，1935年被NBC结集为《广播风暴》出版。

总体而言，通过各类媒体的长期专业锻炼，房龙得以用新闻报道的方式娴熟地进行各类叙事和评论，敏锐地把握热点题材，行文逻辑清晰，文笔生动，详略得当，掌握了吸引读者眼球的技巧。可以说，上述媒体的工作经历在写作技术和技巧层面为房龙作品的成功奠定了重要基础，构成了房龙写作风格的主要元素。

第二节　博士的学养和语言的锤炼

一、在慕尼黑大学攻读历史学博士

1907年从美联社辞职时，房龙树立的职业目标是去高校教历史。为此，他需要先获得一个历史学的博士学位。房龙在波兰结交的耳科学家本尼博士，向其推荐了德国的慕尼黑大学，该校曾接受过许多外国人前去攻读研究生。此外，慕尼黑还具有浓郁的人文氛围，五光十色的城市风貌，休闲的生活节奏，国际化的人口结构。房龙一家很快在此营造了"安乐窝"，并迅速融入了当地丰富的文化艺术生活和高级社交圈子，房龙从此开启了新的人生阶段。

房龙的博士论文选题是"革命前夜的荷兰：对18世纪人们心理的影响"。他在1908年9月前后即已开始勤奋地收集资料，紧张忙碌地准备毕业论文。在论文的撰写过程中，房龙的多语种才能得以充分发挥。他首先用荷兰文列出了论文提纲，然后又译成德文，最后又用英文重写了一次。1909年7月，房龙在历史系研究班上宣读自己的论文时，其对语言的把握能力引起了相当大的轰动，赢得了高度赞扬。1911年7月，年届而立的房龙出色地通过了博士论文答辩。

通过在慕尼黑大学攻读博士的经历，房龙不仅进一步增长了学识，而且训练了学术的规范性和严谨性。这些素养为房龙日臻完善的写作能力锦上添花，对其文笔表达如虎添翼，这些在房龙日后的作品里都有鲜明的体现，包括恢宏的视野、严谨的逻辑、缜密的思维和深刻的思想，房龙的写作风格正在其中孕育。读博期间的房龙不仅"读万卷书"，而且"行万里路"，通过各种机会游历了欧洲，亲身领略了各地的风土人情，这些经历都为其日后作品的成功做好了内容上的储备，增添了作品的厚度。

博士毕业前的半年，房龙迎来了次子的出生，随后又经历了名门岳丈的去世。这一来一往、一喜一悲，既增加了房龙的人生责任，又失去了重要的名校人脉，深刻影响了他的人生发展轨迹。因为岳父的关系，房龙曾与当时的哈佛大学校长洛厄尔有过一面之缘，但房龙在毕业前向其大胆求职时仍被婉拒。洛厄尔同时向房龙推荐了科罗拉多学院的教职，但房龙挑剔其地处偏远，不愿前往。至此，读博期间的坐吃山空，几乎耗尽了房龙当初从母亲那里继承的全部遗产。1911年10月，获得历史学博士学位的房龙，携妻带子回到美国，开始踌躇满志地谋取一线城市大学的教职。

二、口语表达技巧的磨炼

房龙进入美国一线城市高校的路非常崎岖，可以说是"高不成、低不就"。理想的教授职位只有借助于特别的影响才能获得，无论这种影响是人脉还是自身实力，此时的房龙都不充分。因此，他求职普林斯顿大学和耶鲁大学的结果如同毕业前求职哈佛大学一样。这刺激了房龙出版著述以提高自身影响力的念头。

经过一年多的煎熬，心气颇高的房龙扛不住了，他再次动用人脉，请伯尔教授帮忙谋职康奈尔大学，虽然他上学时就不喜欢学校所在地的小镇氛围。尽管被告知时机未到、两手准备，房龙仍然"咬定青山不放松"，同时把威斯康星大学已经递来的橄榄枝闲置一旁。为展示自己的实际能力，此前只是用德语在学术圈发表过言论的房龙试图险中求胜，提出在康奈尔大学先开一段免费系列讲座，内容主要是关于荷兰和斯拉夫的历史。尽管他的英语带有荷兰口音，但功夫不负有心人，基于过往的经历和深厚的学养，房龙在讲台上展现了极富感染力的口才和百科全书般的博学。美中不足的是报酬实在低得令生活难以为继。

1914年，在伯尔教授的劝告下，房龙才决定去威斯康星大学任教。然而，时过境迁，曾经等待他的教职已另有所属。但威斯康星大学还是给房龙开出350美元的不菲报酬，请他在夏季为该校开设6周的艺术史系列讲座。没过多久，房龙的讲座就因第一次世界大战的爆发而中止。此前，房龙已开始尝试四处去讲课，并磨炼出不亚于其文笔的口头表达能力。例如，1914年2月，他在波士顿美术博物馆的讲座就得到了《波士顿文汇报》的赞誉，肯定了房龙这种妙趣横生的方式传播知识的效果。

1915年，房龙终于以历史系讲师的身份正式登上康奈尔大学的讲台。满腹经纶、妙语连珠、能写会画的房龙老师一度成为康奈尔大学惹人注目的风景。一方面，房龙边讲课边画画的技巧令学生们为之倾倒、趋之若鹜；另一方面，房龙满肚子的新鲜故事使他在教员俱乐部里颇受欢迎。但是"木秀于林，风必摧之。行高于人，众必非之"。房龙也不可避免的惹来了一些非议和妒忌。敏感的房龙也预想到了康奈尔大学终非自己的久留之地。

由于房龙快乐教学的理念，一些学生未能通过历史系要求的常规考试，房龙不得不为此承担责任。当校长舒尔曼向历史系提名补缺教授职位的人选时，房龙落选，并于讲师合同1917年到期后离开了康奈尔大学。老校长怀特博士为此扼腕叹息。在他看来，在让历史研究吸引住学生这方面，房龙是个天才。伯尔教授则越来越确信房龙最适合的职业，是去应付比大学生更平民化的听众。这可以看作对房龙后来作品畅销的一次专家预言。

然而，房龙的大学教师生涯并未止步于康奈尔大学，他所表现出来的博学多才及前卫的教学理念与风格，后来获得了安蒂奥克学院的垂青，该校倡导教育改革，曾以"安蒂奥克教育实验"闻名遐迩。房龙于1921年3月受邀出任该校社会科学系的系主任，年薪4000美元。房龙终于在辞职美联社14年后再次拥有了稳定的收入。约翰杜威等名人的孩子在此都曾是房龙的学生。

如同在康奈尔大学一样，房龙的课受到了学生们发自内心的欢迎。只是对于房龙作品即将迎来的热销奇迹，曾经梦想的稳定教职已经沦为明日黄花。入职安蒂奥克学院不到一年，房龙彻底告别了高校教师的职业理想，终生以写作为生，受邀演讲则成为作家威名的伴生品。

美国的高等教育也许因此失去了一位著名历史学教授，但世界却多了一位更加伟大的畅销书作家和知识传播者。与高校教职将近10年的分分合合，磨炼了房龙高超的语言沟通技巧和叙事阐发的能力，这些特色都汇入其写作风格，特别是对于叙事节奏的把握，形成了与读者的即时互动特色。

三、市场上屡败屡战的早期练笔

房龙正式的创作始于 1912 年。当时谋求高校教职的波折，促使房龙力图通过出书提升知名度，增加获取理想教职的筹码。他的博士论文首先被改写成书稿《荷兰共和国的衰亡》。房龙之所以匠心独运地确定这样一个书名，正是巧借史学名家约翰·洛思罗普·莫特利（John Lothrop Motley）①的经典历史巨著《荷兰共和国的兴起》的威名。相似的书名无疑更能引起读者进行比较阅读的兴趣。此举初步显示了房龙的选题策划能力，而这种能力与他的新闻从业经历不无关系。

《荷兰共和国的衰亡》于 1913 年由霍顿-米夫林出版公司出版后，房龙的交际能力和营销意识得到了进一步的体现。他分发自己的样书如同寄送圣诞卡，而且极有战略眼光。例如，有几册样书经过特别装订后，被送给了荷兰女王威廉明娜和其母后，以及女王的丈夫亨德里克亲王；华盛顿的白宫和伦敦的首相府邸也被列入了寄送地址；此外，还有法国、荷兰和英国的驻美大使；约翰·洛思罗普·莫特利的女儿；房龙在康奈尔大学的两位老贵人——怀特老校长和伯尔教授。法国、荷兰两国大使和怀特老校长的回信充满溢美之词，完全可以在推销这本书时加以引用。

这部书也确实得到了舆论界的好评。只是由于出版商的营销手段较为保守，未能对房龙形成有力配合，《荷兰共和国的衰亡》的市场表现乏善可陈，总共销出不足 700 本，其中还有不少是房龙自己出钱买来送人的。出版社仅付给房龙 44.27 美元的支票。②但是，房龙为此书所做的一切，已经显露出其终将一举成名的必然性，不啻为一次总演习。正如《芝加哥文汇报》对此著作的书评："若这么写的话，历史书不久就将名列畅销书榜了。"②可惜的是，这一个"不久"却是 8 年。其间，房龙的早期作品一直在市场上"摸门儿"，用"屡败屡战，屡战屡败"来形容毫不为过。

房龙上市的第二部作品是《荷兰王国的兴起》，尽管霍顿-米夫林出版公司已表示继续作房龙的出版商，但房龙坚持改换门庭。此举表现出房龙当时急于成名的焦躁心态。就市场表现而言，1915 年由道布尔戴出版公司出版的《荷兰王国的兴起》并不比第一本书销售得更好。1916 年，

---

① 约翰·洛思罗普·莫特利是美国伟大的史学家和外交家。他和著名的普雷斯科特、帕克曼一起并称为 19 世纪美国三大新历史学家。

② 杰勒德·威廉·房龙. 房龙传. 朱子仪，译. 北京：北京出版社，2003：71.

作为房龙的第三部面世作品，有关荷兰海军历史的《尼德兰航海家精粹》上市，这次的出版商又改为了世纪出版公司，但是销售情况仍然不如人意。1917年，房龙推出第四部作品《发现简史》，由费城的戴维麦凯出版公司出版。该书的题材在当时非常超前，房龙宣称这是第一本完全为孩子写的书，包括了房龙年少时渴望听到的那些激动人心的故事，而且文字简明得凡少年皆可读懂，并有一半篇幅承载了房龙不同凡响的手绘画。但由于出版方的偏见，该书干脆没有上市。

至此，撇开未曾上市的《发现简史》不谈，房龙早期作品未能畅销的原因可以概括为两个方面：内因是房龙受自己博士论文的影响，长期局限于荷兰历史的选题，这显然不符合美国公众的主流兴趣，即便其写作能力和营销思维虽已属上乘，且兼具妙趣横生的手绘画能够激发读者的想象力；外因是在文化市场发达的美国，当时的出版业已经形成了一条成熟的产业链，房龙作为一名作者，只是其中的一个环节，纵使才华横溢，也是孤掌难鸣，他亟待一个与其珠联璧合的创新性出版商，如同在教育界接受他的安蒂奥克学院。

第三节 交游与市场对写作的提升

一、只欠东风的写手

纵观30多岁的房龙博士，几乎一直都是位踌躇满志的自由职业者。尽管身上显现出多种令人叹服的才华，但无人知道他到底适合什么职位。有利可图的地方多被别人先入为主，房龙总是不得其门而入。他只能苦苦摸索属于自己的天地，经济上一度捉襟见肘，无力养家糊口。虽有妻子娘家的资助，但自幼敏感的房龙却饱受"吃软饭"的精神折磨，产生了心理障碍，成为后来发妻坚持与之离婚的重要原因之一。直至去世，房龙都会时常经历自杀性抑郁。对于这种"负能量"，他认为只有两种解毒剂：一是全神贯注忙于某个重要的写作计划；二是冒冒失失地夺路而逃，云游四海。这也是房龙即使功成名就之后，却仍然坚持从事繁重写作的一个重要原因，在客观上成就了他的多产。

从表面看20世纪初的房龙，其活动基本围绕养家糊口而进行，主要包括如前所述的三个方面：一是鬻文报纸杂志挣稿费；二是尽可能讲学挣讲课费；三是尝试出版书籍挣版税。尽管疲于奔命，不免紧张和痛苦，有时竟近穷途末路。但这些经历无时无刻不在完善房龙的语言表达技巧，提升他的文字驾驭能力，丰富着一名作家应有的人生感悟，积累着他的资源和知名度。英雄必经磨砺，大器只能晚成。是金子终会发光。犹如一颗冉冉升起的新星，房龙越来越引起当时外交界、新闻界和文学界的关注。

"不知其人视其友"。通过自身优秀的综合素质与多元化的经历，房龙一步步铸就着自己的"朋友圈"，逐渐积累了丰厚的业界人脉，"谈笑有鸿儒，往来无白丁"。在华盛顿的世界主义者俱乐部，房龙结识了辛克莱·刘易斯[①]，二人境遇颇多相似，长期交往，后来又一起成名，后者很早就为房龙介绍了自己的出版社资源；在纽约的格林尼治村，房龙结识了刘易斯·芒福德、西奥多·德莱塞[②]等一批"波希米亚人"；在格兰莫西公园的选手俱乐部，房龙成为著名演员奥蒂斯·斯金纳[③]的座上宾；房龙还曾为"作家、艺术家和其他人士的爱国者、反和平主义者、无党派人士联合会"工作，结交了艾米·艾珞儿等一大批作家；在《国民》杂志，房龙与H.L.门肯[④]、卡尔·范多伦[⑤]等成为朋友；甚至在不少戏剧化的事件中，房龙也总能结识非富即贵的朋友。

通过长期的广结善缘，别样的房龙终于守得云开见月明，遇到了另类的出版商——霍雷斯·布里斯宾·利弗奈特。二人相遇如同风云际会。利弗奈特虽是初出茅庐的新手，但年轻充满活力。一方面，他仪表堂堂，作了富家翁的乘龙快婿，有一位任国际造纸公司总裁的岳父，拥有了可靠的经济后盾；另一方面，他又非游手好闲的花花公子，曾经作过债券经纪人，亲自推销过专利产品，因而具备了非同寻常的投资意识和市场观念。

---

① 辛克莱·刘易斯是美国作家，他创造了地地道道的美国风格，作品最早反映出女权主义意识，"由于其描述的刚健有力、栩栩如生和以机智幽默创造新型性格的才能"，成为美国第一位获得诺贝尔文学奖的作家。

② 西奥多·德莱塞是美国现代小说的先驱、现实主义作家之一，他还是一个自然主义者，他的作品贴近广大人民的生活，诚实、大胆，充满了生活的激情。

③ 美国著名影星及作家克尼莉娅·奥蒂斯·斯金纳的父亲，以扮演喜剧、悲剧等多种多样的角色而知名。

④ 门肯（Henry L. Mencken）是20世纪20年代美国知识生活的中心人物。他的辉煌巨著《美国语言》（The American Language）蜚声海内外，是语言学术界的杰出作品。这本书对照美式英文与英式英文，解释许多富有趣味的美国俚语表达方式之起源，检视美国特殊的地理名称及个人名字。

⑤ 卡尔·范多伦是美国文学批评家，1930年前后任美国文学协会会长。

利弗奈特的这些品质迥异于房龙早期的4位出版商，他们大都事业稳固且思想保守，因而难以成就房龙这类风格的作家。而利弗奈特却英雄巨眼，尽管房龙是个入籍美国不久的荷兰人，利弗奈特仍力挺他写出一部世界历史，并投放到非虚构作品市场，直接与威尔斯的《世界史纲》竞争。

此外，利弗奈特与房龙也超越了出版商同作者的简单关系。如同后来房龙总结的：这些书不仅是几件商品……真是商品的话，没有人会费神去读它们。创作它们的时候需要有逗乐的因素。因此，我喜欢和我的出版商一起计划和培育我的书……房龙不仅依赖于一位杰出的编辑、一位敏感的艺术指导和一个办事积极的推销部门，还依赖于一位必须兼任朋友、顾问、听众、银行家、护士、餐桌伙伴、精神病医生和生意人的决策人物。①全盛期的利弗奈特正是这样的人物。

二、市场成就了写作

利弗奈特与房龙1919年相会时，房龙正值山穷水尽。利弗奈特的出现无异于雪中送炭，其敏锐的头脑和果敢的勇气更令房龙感到柳暗花明。利弗奈特为人慷慨、做事大气，提出预付房龙100美元，请他写一部名为《古代的人》的历史小册子，读者目标锁定为孩子，并配画插图。根据利弗奈特的策划，此书之后还将陆续推出7本类似的小册子，最近一本的内容是"古典世界"。

而此前不久，也有朋友建议过房龙写一套少年历史读物，主题是"文明的开端"。加之房龙1917年出版过针对孩子的《时间简史》，轻车熟路的房龙手到擒来，奏响了人生辉煌的序曲。1920年圣诞节前的几个星期，《古代的人》取得了日销100册的骄人成绩。1921年1月，利弗奈特加大了广告宣传力度，针对此前策划的整套历史读物，各路订单纷至沓来。

《古代的人》的热销，加之威尔斯《世界史纲》在英美的出版，显示主流读者的兴趣正在转向历史题材。有鉴于此，利弗奈特有了新的创意，他建议房龙，与其继续写作计划中的那个系列，还不如搞出一部完整的、自绘插图的"少儿版世界历史"。《古代的人》的许多材料可以并入其中，作为第一章。

今天看来，这仍不失为一个空前的、立体的图书营销策划方案。利弗

---

① 杰勒德·威廉·房龙. 房龙传. 朱子仪, 译. 北京：北京出版社, 2003：227.

奈特热情高涨，房龙尽管不那么乐观，但他颇为信赖这位年轻的出版商，而且书稿完成前，每周都有25美元的预付金。1921年的春季和夏季，房龙运笔如飞，在入职安蒂奥克学院前，完成了整部书稿，不久即以《人类的故事》为名出版。

该书的成功可以彪炳史册。一方面，它在市场上创造了罕见的销售奇迹。房龙本人的收益不少于50万美元①。这相当于他在安蒂奥克学院作120多年系主任的收入。《纽约时报》1928年10月的一篇文章，将房龙名列"个人所得税征缴总数已高达20 000美元"的作家之中。② 在1929年经济危机爆发前，房龙在利弗奈特那里甚至能够任意透支财务。另一方面，该书也取得了相当的文学成就。1922年6月，美国图书馆协会宣布房龙"因对美国少儿文学的最杰出的贡献"，获得第一届约翰·纽伯利奖章（Newberry Medal）③。

可以说，《人类的故事》不仅是房龙的成名作，更是其一生作品中的首座高峰。房龙终于"守得云开见月明"，从此"大鹏一日同风起，扶摇直上九万里"，凭借写作"了却一生经济事，赢得生前身后名"。至其1944年突发心脏病去世，房龙陆续写出了大大小小近50部作品，从非虚构文学到虚构文学，从歌曲集到美术欣赏入门，从政论小册子到旅游指南，林林总总，琳琅满目，广泛涵盖了人文、科技、艺术、历史、政治等诸多领域。1938年的一期《星期六文学评论》上刊登了这样一幅漫画：两位女生休闲地一边喝茶一边谈论作家房龙，其中一个说："房龙先生真了不起，随便说到什么题目，他都可以写出一本书来。"④

三、写作的终生成就

"长风破浪会有时，直挂云帆济沧海。"文学上的成功，撬动了房龙整个人生的辉煌。除了在经济状况方面实现了财务自由，房龙的其他方面也都颇具传奇色彩，名气和社会地位也随之如日中天。除了饮食男女、环游世界、继续文学创作外，房龙还在政治上投入了极大的热情和精力。

在国内方面，房龙通过撰写小传和广播，尽己所能帮助曾经的哈佛大

---

① 朱子仪. 老房龙：大象风格的历史写家. 北京日报，2001-03-12.
② 杰勒德·威廉·房龙. 房龙传. 朱子仪，译. 北京：北京出版社，2003：188.
③ 约翰·纽伯利是儿童图书的先驱者，他专为儿童创作的《一本美丽的小书》被誉为世界上第一部儿童文学作品。约翰·纽伯利儿童文学奖的设立即为纪念这位儿童文学作家。
④ 颜坤琰. 房龙的故事. 世界文化，2004（3）：29-30.

学校友罗斯福获得提名和竞选连任。虽然未能成为罗斯福的幕僚，但得以出入白宫，并拥有总统私人专线特权。借此，房龙后来促成了两个重要的外交事件：一是秘密安排罗斯福夫妇款待流亡美国的托马斯·曼①夫妇共进晚餐；二是促成了荷兰女王储访美。房龙还发挥自己的演说才能，在全国广播公司的话筒前向公众发表时事政见。这些广播文字稿后来由哈考特－布雷斯公司以《广播风暴》为名出版。《纽约时报》就此发表评论，认为房龙创造了"一种新的铸造文学产品的方式"。后来，由于在广播中预言希特勒和墨索里尼会被武力推翻，在当时孤立主义盛行的美国引起了争议，房龙不得不暂时离开全国广播公司。

在国际方面，房龙主要关注两股势力的动向。一是对斯大林专治下的苏联，房龙颇有微词。由于房龙曾去芬兰拜访过音乐大师西贝柳斯，且相谈甚欢。因此，当苏联于1939年11月入侵芬兰时，房龙无比愤慨，随即在美国发起了一次示威游行，并积极参与创设芬兰救援基金，并力邀罗斯福总统的母亲参与其中，增强影响力。二是对希特勒统治的纳粹德国，房龙将其作为抨击的主要对象。在《我们的奋斗》一书中，表达他对纳粹强权的极大愤慨，书中显示了一位天才的哲学家和善良的人道主义者转变成了为面临危险的民主而战的斗士。该书被罗斯福总统称为"杰出的作品"。

在耳闻目睹众多犹太人和知识分子遭受的迫害之后，房龙以自己的方式展开了坚决斗争。他不仅拒绝继续在德国出版自己的著作，还积极为受纳粹迫害人士雪中送炭。例如，干预纳粹势力对奥地利作家斯蒂芬·茨威格②的迫害；为爱因斯坦、托马斯·曼、埃米尔·路德维希③等流亡者来美签署担保书，房龙的家一度成为德国流亡者的中转站。1940年5月，纳粹德国入侵荷兰后，房龙又发起"威廉明娜女王基金"，邀请美国前总统

---

① 托马斯·曼是德国20世纪最著名的现实主义作家和人道主义者。1924年发表长篇小说《魔山》，1929年获得诺贝尔文学奖，30年代大力反对法西斯主义威胁，发表了中篇佳作《马里奥与魔术师》，对法西斯在意大利制造的恐怖气氛做了生动的描述。

② 斯蒂芬·茨威格是奥地利著名作家、小说家、传记作家，擅长写小说、人物传记，也写诗歌戏剧、散文特写和翻译作品。1911年，结识弗洛伊德，并一直保持友谊。1933年希特勒上台，茨威格于次年开始流亡英国、美国和巴西。

③ 埃米尔·路德维希是德国作家，以撰写通俗传记而享有国际声誉，所写传记强调人物个性，被称为"新传记派"，是20世纪最伟大的传记作家。

胡福、纽约传奇市长拉瓜迪亚①为其筹款活动站台。房龙还化名"汉克大叔",通过 WRUL 短波电台的荷兰语广播进行反纳粹宣传。

这个童年在荷兰被贵族子弟嘲笑为富而不贵的珠宝商后代,凭借自己的努力获得了祖国的认可,在被荷兰王室封为奥伦治－拿骚长官、跻身贵族行列之后,60 岁生日之际又被威廉明娜女王授予尼德兰雄狮勋章,虽然他已对此早已不甚在意。在笔走龙蛇、叱咤风云之外,房龙一生铁汉柔情,拥有丰富的感情经历,包括三段婚姻和若干红颜知己,彼此颇多帮助,即使分手,亦是朋友。其中许多人都成为房龙交流写作心得的对象。由此可见,丰富的亲情、友情和爱情深深地滋养了房龙的文学创作,使他的作品整体呈现出一种积极的"正能量"。

---

① 拉瓜迪亚是罗斯福"新政"的强力支持者,成功领导纽约从大萧条中复苏而闻名。1935 年,时任纽约市长的拉瓜迪亚曾在一个位于纽约贫民区的法庭上,旁听了一桩面包偷窃案的审理。被控罪犯是一位老妇人,被控罪名为偷窃面包。在讯问到她是否清白或愿意认罪时,老妇人嗫嚅地回答:"我需要面包来喂养我那几个饿着肚子的孙子,要知道,他们已经两天没吃到任何东西了⋯⋯"而法官的回答是:"我必须秉公办事,你可选择 10 美元的罚款,或者是 10 天的拘役。"老太太一脸痛苦和悔过的表情,她面对法官说:"法官大人,我犯了法,愿意接受处罚。如果我有 10 美元,我就不会去偷面包。我愿意拘役 10 天,可我那几个小孙子谁来照顾呢?"这时,拉古迪亚从旁听席间站起身来,脱下帽子,往里面放进 10 美元,然后面向旁听席上的其他人说:"现在,请每个人另交出 50 美分的罚金,这是我们为我们的冷漠所付的费用,以处罚我们生活在一个要老祖母去偷面包来喂养孙子的城市与区域。"法庭上顿时一片肃静。片刻,所有的旁听者都默默起立,每个人都认真地拿出了 50 美分,放到市长的帽子里,连法官也不例外。房龙与拉瓜迪亚市长相交甚笃,也从一个侧面说明了房龙的良好品格。

第三章 房龙的创作分期、内容特点及其本质

在房龙一生出版的近50部作品中,篇幅不一,影响各异。从1920年《远古的人类》初尝成功开始,至1944年去世,房龙一生笔耕不辍,整个黄金创作期约24年。其中,《人类的故事》(1921年)、《伦勃朗的人生苦旅》(1928年)、《人类的家园》(1932年)构成了其最具代表性的作品,呈现出一定的阶段性特征。

第一节 《人类的故事》及其掩映下的前期创作

一、成名序曲:《远古的人类》

《人类的故事》的成功并不突兀,而是预先奏响过一个序曲。这就是1920年出版的《远古的人类》。该书是房龙与利弗奈特珠联璧合的首部作品。房龙由此尝到了第一口香甜的市场蛋糕。该书的中译名还包括《古代的人》《文明的开端》等。其中,林微因译本《古代的人》流传较广,郁达夫那篇著名的序即是为此而作。但本书认为译名《远古的人类》与书中的内容更为贴切。

《远古的人类》重在讲述人类的起源,讲述他们如何在远古洪荒艰苦摸索、缓慢前行。房龙仅用数万字的篇幅,便以其生花妙笔带着读者回首了人类数十万年的艰辛来路:历经饥寒交迫,争斗狼虫虎豹,一度茹毛饮血,也曾穴宿巢居,为了生存,颠沛流离。房龙秉承"物竞天择,适者生存"的进化论思想,指出人类既无爪牙之利,也无庞大之躯,之所以能够在危机四伏的地球上生存下来,既有其外部条件所带来的偶然,也有人类

的自我努力。房龙对此的描写主要针对欧洲大陆，为了摆脱远古阴郁的调子，他笔锋一转，切入到尼罗河畔、两河流域及地中海岸的文明曙光，作品的调子旋即阳光灿烂。

  在房龙幽默和诙谐的笔端，亚、非、欧三洲交界及其邻近地区的人类早期文明进程汩汩而出，从古埃及的兴衰，到美索不达米亚的来龙去脉；从亚述、巴比伦的闪语族特性，到耶路撒冷、大马士革的历史渊源；从犹太人的命运多舛，到腓尼基人的唯利是图……房龙以一位历史学博士的水准，对人类文明的此消彼长、功过是非、风水轮转提出了画龙点睛的见解。在他看来，文明从来不会在同一个地点维持漫长的时间，它总是在移动，但决不总是向西。有时候它的进程指向东或者南。它还常会在地图上呈之字形移动。二三百年过去了，文明似乎想说："哦，我和这群人在一起待得太久了。"于是它收拾起它的书籍、科学、艺术和音乐，继续漫游，寻找新的领地。没有人知道它要到哪儿去，但生活因为如此才变得有趣。

  就是这样，在《远古的人类》当中，古往今来多少事，都付房龙笑谈中。例如，在讲述贵族阶级的形成时，房龙举重若轻，只讲了一个鱼先生、麻雀先生、杯子先生、镰刀先生此消彼长的简单故事，便令读者豁然开朗、拍案叫绝。其效果远非某些大家笔端的抽象理论所能及。从此以后，房龙便用这种风格，创作出一部部讲述历史、人物、地理等方面的著作，包括将该书并入第一章的《人类的故事》，后来的《圣经的故事》《人类的解放》《美国的故事》《奇迹与人》等也都沿用了这种讲故事的形式。可以说，这本书不仅讲述了人类文明的开端，而且成了房龙作品畅销的开端。

二、首创畅销高峰：《人类的故事》

  根据利弗奈特给房龙的策划，《远古的人类》只是一枚鱼饵，当钓得读者的兴趣上钩后，重磅的、系列的大部头作品就会鱼贯而出。随着《远古的人类》的热销和威尔斯《世界史纲》登陆美国引起的市场反应，房龙首部对人类整体文明的宏大叙事作品应运而生。《人类的故事》是房龙创作生涯的首座高峰。在内容上，该书对于人类起源以来的各个历史时期，都有高屋建瓴的论述。房龙把《远古的人类》纳为第一章内容；其后，按照人类的历史进程分为3个叙事板块，清晰明了。

在第 1 个叙事板块中，房龙将主角锁定为古希腊和罗马，据此又分为 2 个叙事单元。首先，对于希腊人，虽然房龙对其赫楞人祖先评价不高，但对古希腊文明的辉煌灿烂却推崇备至。房龙还重点讲述了希腊外御波斯的入侵，以及雅典与斯巴达代表的希腊城邦内耗；转而评述马其顿亚历山大大帝的文治武功。旋即进入第 2 个叙事单元，突出描写了古代地中海世界的争霸，即印欧语族的罗马拉丁部落，同闪语族腓尼基部落的殖民地迦太基之间的此消彼长，然后又捋出了罗马共和国蜕变为罗马帝国直至灭亡的整个过程。一般的读者都能据此把古代西方文明的根子掌握个十之八九。

到了第 2 个叙事板块，房龙把叙事坐标定为基督教，并沿着宗教兴起的线索，讲述了中世纪社会的发展和演变。他从耶稣的传说讲起，把基督教统治罗马世界的过程安排为叙事重点，并延及北欧蛮族在灭掉罗马之后皈依基督教的诸多历史细节，交代清楚了中世纪欧洲的几大关键历史事件，包括北欧海盗对欧洲的侵袭，封建骑士制度的沿革，教皇和世俗君主之间的争权夺利，十字军东征的历史背景等。房龙还重点刻画了法兰克国王查理曼大帝，特写了穆罕默德在阿拉伯沙漠的崛起。今天的读者读后，对许多耳熟能详却不知其所以然的现象都能豁然开朗，如经常挂在嘴边的教皇、皇帝、国王、贵族、骑士、十字军等词汇的所指，以及伊斯兰极端分子对西方世界发动自杀式恐怖袭击的宗教逻辑。

第 3 个叙事板块的叙事变得较为开放。房龙从城市的兴起和文艺复兴，迤逦讲述到世界性的科技革命和欧洲各国的近代政治革命，串联了宗教改革、宗教战争和航海大发现等一系列重大事件，带读者深入专制王权和议会政治的斗争，直到国际的"势力均衡"法则。本叙事板块顾及了地处边远的俄罗斯帝国与瑞典的北欧争霸，对于具有世界范围影响力的事件，房龙进行了深入描写，包括法国革命、美国独立战争和普鲁士的崛起等。此外，房龙的笔触也开始触及亚洲，补充介绍了印度的佛陀和中国的孔子，从而使《人类的故事》具备了一定的全球性。

《人类的故事》所普及的知识范围蔚为大观，既涉及天文、地理、生物等自然科学和工程技术内容，也有政治、社会、经济、文化、艺术、宗教、哲学等人文社会科学的内容。从科技革命，到社会革命；从重商主义，到自由市场；从思想启蒙，到殖民扩张与战争……都有详尽的阐述，几乎无所不包。在读者接受水平上，虽然最初的策划定位于少年儿童，但实际的读者面远远超出了这一群体，一般水平的读者都能对人类社会的发展脉络产生轮廓性的认识，从书中了解众多历史名人的掌故，认清历史重大事件的时代背景。

总体而言，《人类的故事》知识密度高、内容丰富、资料翔实、涉及范围广泛，叙事紧凑，远非寻常的历史题材著作能够望其项背。在写作手法上，房龙在该书中展现了高超的文字驾驭能力和匠心独运的构思，平铺直叙、生动简洁地描摹出人类从公元前50万年至公元1922年的人类历史进程，遣词造句幽默、睿智，修辞生动、形象。对于纷繁历史事件的来龙去脉，房龙往往寥寥数语就能说得明明白白。

对于该作品的成功，卡尔·范多伦做过较为全面的评价。他在1932年发表于《纽约先驱论坛报》的一篇文章称《人类的故事》："看上去像是一本给孩子读的书，实际上也是如此。插图把它装点的光彩夺目……这些插图最初给人潦草、漫不经心的印象，随后读者悟出它们真实在阐明正文和强化历史学家的用意……美国公众在5年时间里要求它印了32次，而在11年之后他们还在继续读着《人类的故事》。它已被译成许多种文字，在这方面只有厄普顿·辛克莱①能比得上他。除了俄国之外，至少在别的地方它已成为这个时代最重要的历史入门书。"

三、余音绕梁的其他作品

《人类的故事》一炮而红后，房龙的写作道路一发而不可收。根据利弗奈特的策划和房龙自己的兴趣，他又接连推出了《圣经的故事》（1923）、《宽容》（1925）、《美国的故事》（1925）、《彼得斯特伊弗桑特②的生活和时代》（1927）、《奇迹与人》（1928）等作品，构成《人类的故事》的余脉，直到《伦勃朗的人生苦旅》（1930）形成了严肃文学意义的高峰。

---

① 厄普顿·辛克莱（Upton Sinclair Jr.，1878年9月20日—1968年11月25日），美国著名左翼作家，1906年发表《屠宰场》（The Jungle），描写大企业对工人的压榨和芝加哥屠宰场的不卫生情况，引起人们对肉类加工质量的愤怒，导致制定了食品卫生检查法。后以反法西斯英雄兰尼·巴德为主人公写了11本系列小说，反映1914年以来的重大事件。一生共著有小说和社会研究著作80余部。

② 彼得斯特伊弗桑特（Peter Stuyvesant）是荷属西印度公司的代表，因1626年用约合24美元的珠宝从印帝安人手上买下了整个曼哈顿岛而闻名。

（一）最富争议的作品：《圣经的故事》

《人类的故事》令利弗奈特信心大增，趁热打铁策划了《圣经的故事》。房龙虽不太喜欢这个题材，但鉴于利弗奈特刚刚妙手成金，也愿意硬着头皮依计而行。在这部作品中，房龙主要从历史的视角来阐释《圣经》故事，淡化了信仰的色彩。因此，房龙得以尽情发挥通俗诙谐的写作手法，将庄严肃穆的《圣经》原典转换为妙趣横生的《圣经的故事》，在保留了《圣经》原典精神的前提下，让读者轻松进入《圣经》世界。房龙用质朴、宽容的笔调讲述经典传说的同时，也把其背后宏大的人类历史进程演绎得惟妙惟肖。

此书的营销手段不可谓不超前，尚未出版便已先声夺人。消息被利弗奈特预先抛给了新闻界，提前引发了媒体对房龙的关注。该书1923年出版后，因为省去了"圣母怀胎""耶稣复活"等明显有悖科学常识的情节，引起了基督教原教旨主义者的愤怒；但不少唯一神派①的信徒却夸奖这部作品在讲述故事方面成绩显著，称赞房龙运用了"美国人的思想方式和内心意象"。《纽约时报》也刊登书评称此书是一部萨克斯管风格的《圣经》。房龙的媒体老伙伴——克里斯蒂沃尔什报业辛迪加还出价5万美元买下了连载权。但在英国，该书却被评论界骂的体无完肤。

总体而言，该书的市场反应不及《人类的故事》。而且也初步暴露了房龙写作倾向与利弗奈特营销理念的一些矛盾，后者看重的某些题材也许是前者所厌倦和为难的，而前者想写的东西，后者未必看好市场反应。对双方后来的合作，《圣经的故事》产生了两方面的影响：其一，对于房龙，《圣经的故事》引起的争议触发了他写作《宽容》的念头。房龙独立创作的品格也开始显现，《傻帽儿威尔伯的故事》便是一例。这本房龙用以讽刺首任妻子弃他而去的寓言小书，未能掀起多少涟漪。其二，对于利弗奈特，《圣经的故事》尽管成绩不如预期，但没有动摇他的营销理念，他又策划了《美国的故事》，欲与《人类的故事》和《圣经的故事》构成一套"房龙三部曲"。《宽容》和《美国的故事》先后于1925年和1927年

---

① 唯一神派的官方名称是一神论信普救说者协会（Unitarian Universalist Association，UUA），主张"上帝是唯一、是唯一可以取代传统基督教三位一体学说"，这种思想可以追溯到远古时代阿里乌讲义时期（公元256—336年）。阿里乌和他的阿里乌说运动告诉我们，圣经没有教给我们三位一体理论，也没有告诉我们，耶稣没有自称为神。直到新教改革，重新提出具有历史意义的三位一体学说时才得以大行其道。

出版。

（二）最具思想性的代表作：《宽容》

作为房龙精神品质的标签，宽容是他观察和思考人类文明进程和思想发展史的心得。房龙撰写《宽容》的直接动因是《圣经的故事》在宗教界引起的争议。作为房龙发自内心率性而为的思想史著作，《宽容》可视为其思想类文学作品的代表作。房龙怀着满腔热忱与激情，以史诗般的语言，描绘了一幅人类奋斗与自我救赎的历史画卷，波澜壮阔、叹为观止，迥异于那些经院式著作的严肃与刻板风格。

在全书的开篇，房龙开宗明义："这本书不是人类学手册。这是一本奉献给宽容的书。"然后，房龙从人文主义立场出发，围绕"宽容"这一主题，详细介绍了从古希腊到公元18世纪这2000多年来，人类追求思想解放的艰辛历程。房龙指出，千百年来，真理与无知从未停止过较量，每一次的进步都有生命与血的代价，而每个时代都不乏甘为真理而英勇献身的人。

他由古希腊的第一位哲人泰勒斯说开去，对若干古圣先贤进行了分析和评点。从苏格拉底到伊拉斯谟，从拉伯雷到索兹尼，从蒙田到阿米尼斯，以至布鲁诺、斯宾诺莎、伏尔泰、莱辛等名家，悉数登场。通过分析这些杰出思想家的个人命运和心路历程，房龙总结了若干对人类影响深远的重大历史事件，从古希腊文明到文艺复兴，从基督教改革运动到法国大革命等，以及众多杰出人物为了宽容事业所做出的努力，尽显笔端。

在《宽容》中，房龙以犀利的眼光，深入不同宗教派别的冲突背后探源，着重分析了宗教史上的斗争与融合、迫害与抗争。历史上一幕幕由于偏执和固执导致的悲剧，都被房龙用轻松幽默的语言转述出来。通过房龙"宽容"的目光，读者可以对宗教史和许多精神文化现象的发展形成清晰连贯的印象。房龙特别强调，历史上的宗教改革家假借"宗教改革"之名，残酷迫害一切有碍自我的创新。在房龙的眼中，不宽容只是人表现的一种自卫本能。宽容与专横之争贯穿人类的历史。今天的异教徒明天成了正统，又马上成为其他持异见者的死敌，耶稣以身殉道，提倡爱人如己，四海之内皆兄弟，突破了犹太教的狭隘与偏执。但基督教得势后，照样设立自己的宗教法庭，大肆迫害异端——红衣主教们还时不时地增扩"禁书目录"，妄图阻止民众求知的欲望和知识的传播。种族间、阶级间、政治派别间、宗教团体间互不相容，从一种不宽容到另一种不宽容，厮杀争斗不绝于缕。悲壮也罢，惨烈也罢，在房龙的视角中，这一切都非无端而生，而是人类走向文明所不得不经历的血与剑的洗礼。

从时代背景上看，房龙在写作此书时，人类已经经历了第一次世界大战。政治与国家的不宽容暴露了人心的险恶，故此房龙在该书最后一章说：“社会刚开始摆脱宗教偏执的恐怖，又得忍受更为痛苦的种族不宽容、社会的不宽容及许多不足挂齿的不宽容。”"用机关枪和集中营武装起来的形形色色的现代不宽容比中世纪又胜一筹。"通过这本书，房龙表达了自己的是非观，真理并非只掌握在某些组织或个人的手中，人人都有权选择自己的信仰，没人有权把自己的观念强加给他人。对于不同于自己的观点，人人都应持容忍或者宽容的态度。

房龙不仅要求宗教的、言论的和政治的互相宽容，甚至拒绝用一切"不宽容"的手段来改造社会，根据房龙的观点，只有包括统治阶级在内的社会各群体，都通过各自道德的自律，来达到一种"宽容"的境界，才能在宽容的空间里取得社会的进步。而当1940年《宽容》准备第二版时，纳粹主义、法西斯势力和军国主义正在全球甚嚣尘上。这严重打击了房龙的宽容思想。但是房龙并未因此而放弃理想，他号召正义的人们"养精蓄锐、保存自己，以便迎来开始进行重建工作的那一天"。在1940年版后记中，他大声疾呼："宽容的理想在近10年内为什么这样惨淡地破灭？我们如今的时代为什么还没有超脱仇恨、残恶和偏执？"

为此，房龙修改了他以往提出的不讲任何原则的宽容，他说"……对完全对立的理论的人大谈什么宽容，就犹如对白蚂蚁甜言蜜语地吹嘘'大家具有不可分割的权力'，而这些白蚁却正在摧毁我们脚下的基石。"现实终于教育了思想者：对宽容的人当然实行宽容，但对本身就是宽容死敌的人讲宽容则无异于自杀。因此，宽容是最大限度的，但不是毫无限度的。房龙的这一思想其实与孔子所提倡的"以直报怨，以德报德"有异曲同工之妙。

《宽容》以描写和塑造人物见长，涉及的时间跨度不亚于《人类的故事》，从史前时代一直到20世纪，娓娓道来，深入浅出，平易近人。在文本的结构安排上，每章都可独立成篇，而又按人类思想的发展进程来叙述，如同一部散文集。读者可以从头读起，也可以从任何一章起读，浑然一体而毫无割裂之感，在哲学史、科学史、文学史、艺术史各方面自由穿梭，游刃有余。这成为房龙大多数作品在结构上的重要标志性特色。然而，在市场方面，由于《宽容》的洞察力过于超前，思想性太为深刻，当时的销售不温不火。直到 1940 年再版，第二次世界大战的硝烟才使许多读者真正理解这本著作，认识到它的宝贵价值。

（三）本阶段的后期作品

写作《宽容》确实满足了房龙自己的"任性"，但"家有千金，方能行止由心"。疲软的市场反应，令房龙不得不重返利弗奈特策划的《美国的故事》。该书已经预先得到了克里斯蒂沃尔什报业辛迪加旗下《女性居家之友》的连载合同。用房龙的话说："这本书完全为了钱而写。"尽管如此，房龙在《美国的故事》中仍然以其渊博的学识，简洁、流畅的笔触讲述了北美大陆上的风云变幻，时间跨度从哥伦布发现新大陆至 20 世纪 30 年代。该作品对美利坚合众国的形成、诞生和发展叙事颇详，广泛涉及西方文明、科技进步对人类生活的影响，内容丰富、资料翔实、知识量大，非一般讲述美国的历史书籍所能及。在文学手法方面，该书文笔生动、活泼，写人述事栩栩如生，不乏奇文妙语，读来饶有趣味，是一部利于迅速了解美国的佳作。

随后，房龙又创作了后来被利弗奈特拒稿的《彼得斯特伊弗桑特的生活和时代》，尽管房龙也认为这个题材枯燥乏味，但仍创造了 16 天写出 72 000 字的个人记录。这也代表了房龙习惯报刊采访部的工作节奏。但读者对此书的反应平平。而对于房龙以工作狂治疗忧郁症的经验而言，再枯燥乏味的题材强于无所事事的空虚。1928 年，房龙甚至将"关于发明的书"也纳入了写作范围，准备撰写《万能的人类》（出版时名为《奇迹与人》）。在阔别 16 年后，房龙回到了德国慕尼黑，并泡在了当地的德意志科学技术博物馆开展研究，同时为查尔斯比尔德编辑的《人类何处去？现代文明概观》撰写了一章内容。由此，科技内容成为房龙作品中一个专门的题材凸现出来。

为了更好地克服忧郁症的困扰，房龙衣锦还乡，在荷兰老家买了一座海景房，开始了两年志得意满、闲云野鹤的隐居生活，准备创作一两本自己真正想写的书。《奇迹与人》和《伦勃朗的人生苦旅》即于此间成书。在 1928 年出版的《奇迹与人》里，房龙的科技思想空前明晰。关于该作品的书名，房龙的本意是《万能的人类》。《奇迹与人》是出版商出于市场考虑而坚持更改的名字，但房龙认为这一书名暗含宗教色彩，所以自己并不喜欢。在作品中，房龙回顾人类为了生存而生生不息的发明与创造，阐明了人类是不断进步的进化思想。《奇迹与人》被《纽约先驱论坛报》评论为"材料、插图和可信的人生道理的一次成功的结合";《纽约时报》称它"像房龙先生写的任何东西一样引人入胜";德国作为欧洲技术的发源地,读者给予了房龙像对耶稣基督那样的欢呼。

第二节 《伦勃朗的人生苦旅》:中期的严肃文学孤峰

一、坚定的创作信念和严谨的创作精神

《人类的故事》虽然使房龙一举成名,但也产生了负效应。许多读者和评论家都将其定格为少儿读物作家、通俗作家。尤其对"通俗作家"这一标签,房龙颇不以为然,认为低估了自己的创作水平,决心为了荣誉另辟蹊径。1929年,房龙不顾荷兰题材导致了早期作品的市场惨淡,再次如撰写《宽容》般"任性",拣起了伦勃朗这一构思了近20年的"老乡"题材。由于是自觉自愿的创作,房龙暂时放弃了对市场效益的追逐。虽然利弗奈特热衷他创作一部《人类的故事》风格的地理书(即后来的《人类的家园》),并洽谈了两本美国杂志,对方愿意出2万美元购买连载权。但房龙仍未动心。他说:"我想以那本书出名,而不是靠别的出名;要是我名声显赫的话,我不在乎去受穷。"

为了写作该书,房龙不惜物力、不省人工、不吝动用自己的人脉资源,并充分展示了在博士阶段接受的科研训练和积累的深厚学养。为获取扎实的一手资料,房龙在巴黎、阿姆斯特丹、海牙及荷兰小城维勒之间马不停蹄、往来奔波,在无数书店里寻觅有关伦勃朗及其同时代人的资料。为充分掌握关于伦勃朗死因的详细描述,房龙不惜重金购买了大量相关书籍。由于伦勃朗几乎一生都在阿姆斯特丹度过,许多关于他的一手资料都保存在阿姆斯特丹博物馆的档案室。房龙要想一睹为快,必须得到博物馆理事会的首肯。而深刻影响房龙童年的舅舅约翰·汉肯博士恰恰是理事会的成员。此时,帮助青年房龙留学康奈尔的萨莉舅妈已经去世,孤独的约翰舅舅也垂垂老矣,但凭着他的威望和关系,房龙终于如愿以偿,从档案室里获得了许多有关17世纪荷兰社会及伦勃朗的宝贵资料。这显然是其他作家不具备的优势。房龙随即手不释卷地研读这些关于伦勃朗的资料素

材，同时忘我地投入写作。

二、高超的虚构文学创作水平

在《伦勃朗的人生苦旅》中，房龙通过描写主人公悲凉的一生，揭示了那个时代的悲剧。该书涉及了当时荷兰社会的方方面面，刻画了阿姆斯特丹的众生相。房龙以点带面，通过描写当时的重要人物和事件，展示了17世纪荷兰宏大的社会画卷。因此，这部作品除了聚焦伦勃朗的篇幅，还有很大一部分内容讲述伦勃朗所处的时代。

就文学创作手法而言，《伦勃朗的人生苦旅》集中代表了房龙的文学艺术水平。例如，在叙事者的安排上，房龙虚构了乔安尼斯·约翰·房龙这一人物，将其定位于伦勃朗的私人医生和挚友。房龙以这位医生遗留的回忆录来讲述伦勃朗的一生，令读者感觉真实而亲切。这位"可靠的叙事者"对艺术懂得不多，因此只能猜想伦勃朗的艺术高度，这就预防了在书出版后，书评家以此为借口批评房龙并不专精的艺术理论鉴赏水平。作者以这种方式巧妙地回避自己的短处。

借此，房龙还在作品中设计了一个"游戏"，即他正是约翰·房龙医生的后代。而在《德国通用医药百科全书》中，确实有一个专门的条目记述约翰·房龙医生。如此一来，"假作真时真亦假，无为有处有还无"，移花接木、张冠李戴，约翰·房龙医生似乎就是一个真实可信的历史人物了。房龙妙笔生花，把这个虚构的祖先写得栩栩如生，活灵活现，展示了高超的虚构文学创作技巧。房龙在他的另一部杰作《天堂对话》中曾谈到，这个约翰·房龙医生"除了在我自己的脑子里并未真实的存在过"。就此意义而言，约翰医生的自传实际上就是作家本人的自传，掺杂了不少房龙自己的人生经历。

以这种形式来创作，房龙得以纵横捭阖、放飞想象，天马行空地随意插入主观自传性的内容。例如，房龙给这位虚构的医生取了他舅舅约翰的教名，并赋予了约翰舅舅的某些特征。约翰医生在书中的冒险经历，许多都是约翰舅舅当年给他讲的传奇故事，还有自己在童年时期幻想出来的场景。而房龙一直有缘无分的老情人蕾内，也被他巧妙的安排进了作品中。此外，房龙还为约翰医生虚构了不少亲友，扩大了叙事节点，融入了房龙的许多个人经历。例如，约翰医生的哥哥威廉与一位女演员有染，结局非常可悲，这实际是房龙对自己与第三任妻子女演员弗朗西丝短暂婚姻的判词。即便是伦勃朗这位真实的历史人物，一旦作为房龙笔下的主人公，也在某些方面呈现出作家本人的特点。

三、实至名归的"严肃作家"

《伦勃朗的人生苦旅》于1930年出版。在美国，该书获得了业界的高度评价。哈里·汉森①在《纽约先驱论坛报》上欢呼这是亨德里克·房龙最佳的作品；《纽约时报》称它为"非凡的杰作"；刘易斯·芒福德在《新自由人》上称其为"在过去10年中完成的最令人着迷的历史传记作品之一"。尽管如此，《伦勃朗的人生苦旅》的销量却不尽人意。一是"天时"不济，正逢美国空前的经济大萧条。二是失了"人和"，利弗奈特由于经济危机和婚变的双重打击，远遁他乡，最终潦倒而亡。利弗奈特出版股份有限公司也已易主、名不副实，失去了以往的营销优势。三是与房龙市场失败的早期作品相似——荷兰题材不符合美国主流读者的口味。1931年初，为推动销售，房龙不得不亲自出马，到著名的芝加哥马歇尔·菲尔德购物中心为《伦勃朗的人生苦旅》签名售书。

但在毗邻荷兰的德国，《伦勃朗的人生苦旅》却表现出了书评和市场的双丰收。《伦勃朗的人生苦旅》的德国版书名变更为意蕴隽永的《超越现实》，内容也比美国版大删大砍了200余页。它装帧华丽，印刷精美，亚麻布封面显得庄重气派，书的衬页上印了一幅房龙的照片。这本书成了书籍装帧艺术方面一个极好的范例。房龙被称为具有约翰·多斯·帕索斯②的史诗感和厄普顿·辛克莱的社会学洞察力的"伟大的传记作家"。这两位作家，都被认为是美国当代文坛上的巨人。《超越现实》被誉为"每个句子都显露出作者对他的荷兰祖国的爱"。在市场方面，德国版的伦勃朗传的销量是美国版的好几倍，德国书商纷纷抱怨他们的书架上无法保持足够数量的《超越现实》。

---

① 哈里·汉森先后做过《芝加哥每日新闻报》《纽约世界报》《纽约世界电讯报》的文学编辑。他写过11本书，还有大量的文章和散文，在哥伦比亚大学和芝加哥大学讲过课，是美国历史学会会员，是世界年鉴的编辑。

② 约翰·多斯·帕索斯（John Dos Passos，1896—1970），小说家。1916年毕业于哈佛大学，去西班牙学习建筑，不久参加第一次世界大战，先后在法国战地医疗队和美军医疗队服役。根据亲身经历写成的《三个士兵》（1921）是他第一部有影响的小说，也是最早反映美国青年一代厌战和迷惘情绪的作品。代表作是《美国》三部曲，包括《北纬四十二度》（1930）、《一九一九年》（1932）和《赚大钱》（1936）。这部作品规模宏大，时间从20世纪初直至1929年经济危机爆发，描写了12个人物形象。他们的故事独立成章，情节上偶尔有所联系，颇具史诗感。

总体而言，房龙这本关于伦勃朗的传记，虽然没有带来像《人类的故事》那样的经济效应，但其在文学上的成就，却得到了公认。房龙向世人证明了自己多面手的文学创作才能。他不仅能用诙谐幽默、轻松活泼的文学语言阐释历史，把刻板沉闷的题材讲得生动有趣；也有能力像小说家那样，细腻地"虚构"人物，精心"编织"情节，放手制造悬念。房龙的这部皇皇巨著被美国文学协会选中，其影响不言而喻。不仅意味着房龙文学地位和声望的提升，也意味着不管以后书评家如何说三道四，这本书也会确保分发给文学协会的捐助人。自此，"严肃作家"的桂冠终于稳稳地戴在了房龙的头上，为他跻身神圣的文学殿堂奠定了坚实的基础。

第三节 巅峰《人类的家园》及之后的晚年创作

"理想很丰满，现实很骨感。"房龙虽然凭借《伦勃朗的人生苦旅》证明了自己的严肃作家地位，但面对冷淡的市场反应，他不得不重返畅销书领域。由此，时隔10年，房龙又回到了《人类的故事》的写作模式，开始筹备他的第二座畅销高峰——《人类的家园》。此书正是利弗奈特在经济危机前热衷他写的那部具有《人类的故事》风格的地理书。由此，又一次证明了利弗奈特对房龙的市场成功是何等重要。而房龙此番选的出版商——西蒙和舒斯特公司，老板之一正是利弗奈特昔日的员工。该公司成为房龙此后10年的重要合作伙伴。

一、文学与科学并举的内容特色

从书名上看，本书的英文原名为《Van Loon's geography: the story of the world we live in》，即《房龙地理：我们所处世界的故事》，旨在表达房龙独树一帜的特性。《人类的家园》是其英国版书名，与《人类的故事》《人类的解放》（英国版《宽容》）前呼后应。中华民国时期的主要译本都基本合意，今天有的出版社翻译为《地球的故事》却并不准确。为突出文学文本的风格，本书采用《人类的家园》。

通常的地理书套路，多介绍地球的概况，海陆分布大势，陆上海底地形，何处高山河流，各地自然环境，重要城市，经济概况，连篇累牍罗列枯燥的数字。读者如同狗熊掰棒子，顾此失彼。《人类的家园》则另辟蹊径，房龙站在历史的高度，设置了人文主义和科学主义的基调，把"地球是人类唯一的家园"这一主题思想阐释的情真意切。

在地理科学知识的介绍当中，房龙尽量避免机械地摆数据、谈术语，刻意绕开深奥的理论，着意把人类的生存与发展提升至作品的突出位置，讲述人类适应自然、利用自然和改造自然的过程。为此，房龙随时把能够引发读者感兴趣的故事融入其中。可以说，这是一本富含人类故事的地理书。如同他在《人类的家园》前言里一再强调的："我不需要一种全新的地理学，我需要的是我自己的地理学。"并指出："历史是地理学的第四维，它赋予地理学时间和意义。"

在这部作品中，房龙打破了常规地理书的写作方式，不仅简要地介绍了基本的地理知识，还机杼独出地从地理的角度讲述了各国的历史演变，分析了地理对民族特性、人群性格所产生的影响，把人类发展史上波澜壮阔的重大事件呈现于读者面前，生动地诠释了"人文地理"这一概念，令读者读地理就如读小说一般通俗易懂、过目难忘。

二、炉火纯青的叙事风格

《人类的家园》并非机械、客观的科学语言的陈述，而是运用了鲜活的文学语言。房龙对此已至炉火纯青的境界，赋予自然地理科学以浪漫的人文色彩，将自然地理的客观规律同人文地理的风姿绰约融为一体，呈现于读者面前。行文当中，房龙采用了大量的修辞手法，精妙的比喻俯仰皆是，生动的拟人随处可见，恰当的对比、类比不一而足。例如，他将波河流域比作一个能养活整个意大利半岛的伙房。又如，他将太平洋上的火山岛拟人为"古老却极不可靠的朋友"，说他们偶尔会"冒出青烟，令人不安"。

房龙在书中延续了一贯诙谐幽默的行文风格，他把故事讲得趣味横生。枯燥的地理知识，经过他的生花妙笔，山水草木就变得栩栩如生、活灵活现。例如，房龙自成一家地解释了为什么丹麦人沉溺于静谧的书斋，而西班牙人则热衷于广阔的天地？为什么日本在近代必然要向外扩张，而国土同样狭小的瑞士却保持中立等国家和民族特性。读者在轻松愉快之中就能把握人类历史的发展脉络，获得不少启发。

在文本结构上，《人类的家园》延续了《人类的故事》《宽容》等作品的风格，由一篇篇生动活泼的地理故事组成，"形散而神不散"，时刻紧盯人的活动这条主线，彼此辉映、浑然一体。房龙用笔洗练，善于管窥一斑，通过历史事件的某些片断来概括全貌，每每在一段不大的篇幅中，准确传递对一个国家或民族的印象。

对于房龙的这部创作，侯仁之曾发表如下看法：我们知道就理论上讲，地理与历史是分不开的。历史为地理所解释，地理为历史所诠注。但是，真要并成一块来写，可的确不是件容易事……书中他织入了许多重要史实，把平面的地理，造成了立体的叙述。把人类的活动放在全书第一位，把地理这科的传统性质企图改造起来……这比专门去读一部普通的地文地理对一般读者有益多了……一些孤立的常识被这条"地理"的线索穿贯起来；好些单独的事件，就都成了一个舞台上的角色。这样，地理、神话、历史、传说的穿插交织，就是房龙之所以能征服一般读者的第一件武器。由此可见，把历史与地理结合起来，是《房龙世界地理》吸引侯仁之并受到他赞赏的原因[1]。

三、空前的成就

1932年初，房龙刚刚"知天命"，便完成了《人类的家园》的初稿。在正式出版（1932年9月8日）的前三个星期，这本地理书已被当作一本畅销书那样广受欢迎，而且直到1933年，它始终名列非虚构作品售书榜的榜首，每周售出1000册。在大萧条期间，一本售价高达3.75美元的书能取得如此的成绩实属难能可贵。英国版的《人类的家园》也很快出版了，销售量达到13.8万册，被看作是出版界的一大奇迹。而该书的德文、西班牙文、意大利文、匈牙利文、葡萄牙文和瑞典文的译本销量更是大到无法统计。可以说，它不只是一本"曾经畅销"的书，也不只是一本"几度畅销"的书，而是一本"永远畅销"的书。

在评论界，《人类的家园》也是好评如潮。《纽约世界电讯报》称其为"从未有过的既给孩子也给大人读的最好的地理书"。《布鲁克林鹰报》的书评作者发现书中"包容了所有适用的文献"。《堪萨斯城星报》称它是"这一年最具可读性的非虚构作品"。《芝加哥每日论坛报》则称这本书是"用足够朴实的、能让任何12岁的聪明孩子读懂的方式写成的"。还有人从另一个角度赞美道："自从伊拉斯谟以来出生于鹿特丹的作家中没

---

[1] 唐晓峰. 踏入历史地理学之路——再论青年侯仁之. 读书, 2013 (7)：132-140.

有人能超过房龙,从荷兰来到美国的移民作家没有谁能与房龙比肩。"①

《人类的家园》获取的空前成功,彻底奠定了"房龙晚年的幸福生活"。从此,他将主要精力逐步投入到了政治、社交、广播、环游世界及家庭和饮食男女等方面。写作则为这些方面锦上添花,几乎处于随心所欲的状态。例如,纯为自己消遣的《大象上树》;完全出于自己童年兴趣的《船舶及它们如何在海上航行》;寄托自己思乡情怀的《天堂对话》;为教育孙子写的《跟字母一起漫游世界》;为捧"红颜小知己"而与之合写的《圣诞颂歌》《世界民歌》《最后的民谣歌手》《美国歌集》《铃儿的寓意》等若干音乐类图书;受启于环球旅行的《发现太平洋》《人类的艺术》;由其在 NBC 广播稿结集形成的《广播风暴》;指斥纳粹的《我们的奋斗》《入侵》;受约相关行业组织撰写的《欧洲印刷史话》《西方美术简史》;《巴赫传》《托马斯·杰弗逊》《西蒙·玻利瓦尔》《古斯塔夫·瓦萨传》等历史人物传记……总而言之,嬉笑怒骂皆成文章,快意恩仇尽着风流。其中,《人类的艺术》和《天堂对话》木秀于林,构成了房龙后期作品的畅销代表作。

四、巅峰之后的余脉

(一) 包罗万象的《人类的艺术》

艺术是人类与生俱来的天性,伴随着人类的成长,标志着人类的文明。自少年时,艺术化的人生便成为房龙的追求。《人类的艺术》自 1937 年出版以来,一直饱受赞誉、传阅不衰,至今依然是最受欢迎的艺术读物之一。

该书的思想和素材最早可溯及房龙于第一次世界大战前受邀威斯康星大学的 6 周艺术史讲稿。在内容上,作品洋洋洒洒数十万字,展示了房龙深厚的艺术功底和广博的历史知识。书中不仅有房龙对艺术的独到阐释,也有他对人性的深度剖析。从 4000 年前古埃及的艺术,到 19 世纪欧美现代派的作品,广泛涉及建筑、绘画、雕塑、音乐、戏剧、小说、舞蹈、服饰,不同时代、诸多民族的艺术轮番登场,全人类优秀而庞杂的艺术精华被房龙如数家珍地呈现到读者眼前,令人叹为观止。同时,该作品也使读者对艺术发展所赖以存在的社会、政治、经济、文化等背景洞若观火。

---

① 谭旭东. 西方儿童文学的视野. 长春:吉林人民出版社,2012.

在形式上，房龙采用了轻松随和的叙述口吻、清晰直白的语言，读来如同老友间的围炉夜话，改变了长久以来许多读者视艺术为阳春白雪的敬畏态度，受到持续而广泛的欢迎。正如作者所说，他要为读者开启一扇门，一扇通向人类艺术发展历程的快乐之门。他还谦逊的指出这本书的作用仅仅是抛砖引玉，想要真正理解艺术的普遍性，读者们应该悉心观察和体会日常生活，因为，艺术就蕴含于生活之中。

（二） 与世界伟人谈心的《天堂对话》

《天堂对话》是房龙去世前的最后一部大部头畅销作品，于1942年出版。该书集中反映了作家高超的文学造诣和瑰丽的艺术构思，堪称异想天开的神来之笔，也可视为当今"穿越"题材的老前辈。但其内容品格、思想高度和艺术魅力绝非当今流行网络的穿越小说所能企及的。

房龙写作此书的念头由来已久，但一直缺乏引爆点。1941年，房龙的故乡鹿特丹和米德尔堡都毁于纳粹之手，悲愤之情终于打开了房龙宣泄的闸门。这位深受心脏病困扰的作家想象着"我的朋友和我仍旧快活地住在维勒，有一天，我们决定要是和历史上的人物会会面该多好，由于在维勒一切都是可能的"。

作品中，房龙凭借超凡脱俗的想象力，突破了时空限制，采用古今对话的形式，介绍了几十位在人类历史上颇具影响的风流人物。其中既有举世景仰的圣人、思想家、文学家、艺术家、科学家或政治家，如孔夫子、柏拉图、笛卡尔、达·芬奇、莎士比亚、贝多芬、富兰克林、杰弗逊等，也有房龙眼中的暴君、枭雄和伪君子，如拿破仑、罗伯斯比尔等。与此呼应，作品也便涉及了广泛的知识领域，文学、历史、哲学、科技、宗教、政治、音乐、地理等无所不包，纵横古今。

在情节安排上，房龙构思巧妙，"那些宴会不是单个地邀请历史人物，而是将志趣相投的放到一起，或出于某种考虑地精心加以组合"。这些早已作古的名人带着他们未曾随着肉体消失的精神和思想，一边接受房龙的款待，一边妙语连珠，其生平事迹、思想观念、生活习惯和性格特征得以生动鲜活地展示。通过这种对伟人当年生活场景的再现，与伟人面对面地谈心，房龙不露声色地表达出自己的人生观、价值观和针对现实社会问题的思考，使读者能够更加深刻地认识伟人、了解伟人，进而全面地解读伟人，感受人类心灵的至善与极恶，从多元性格与多元思想中获得启迪，堪称总结房龙理想境界和文学创作成就的收官之作。

第四节　房龙作品的内容特点

一、素材和题材

自 1913 年出版第一部作品直至 1944 年去世，房龙笔耕不辍 30 年。作品常写常新，始终饱有丰富的内容，未见江郎才尽。这得益于其学富五车的知识素材储备和对时代脉搏的密切把握。就素材而言，鲁迅说过："作者写出创作来，对于其中的事情，虽然不必亲历过，最好是经历过。""我所谓经历，是所遇，所见，所闻，并不一定是所作，但所作自然也可以包含在里面。"① 以此为鉴，房龙的作品中既有一手的直接素材，也有二手的间接素材。前者得益于房龙丰富的人生经历，后者受惠于其博览群书和紧跟时事。

就题材而言，房龙基于自己的意识形态和熟悉的生活实践，纳入作品中的具体表现对象丰富多彩，文学、历史、哲学，天文、地理、生物、海洋，以及音乐、美术、建筑，乃至烹饪和服装，均在其笔端生花。虽然这些作品所描写的对象五彩斑斓，所涉及的问题千奇百怪，所显示的意义不一而足，但读起来却感到层次清晰、有条不紊、有章可循。

整体而言，房龙善于把现实素材转化为讲故事的艺术结构，赋予文献以新的光彩，为文学探索了一个更为广阔的天地。从题材上看，房龙的诸多作品表现出自成一家的体系和思想，呈现出人文和科学两大块内容，涵盖了"五四"新文化运动所倡导的"德先生"和"赛先生"。这其实解释了为什么房龙作品能够在中国掀起两轮译介热潮。而对于现代科学精神与人文精神的关系，著名教育家龚育之做过这样一段精辟的诠释："现代科学精神是具有高度人文关怀的科学精神，现代人文精神是具有现代科学意识的人文精神。"② 房龙作品堪称二者融合的典范。

---

① 鲁迅. 鲁迅全集：第 6 卷. 北京：人民文学出版社，1973：275.
② 龚育之. 论科学精神. 人民日报，2000 – 10 – 10.

二、主题特色

(一) 人文主题

在房龙的作品中,房龙始终能够站在全人类的高度,以深厚的人文关怀来看待人类的生存和发展,开诚布公地说出自己的看法,其中不乏真知灼见。例如,他在《人类的家园》中提出人类都是同一个星球的旅伴,都同样要为自己所生活的这个世界的福祉承担责任。《宽容》更是猛烈抨击政治、宗教专制,赞美异见分子和思想自由的读物。

房龙于1936年11月30日曾给《圣经的故事》中文译者写过一封回信。在这封信中,房龙回答了"为什么写作"的问题,表达了鲜明的人文主义倾向。他说:"主要是因为我痛恨虚度时光和徒劳无益的暴虐。由于这两种令人不快的品性都产生于愚昧无知,我便试着写书给普通男女读者和孩子们看,他们会从中学到有关他们所身处的世界的历史、地理和艺术方面的知识。我并非一门心思要把历史通俗化,我更注重的是使历史'人性化'。"① 他还希望中文译者在翻译过程中留意书中谈及"宽容"的部分,因为"上帝知道,在如今的世界上对它(宽容)的需要超过了其他的一切",而"最近两年各种消息不足于表明理性、常识和彼此容忍的精神取得了胜利"。②

此外,对于"人文主义之父"、自己的鹿特丹老乡伊拉斯谟,房龙一生都高山仰止,景行行止,并将之树立为自己的人生榜样。这在《人类的故事》《宽容》《天堂对话》等作品中都有明确的体现。爱屋及乌,房龙在给自己画像时,总是画得有点像伊拉斯谟的模样;当别人向他索取照片时,他则会常常寄去自己双手的特写,因为他发觉自己的手与伊拉斯谟的手太相似了。房龙的创作也如同他对伊拉斯谟的描述:"他像个巨大的海狸,日夜不停地筑造理智和常识的堤坝,惨淡地希望能挡住不断上涨的无知和偏执的洪水。"

(二) 科学主题

科技知识、科学方法、科学思想和科学精神,是房龙作品中的重要组成内容,占有相当大的比重。这些科学内容都被房龙披上了文学的霓裳,

---

① 莲芷. 用优雅的方式向孩子们推荐房龙. 中国图书商报, 2011 - 12 - 13.
② 朱子仪. 品尝老房龙的人文主义盛宴. 工人日报, 2001 - 12 - 12.

构成了与人文主义并列的另一条价值主线。经他的渲染，平常看似枯燥的科学内容，变得饶有趣味，让读者在精神愉悦当中潜移默化地理解科学，流连忘返，乐此不疲。

《人类的故事》《人类的家园》两大代表作都将科技内容安排在了序言或开篇等突出位置，天文科学、地理科学、大气科学、海洋科学、生命科学、航海技术、工程技术及科技史、科学家逸事等内容贯穿了全书。这显然并非巧合，而是房龙有意为之。他深知，科学内容才是人类永不过时的主题，保持作品畅销不衰。《万能的人类》则通篇专注于人类历史上的科技发明创造。《船——航海的历史》《发现太平洋》更是集中展示了人类航海技术的发展。即便是作为房龙严肃文学代表作的《伦勃朗的人生苦旅》，也巧妙而自然地穿插了不少医疗卫生科学、地质科学的内容。甚至连《人类的艺术》这样的艺术题材作品，都融入了对建筑工程技术的评介。《天堂对话》则浓墨重彩地褒扬了达·芬奇、笛卡尔、南森、海姆斯凯尔克、巴伦支与德弗勒等人承载的科学精神。

因此，在谈到房龙时，中国科普界领军人物之一的郭正谊[①]认为："他实际是大文化思想普及的先驱者，他也是用文艺手法宣传科学的大师……房龙对科普宣传和创作有着深刻的影响。例如，苏联的伊林，他的《黑白》《几点钟》《不夜天》等，可以说是以房龙作品中点到的内容为题，进一步作了充分发挥。伊林的名著《人怎样变成巨人》应该说是苏联版本的《人类的故事》……将《人类的故事》选为世界科普名著，是希望我们中国出现更多房龙式的科普作家，创作出迎着时代潮流的更好的科普作品。"[②]

事实上，中国许多出版社都把房龙的作品归为热门科普读物出品。例如，外语教学与研究出版社的《新语文课外书屋·经典科普大师系列》，湖南教育出版社的《世界科普名著精选》，哈尔滨出版社的《一次读完30部科普经典》，四川出版集团的《少儿人文科普名著书系》，湖北少年儿童出版社的《少儿科普名人名著书系》，浙江少儿出版社的《名典科普》，

[①] 郭正谊是中国科普作家协会和中国科学技术史学会的常务理事，中国化学会终身会员，曾在北京大学化学系就读和任教，后调至中国科普研究所，任研究员、副所长，从事科普创作及研究工作。编著有《太阳元素的发现》《打开原子的大门》《科海求真》《科普读本》等作品，主编有《科普创作概论》，撰写科普及评论文章数百篇，被评为新中国成立以来，特别是科普作协成立以来成绩突出的科普作家。

[②] 郭正谊. 中国科普佳作精选：打开原子的大门. 长沙：湖南教育出版社, 1999.

京华出版社的《青少年科普文丛》等。正是基于科学主题，房龙的许多作品才当之无愧地成为科普经典。

三、情节特点

无论是人文主义内容，还是科学主义内容，房龙大多通过叙述具体的历史事件和典型人物予以展现，设置了较为完整的故事情节，展现了相关人物性格和事件中的矛盾冲突，反映出人类社会生活的本质及其发展规律。

因此，房龙的作品具有突出的故事性，能够按照生活和人物性格的逻辑精心编织故事，其叙事往往既在情理之中，又出乎意料，且经得起反复推敲，产生了高超的艺术效果，令读者百看不厌。

房龙的作品中，无论故事大小，都具有较为完整的情节，但绝非一定之规，而是千变万化、相映成趣。大故事往往齐备了序幕、开端、发展、高潮、结局和尾声；小故事的情节各组成部分并不一定都很齐全，但也不乏开端、发展和结局等必备环节。

此外，房龙作品中的不少故事并非按基本冲突的发生、发展和解决的时间顺序来安排情节的发展过程，而是根据主题和人物刻画的需要，为了加强作品的感染力，别具一格地把情节的自然发展顺序颠倒，形成情节的倒置。通过"延搁破题"等艺术处理，对读者产生巨大的吸引力。

第五节　房龙的创作本质：讲故事

通过了解房龙的前述人生经历和创作情况，我们可以形成这样一个鲜明的印象：房龙不仅是一位有故事的人，更是一个讲故事的人。可以说，房龙的创作本质就是在讲故事。这从其众多作品的书名即可看出。而"讲故事"即叙事，构成了一切叙事性文学作品的共同特征[①]。因此，本书将叙事理论作为分析房龙作品的主要工具。

一、叙事理论的发展及其对房龙作品的适用

无论中西，叙事理论都是传统文学理论的重要组成部分。古希腊亚里

---

① 童庆炳. 文学理论教程. 北京：高等教育出版社，2004：240.

士多德的《诗学》、古罗马贺拉斯的《诗艺》、中国明清时期金圣叹等人的小说评点等，都对叙事文学进行过一定的思考，较为系统地研究了故事情节的安排、人物形象的塑造及环境的描写等主要方面，为以人物、情节、环境三要素为中心的叙事理论奠定了基础。

到了20世纪，有关叙事文学的研究产生了新的理论观念，主要表现为俄国的形式主义及其后的法国结构主义。俄国学者普洛普（V. I. Propp）于1928年出版了《民间故事形态学》一书，分析了俄罗斯的100个民间故事，指出这些故事受到一个恒定结构的制约，体现在按照严格的、不可改变的次序前后相接的31个"功能"中。这一观点被法国结构主义学者列维－施特劳斯（C. Levi－Strauss）接受，又经其传播到法国学术界，涌现了一批针对叙事作品结构的文学研究成果。例如，以格雷马斯（A. J. Greimas）为代表的神话分析、以布雷蒙德（C. Bremond）为代表的民间故事分析，以及巴特（R. Barthes）、托多罗夫（T. Todorov）、热奈特（G. Genette）等人为代表的小说研究。这些探索通过一系列学术活动逐渐酝酿形成了一种新的研究叙事艺术的理论和批评方法，这种新理论就被称作"叙事学"（Narratologie/narratology）。①

然而，这种研究叙事文学的方法具有一定的片面性，主要是忽略了文学的社会文化背景。20世纪80年代，以西方马克思主义学派为主的叙事文学研究开始转向文学的社会文化背景方面，尤其是意识形态方面，形成了从意识形态角度研究叙事文学意义，并借助这种研究进行社会批判的叙事研究思潮。到了90年代，又出现了所谓"小规模的叙事学复兴"，叙事研究借鉴女性主义、解构主义、精神分析学、历史主义、电影理论、计算机科学等众多理论和方法，扩展了研究思路和视野，叙事学研究趋向跨学科和多样化的发展。这个时期的叙事学研究被称为"新叙事学"。②

本书在对房龙作品进行分析时，既注意吸纳西方现代叙事学理论在叙事艺术研究方法和理论方面的新成果，也注重运用传统的研究方法和理论，努力做到传统叙事理论与现代叙事学的结合。通读房龙的作品，具有鲜明的口头讲述风格，内容中含有大量的关于神话、英雄的故事，以及通过故事方式展现的历史人物与历史事件。不少桥段读来都神似古希腊人的《伊利亚特》、印度人的《摩诃婆罗多》、盎格鲁撒克逊人的《贝奥武甫》

---

① 张寅德. 叙述学研究. 北京：中国社会科学出版社，1989：2-4.
② 戴卫·赫尔曼. 新叙事学. 马海良，译. 北京：北京大学出版社，2002：总序，引言.

等早期神话和史诗。一言以蔽之，房龙的代表作几乎无一不是以叙事功能为主的故事性作品。

二、讲故事的人与房龙

关于讲故事，德国文学批评家瓦尔特·本雅明于1936年10月发表了论艺术现代性的名作《讲故事的人——尼古拉·列斯科夫作品随感》，评述俄国作家尼古拉·列斯科夫。列斯科夫一生以写作故事而闻名，而其同时代的托尔斯泰和陀思妥耶夫斯基都是伟大的小说作家。有鉴于此，本雅明在这篇影响深远的文献中不无扼腕地写道："'讲故事的人'这个名字对我们来说还算熟悉，但实际上，讲故事的人今天已经不起什么作用了。讲故事的人对我们来说已经变得非常遥远，而且越来越远……正如经验告诉我们，讲故事的技艺正在消亡。能够精彩讲述一个故事的人正变得越来越少。相反的情况倒是越来越多；有的人想听故事，四座之人只能面面相觑。这就好比曾经是我们最不可或缺的能力、最保险的财产，现在被剥夺了：这就是分享经验的能力。"①

约翰·伯格作为英国艺术史家、小说家、公共知识分子、画家，被誉为西方左翼浪漫精神的真正传人。他也深受本雅明思想的影响，曾把《讲故事的人》作为自己随笔集的书名，既表达了对本雅明的敬意，也表达了复兴讲故事传统的决心。他在随笔中尝试和糅合了众多的写作方式，甚至绘画，"故事浮现在脑海里，是给人讲述的。有时候绘画作品也是如此"。这恰恰与房龙的做法如出一辙。在约翰·伯格的《讲故事的人》《约定》《我们在此相遇》等作品中，有不计其数的段落都以"我在讲述一个故事……"这样的方式开头。而这恰恰与房龙书名中多含故事的风格共通。

中国著名作家莫言的诺贝尔获奖演说《讲故事的人》与本雅明不仅题目相同，而且所述文学理念也颇为相似。有人细读这两个文本，并对照二者的创作实践，可以得出如下结论：在论述"讲故事的人"这一话题时，莫言深受本雅明相关理论的影响，并对其进行了创造性的借鉴②。

上述三位大家其实都意识到了小说对故事的挤压。2015年诺贝尔文学奖颁发给白俄罗斯女记者兼散文作家韦特兰娜·阿列克西耶维奇，也表明主流文学界开始反拨小说这一后生晚辈在当今诸文类中一家独大的异化

---

① 本雅明. 写作与救赎：本雅明文选. 李茂增，苏仲乐，译. 上海：东方出版中心，2009.
② 袁源. "讲故事的人"：莫言与本雅明的巧合. 世界文学评论（高教版），2013（2）：12-16.

局面。小说与讲故事的区别在于，讲故事的人从自己或者他人经验中获取他所要的故事，转而又把这种经验转变为听故事的人的经验。这就是说，讲故事的人分享经验，而小说家则不同，他封闭自己，小说正是诞生于日益封闭的孤独个体之中。显而易见，现代以来，小说阅读已经深刻影响了人们的生活，小说阅读的泛滥导致读者的内心变得日趋沉默，同时，也正是小说阅读的泛滥挤压了讲故事的传统和空间。

在这种文学氛围下，房龙及其作品如同浪遏飞舟，具有非常重要的文学研究意义。实际上，房龙比单纯讲故事的人更胜一筹。一方面，他的目标是向人类的无知与偏执挑战，他采取的方式是普及知识和真理，使它们成为人所皆知的常识。房龙讲的故事无不饱含丰富的知识，有人文知识，有社科知识，有科技知识，还有各种各样令读者意想不到的知识，从而捕捉到人类故事的永恒主题。另一方面，房龙又不像许多学者故作高深、故弄玄虚、垄断话语，而是把故事用作传播知识的载体，如其所言："凡学问一到穿上专家的拖鞋，躲进了它的'精舍'，而把它的鞋子上泥土的肥料抖去的时候，它就宣布自己预备死了。与人隔绝的知识生活是引到毁灭去的。"同时，他也深知自己的工作"不是带孩子去逛历史的动物园，如果仅仅教会他们一些分门别类的知识，这样的工作简直一钱不值"。就此意义而言，房龙在讲故事的人当中，达到了至高境界，其作品才能经久不衰、历久弥新。而能把科学内容也讲的如同故事一般，则尤为充分地彰显了房龙的文学艺术成就。

第四章 房龙作品对科技知识的普及

顾名思义，科技知识就是有关科学技术的各类知识点。科技知识是科普的重点内容。这类内容在房龙作品中所占篇幅甚大，地位突出，涉及面广，构成了房龙作品科普价值的主体。房龙作品中的此类内容表现出如下特点：一是科技知识贯穿了多数代表作品，散布于各个恰当的位置。二是科技知识涉及领域广泛，自成体系，包括天文、地理、生物、海洋、工程技术等诸多领域。三是房龙作品中的科技知识，大多是理论上成熟并得到公认的。对那些尚存争议的假说猜想，作者都本着严谨的态度，在表述时慎重对待，明确点出。

第一节 天文科学知识

作为一门历史悠久的科学，天文学自人类文明肇始就占据着重要的地位。它与人类的生活尤其是农业生产紧密相关，深刻影响着人类的自然观。正是通过对太阳、月球等天体与天象的观测、记录、分析，古代的天文学家才确定了较为准确的历法，指导生产生活实践。纵览房龙的主要作品，天文学知识是其乐于写的一块重要内容。

一、讲述星球的秘密

从入选高中语文课本的《宽容》的序言不难管窥，房龙作品的开篇非常考究，往往在此能够别开生面。作为房龙的成名作和第一座高峰，《人类的故事》即以一幅太阳系的简笔画作为全书的开篇，并在图下注上了一句简洁的文字："我们的故事发生在一颗小小的行星上，它只不过是浩瀚宇宙中的一颗尘埃。"作者宏大的视角豁然展现,悠远浩渺的意境油然而生。随后,房龙又在第一章描写了地球在宇宙中的形成过程,波澜壮阔、气势恢宏。作家的这段描摹叙事仿佛具有虚拟现实的魔力,极具画面感和震撼感,读罢令读者产生无尽的遐想。

"最初,我们赖以生存的这个行星(据我们目前所知)是一个由灼热物质组成的巨大球体,是无边无际的空间海洋中的一小朵烟云。渐渐地,在漫长的数百万年中,它的表面燃尽了,最终被一层薄薄的岩石所覆盖。常年持续不断的雨水倾注在这些无生命的石块之上,磨损了坚硬的花岗岩,将岩尘冲刷进隐藏在悬崖间的峡谷中,而这些悬崖则高高耸立在云烟氤氲的地球之上。终于,这样的时刻来到了,阳光突破云层照耀大地。这颗小小的行星被将要发展成东西两半球上辽阔海洋的一些小水坑所覆盖。①"

通过这段散文诗般的描写,房龙把开天辟地的场景表现得煞有介事。借助"一小朵烟云""雨水""花岗岩""云烟氤氲""阳光"等一连串栩栩如生的意象,读者很容易浮想联翩,并将自己构想的地球诞生场面了然于胸、铭刻在心,从而摆脱了天文知识的枯燥乏味之感,真正做到了笔头生花。

对于星体,除了以文学的语言描摹外,房龙还插入了语源学的考据。在《人类的家园》中,房龙指出行星这个词源于古希腊人,他们观察到(或认为观察到),一部分星永远在天空中运动,其他的则静止不动,因而把前者称之为"行星"或"流浪星",把后者称之为"恒星"。

随即,房龙在词源考据的基础上,进一步发挥作家的主体性,对"星"这个词的出处做出了浪漫的推断,认为它可能与梵语中转变为动词"撒"的词根有关联。"如果这是真实的,星星就是'撒'向天空的小火花,这个形容非常美好贴切。②"这样,原本一个冰冷的天体物理概念,被转化为了语言学的典故,从抽象变为具象,且颇具浪漫色彩。后文的分析中,读者会逐步发现,给抽象的科学知识附上一段典故,正是房龙惯用的文学手法之一。

也许对这种词源的解释还嫌不够生动,房龙又在后文以拟人的手法安排行星地球和恒星太阳共同上台,表演了一段"二人转",来说明行星与

---

① 房龙. 人类的故事. 周炎, 译. 北京: 中国档案出版社, 2001: 2.
② 房龙. 房龙地理. 赵绍棣, 黄其祥, 译. 北京: 国际文化出版公司, 1997: 13.

恒星之间的具体关系。"地球围绕太阳运转,向太阳索取光与热。太阳相当于700个地球那样大,表面温度将近6000摄氏度,持之以恒地给予地球光和热,只是举手之劳。因此,地球不必为向邻居借用了如此一点舒适而感到歉意。①"这段颇具人情世故的描写,可谓近取诸身,远取诸物,顿时拉近了作品与读者的距离。

在房龙的主要作品中,于开篇这样突出的位置安排天文知识,非只一例,不能说房龙是无心为之,而应是深思熟虑之举,其目的正在于突出自己作品的科学性与宏大感。在《奇迹与人》的前言中,房龙又以俏皮的口吻和紧凑的逻辑,讲述了人类对宇宙的认识过程。

首先,房龙以童话般的语言抛出了最早的地心说。"开天辟地,万物简朴。地球是宇宙的中心,天空是博大而美丽的蓝色透明穹隆。在夜晚,小天使刺破穹隆俯视人间,那就是星星。"旋即,房龙又以望远镜的发明打破了这个恬静的童话,指出人类借助望远镜长时间认真观察了天空之后,搅动了一池春水。"先是太阳被认定为宇宙的中心。接着又发现,太阳系不过是神秘而巨大工程中微不足道的一部分,而这个工程又是另一更神秘巨大计划中的微小部分。同样,这个巨大的计划被模糊地认定为银河系中一个无足轻重的偏僻角落。"② 房龙还把星云的样子比拟为显微镜下一团一团的微生物,惟妙惟肖。

通过这些描写,从托勒密的行星运动模型到哥白尼的日心说模型,直至宇宙的无边无际,都被房龙用简笔勾勒的如同素描般传神,给读者一种逐级放大的动态视角,仿佛正乘着房龙驾驶的宇宙飞船快速飞离地球、飞离太阳系、飞离银河系,一朵朵美丽的星云从身边略过。在此,房龙实际已经点出了天文学遵循的"观测—理论—观测"的发展路径,指出人类不断把视野伸展到宇宙的新的深处,推动天文学的研究对象从太阳系发展到整个宇宙的科学过程。

而房龙在这段文字中并未流俗的提及哥白尼、布鲁诺、伽利略等相关天文学家的名字,以及相关的专业术语。而是从更高的层面言简意赅地突出了人类认识宇宙的进程,在有限的篇幅内,删繁就简地道出科学真理的核心内容。这成为房龙讲述科技知识的一个重要叙事技巧。即把枝枝蔓蔓的深层科技知识隐藏到文字背后,留给有意深入研究的读者"DIY",从

---

① 房龙. 人类的家园. 逸凡,译. 上海:立信会计出版社,2012:11.
② 房龙. 文明的开端·奇迹与人. 李丽娜,王晓红,译. 北京:北京出版社,1999:123.

而把普及与深入之间的度拿捏得恰到好处。

二、描写宇宙的浩瀚

宇宙的浩瀚是房龙长期感兴趣的科学知识。从《奇迹与人》到《人类的家园》，关于天体间距离的描述一脉相承，遥相呼应。在《奇迹与人》的开篇中，房龙先解释了"天文距离"这一科学术语，指出这一术语出现的背景是望远镜发现了宇宙的浩瀚，"从前天文学家计算时所用的零，现在要加上多少倍才够用……非创造新的测量单位才能解决困境，否则天文学家运用对数尺时，真有磨损肘臂之虞。[1]"于是"天文单位"就被房龙自然而然地推送至读者面前。但由于这是一个纯粹抽象的数字，房龙又补充说明了该数字为地球到太阳的平均距离。房龙还风趣地补充到，只要地球人出门不太远。例如，只是去近邻的小恒星，这个"天文单位"还算方便。然而要去更远的大恒星，它就爱莫能助了。

接着，房龙又顺理成章地引出了光年的概念。房龙于此处先介绍了迈克尔逊（Albert Michelson）的光学实验计算出了光线速率是 299 820 千米/秒。尤其具有价值的是，房龙在此点明了科学语言与文学语言的差异，坦白自己用光线一词，明知道很不像科学家的话，可是他已经用惯了文学名词，一时难以改正，只好这样用着吧，几百年以后可能就改正过来了[2]。由此可见，房龙以文学语言讲述科学内容完全出于自己的写作习惯和写作天赋，并未受到相关文学理论的指导，也证明房龙的这种文学科普实践是先于理论的存在。当房龙不得不面对一些专业术语时，他往往能自觉地以文学的手法巧妙化解。

而对于个别实在难以用文学语言转述的科学概念，房龙则忠实于科学语言，不乱说。例如，他提出，在迈克尔逊光速理论的基础上，有人悟出一个妙法，用 60 秒乘以 60 分钟，再乘以 24 小时，再乘以 365 天。乘得光线一年约走 94 605 亿千米。这个距离被叫作一个"光年"（Light Year），为现代的天文学家所通用。对于这段本就很直白的科学知识，房龙并未画蛇添足，而是合理照搬。但在后面，房龙补缀上了生活化的情绪要素，欲抑先扬，先指出光年这个距离单位"乍看起来人人都应该高兴。像最近的半人马座，离地球的距离，换成新单位，只合 4.22 光年。我们

---

[1] 房龙. 人类征服的故事. 常莉，译. 南京：江苏人民出版社，1997：3.
[2] 房龙. 发明的故事. 杨禾，编译. 北京：金盾出版社，2014：2.

几乎要觉得它太近了。好像都可以进行一次惬意的旅行了!①"然而,房龙笔锋一转告诉读者,对天文学家来说,对距离的欲望是无止境的。他们发现在2万或3万光年的地方有一些美丽的小行星轨道,之后,他们又对星云发起了迅猛的冲击……他们推算出其中某些星体距离我们的位置在200万~300万光年。于是,光年也成了小得可怜的天文单位。

至此,房龙不得不代替读者崩溃的发问:"但是,谁能给我们更好的计算单位呢?"显然,作者已经注意到了自己正带着读者滑入科学的专业研究层次,于是及时勒住缰绳,指出"宇宙由成千上万的星云团组成,其中,每个星云团就它的面积来说都大于数百万平方光年。然而……对于个人来说,自己汽车的汽缸发出的异常声响要比贝特古斯(一颗由于巨大的重量和体积而跻身于宇宙的恒星)将要陨落的谣传更能引起人的注意。"就此在科普层面及时刹住了对浩渺宇宙的探讨。

到了4年后的《人类的家园》,房龙重拾对浩渺宇宙的挑战。对于远超普通人理解范围的太空距离,房龙巧借多数读者都熟悉的火车旅行来加以表现。房龙还明确告诉读者,自己可以再引用大量专业性的数字资料,但它们对读者没有丝毫用处。然后,他开始续写《奇迹与人》中的宇宙距离,告诉读者只需弹指一次,光就要绕地球7圈。光从最近的一颗恒星(比邻星)照射过来,需要4年零4个月才能被我们的眼睛看见。太阳光只要8秒钟就可照射到我们,木星需要3分钟,而在航海方面举足轻重的北极星,需要用40年的时间才能让我们看到它的一缕光芒。

房龙显然又感到了这种描写正在超越读者的理解能力,于是及时收笔:"我想我们大多数人都会如堕五里雾中,因此只好走开,要么去逗逗猫,要么去听听收音机。"但这次房龙没有像4年前一样走开,他的叙事技巧已经更为纯熟,于是笔锋一转,请出了作者和读者都熟悉的火车。以房龙所处时代的科技水平,一列普通旅客列车昼夜不停地运行,需要走260多天才能到达月亮。如果在其写书的时候就出发,要到公元2232年才能抵达太阳。到海王星的附近,需要8300年。但如果与去比邻星的旅程相比,上面所说的只能称之为儿童游戏了,因为到那儿需要走7500万年。至于到北极星,火车要行驶7亿年。如果把人的平均寿命算作70岁,1000万代人生死更替之后,这列火车才会抵达目的地。

---

① 房龙. 奇迹与人. 雅瑟,编译. 北京:新世界出版社,2014:3.

如此一来，浩瀚的宇宙终于在读者脑中有了基本的感性认识。可是，房龙仍然指出了超越科普的境界，为那些有意了解更深层次科学知识的读者指出了前景："我们现在只谈论的是宇宙的可见部分……实际上只是指宇宙的一小部分……至于宇宙的其他部分，即静止的不可见的部分，哎呀！我们对它一无所知，更糟的是，连猜测都不敢。"

第二节　地理科学知识

1986年，钱学森提出了"地理科学"这一概念。根据他的理解，地理学应当是与自然科学、社会科学、数学科学等并列的大科学体系，故称"地理科学"。它是自然科学与社会科学之间的桥梁科学，具体可以分为三个层次：一是基础理论层次（基础科学）；二是技术理论层次（技术科学）；三是技术层次（工程科学）。我们常说的理论地理学、区域地理学及部门地理学（如自然地理学、人文地理学及其分支）都处于基础理论层次；而应用地貌学、应用气候学等则处于技术理论层次；灾害预报、地理制图等方面的实际应用技术则处于技术层次。由此可见，地理科学比传统意义上的地理学研究领域要广阔得多。虽然地理科学与地理学在学术上存在差异，但在科普这一层次上，二者可被视为同义词。房龙在1932年出版的《人类的家园》中，就已朴素地践行了类似理念。

一、地球的客观形态

在讲述地球时，房龙首先用科学语言抛出一个古老的定义："地球是宇宙空间中一个小型黑色的物体。"房龙显然预料到了读者此时的感觉，故意卖个关子。因为如此抽象的语言虽然严谨，却只能令读者"丈二和尚摸不着头脑"。然后，向房龙对待上钩的鱼儿一样，把读者在语言的水里遛上两圈，貌似饶舌地啰唆开了。陈述地球不是"圆体"，而是"扁圆体"。这就是说它相似于圆体，是"两极"稍扁的球形。如此的反复陈述形成了强化被叙述对象的效果，并把"两极"这一新的概念推向了前台。

此时此刻，估计读者已经彻底归顺了自己的叙事节奏和思路，房龙才豁然抬竿出水，亮出一个形象的比拟，将甲物化为乙物，把这一概念写得神形毕现：所谓"两极"，你用一根毛衣针穿过苹果或橘子的正中，直立着拿住，就可以发现它们。毛衣针从苹果或橘子穿出来的地方，就是两极的所在位置，一个在深海的正中（北极），另一个在崇山峻岭的南极高原之上。于是，从地球到苹果、橘子，然后再回到地球，房龙的语言在科学与文学之间完成了一个漂亮的循环，给读者留下了形象具体的两极印象，完成了对相关科学知识的传播。

除了能把"两极"通过各种作品交代清楚，房龙还巧妙地解释了地球的"扁圆"。在此，他仍是故伎重演，先抛出定义对读者虚晃一枪，旋即返回来安慰读者，如果看不出极地是扁平的，也不足为怪；顺势解释了原因在于地球两极之间的中心线只比赤道线上的直径短三百分之一。房龙似乎仍觉得解释的不够贴近生活，于是迁移了一个情景：如果一个直径为3英尺的地球仪，它的轴线只比赤道的直径短八分之一英寸①。当然，房龙没忘记提醒读者，这么大的地球仪在商店里买不到，只能到博物馆里才能一睹芳容。而且，除非做工极其精确，否则这一差距也难以在地球仪上反映出来。在后面有关地理科学知识的讲解中，房龙还常常会用到这个道具。

至于地球的两极为何会扁平，房龙则采用了情景迁移的说明技巧，告诉读者一个物理学教授实验室里即可证实的定理：只要一个物体围绕它的轴心旋转，即使是一粒微尘，其两极就会不由自主地变平。而对于那些可能质疑的读者，房龙还加了句善意的调侃："让你的教授演示给你看，这样你就不用跑到极地去看个究竟了。"

这句调侃，表明房龙明确意识到了科学知识在普及程度和专业程度的差异。后者只对那些想到极地去探险和想在更高层次从事地理学研究的人具有意义。而对于正在看书的读者来说，作者此前所讲的内容就足够了。由此可见，房龙在进行文学创作的时候，其实虚置了一个"隐含的读者"在身边，随时帮助自己拿捏叙事的火候。

二、千奇百怪的地质地形地貌

关于地质地形地貌的科学知识，房龙先"抛砖引玉"，又一次拿出他的地球仪道具，比拟说明了一个既直观又耐人寻味的地理现象，在这个读者已经非常熟悉的直径为3英尺的地球仪上，全球最高峰珠穆朗玛峰的高

---

① 1英寸=2.54厘米，下同。

度只相当于一张薄纸的厚度；而最深的马里亚纳海沟的深度只相当于一张邮票的边缘凹痕。房龙据此推演出一个读者寻常很少考虑的对比，即海的最深处要远超最高的山峰，如果把各洲最高的山都沉入大海最深处，全球数一数二的珠穆朗玛峰和阿空加瓜山的峰顶仍然比海平面低几千英尺。虽然猜到此时的读者已经瞠目结舌，房龙还是本着实事求是的科学精神，告诉读者根据当时的知识，这些地理地貌事实仍然令人费解，从而把读者引向地壳运动的科学知识。

房龙首先从读者直观感受的"海枯石烂"入手，即认为岩石永远不会随时间的流逝而变化。随后，作者突然转向，告诉读者现代科学并不如此认为，而是把所有的岩石都看作有生命力的东西，处于不断变化之中。房龙据此指出，高山在风雨的侵蚀下，每1000年降低3英寸。如果没有抵消侵蚀的反作用，所有的大山早就消失了。房龙在此具体引入了喜马拉雅山作为例证，指出如果只受到单纯的侵蚀作用，它早在17亿年前就已沦为了一块广袤的平原。然而，现实却并非如此。房龙据此向读者说明，与风雨侵蚀具有相反作用的力量确实存在，而且是巨大的。

为了形象化地说明这一科学逻辑，房龙引入了一个读者触手可及的小实验，开始与读者互动。任何时代的读者都可以根据房龙的指挥，拿半打干净的手帕，一块一块平整地叠放在一起，然后用手从两边同时慢慢地向中间推，从中发现它们变成了奇怪的起伏不平的布堆，有的鼓起来，有的凹下去，有的折叠，有的平展。房龙预计读者已经处于游戏的喜悦之中，于是像老师一般走出来把读者拉回他真正要说明的科学道理，指出这一起伏不平的布堆与地壳极其相似。地壳是一个在宇宙中飞行并不断散失热量的庞大组织的一部分。类似于其他物体遇冷收缩的情况，地壳收缩时，表面也会出现如同那堆手帕的皱褶。

以小游戏完成对地表的形象化讲解后，房龙又返回纯科学知识，而且表现出了他严谨的科学精神。他根据自己所处时代的科学猜测，告诉读者，从地球成为一个独立的星球以来，其直径已经收缩了30英里[①]。考虑到读者可能对这个单调的数字缺乏感性认识，房龙突出了第一人称的叙事视角，提醒读者请记住："我们面对的是一个巨大的曲面，地表的面积是1.9695亿平方英里。其直径突然发生变化，哪怕只有几码，就足以造成

---

① 1英里=1.609 344千米，下同。

大灾难，没有一个人能幸存。"借此灾难性的后果，房龙加深了读者对这一现象的认识和印象。

如果说上述描写以逻辑性见长，那么房龙对冰川这一地质现象的描写则颇具故事性。房龙显然对冰川十分钟情，在《人类的故事》中将之比喻为人类进化的导师。将冰川对早期人类的影响描绘成了一个生动的故事场景。为了引入冰川，房龙刻意描写了前后反差，指出早期的人类虽然没有明确的时间概念，但是基本掌握了一些季节变迁的规律。"他们已经注意到严寒的冬天过后，来临的总是温暖的春天，春天又会变成炎热的夏天——这时野果都成熟了，野麦穗也可以食用了。阵阵狂风扫落树上的叶子意味着夏过秋至，于是许多动物开始为漫长的冬眠做准备了。①"寥寥数笔，即如田园诗般地勾勒出四季更替。

由于房龙的重点在于讲述冰川的影响，故在此没有过多着墨。而是很快一个转折，直书"气候发生了变化，炎热的夏季姗姗来迟。水果迟迟没有成熟，而原本芳草遍地的山顶，此时还深藏在一层厚重的积雪之下"。营造出一种非比寻常、令人心头一紧的现场感。然后，房龙剑走偏锋，从人类的活动变化出发，以一个故事场景精彩地侧面描写了上述气候变化的影响。

"一天早晨，一大群和生活在邻近的其他生物不完全相同的野人从高山地带游荡下来了。他们瘦得皮包骨头，饥肠辘辘，说着些无人能懂的话。他们似乎是在说他们正在挨饿。可是食物不够同时养活当地居民和闯入者。当他们试图留下不走时，发生了一场可怕的战斗，他们手脚并用，结果一家家的人被杀死。其余的人逃回他们的山坡上去，在下一场暴风雪中冻饿而死。可是，居住在森林中的人们也胆战心惊。白天逐渐变得越来越短，而夜晚也比原先变得更加寒冷了。①"

这段微小说般的叙事显然是作者虚构的场景，但又确实可能就是历史的真实。房龙笔法的高妙正在于此，既有外貌描写，又有语言描写，还不乏动作描写，甚至还有"胆战心惊"这种心理描写；时间、地点、人物、起因、经过、结果俱全，甚至还有战斗这样的高潮情节设置。搞得读者信也不是，不信也不是，最终还是宁可信其有不可信其无，关键是达到了对气候变化所产生影响的直观认识，真正达到了艺术的真实。

---

① 房龙. 人类的故事（英文版）. 北京：外语教学与研究出版社，2000：13.

而冰川作为真正的主角终于"千呼万唤始出来"。房龙再次展现了其摄像机般的文笔,将触目惊心的一幕指给读者看:"终于,在高山间的峡谷中,结起了斑斑点点的绿色冰块。冰的体积迅速增大。不久,一座巨大的冰川从山上滑落,大块大块的岩石被推入了山谷。一股股冰块、泥浆、花岗岩混合在一起的泥石流巨雷般轰鸣着、翻滚着,突然涌到森林的居民中来,把他们埋葬在睡梦中,百年古树倒在燃烧着的树丛中。接着便是漫天飞雪。大雪月复一月地下个不停。所有的植物都冻死了,动物纷纷奔逃,去寻找南方的阳光。人也背起他们年幼的孩子,跟着动物们一起奔逃。可是他们不可能像野兽跑得那么快,他们被迫在迅速思考和快速死亡之间做出抉择。他们似乎更喜欢前者,因为他们设法分别在四次可怕的冰川期中幸存了下来,每一次冰川都给地球表面的每一个生灵带来死亡的威胁。①"

至此,我们不得不叹服,房龙的笔已经不仅是文笔,更不只是画笔,而是一台摄像机。房龙不仅是位作家,更是位导演。这段色彩、声音、形状俱全,动静结合的场面描写绘声绘色,令读者叹为观止,对冰川的认识如在眼前。

第三节 大气科学知识

大气科学是一门古老的学科。它主要研究大气的各种现象(包括人类活动对它的影响),这些现象的演变规律,以及如何利用这些规律为人类服务。有关天气、气候知识起源于长久的生产劳动和社会生活的经验之中。早在渔猎时代和农业时代,人们就逐渐积累起有关天气、气候变化的知识。中国在公元前2世纪见于《淮南子·天文训》和《逸周书·时训解》的二十四节气和七十二候,就是从生产和生活实践中总结出来的,它又被用来指导农事活动。后来的工农业生产活动,军事活动,航海、航空、航天活动,以及对海洋、冰川、高原、空间等考察的发展,都为大气科学不断提出新的课题,推动着大气科学的发展。

房龙认为,大气是地球能够成为人类家园的一个必要条件。在《万能的人类》中,房龙指出我们生活在巨大的空气海洋的底部,它如此深厚以

---

① 房龙. 人类的故事(英文版). 北京:外语教学与研究出版社,2000:14.

至没有人能达到其顶部。在《人类的家园》中,房龙把大气与地球的关系比拟为橘子皮包裹着它的果肉。他认为大气层与前面介绍的地球表层和大海构成了一所实验室,其中产生了各种各样的天气、风、暴雨、风雪及干旱。由此承上启下,开始详细讲述气象科学知识,并很绅士地补缀道:"因为这些天气时时刻刻影响着我们的幸福与福利,我们不得不进行较详细的讨论。"从而透露出这部分内容的重要性和可能占用的叙事时长。

房龙仍然是先请出自己最为佩服的古希腊人,指出"气候"的词源是指"地表的倾斜度"。因为古希腊人注意到,地球的表面越靠近极点越"倾斜",他们所到之处的温度和湿度也有变化,这样,"气候"就用来指一个特定地区的气象状况,而不再表示它原有的含意。在此基础上,房龙界定了自己所说的"气候",是指某一地区一年里不同时期所盛行的平均天气状况。如同一篇学术论文的规范套路。同时,房龙指出土壤的温度、季风和空气的湿度是影响气候变化的3个条件,它们都不以人的意志为转移。

一、风的产生

房龙认为,风在人类的文明进程中发挥了重要作用,所以对其率先讲述。在他看来,如果没有热带海洋盛行的信风,美洲大陆有可能要到蒸汽船出现后才能被发现。如果没有湿润的微风,加利福尼亚和地中海沿岸国家绝不会有现在的繁荣,使他们与北部和东部的邻居拉开了差距。这种并列式的叙述,在传情达意的同时,还产生了一种类似中国古代骈体文的美感,令读者记忆深刻。房龙还把风吹起的微小石粒和沙子比喻为一张巨大的无形砂纸,几百万年即可以把地表最雄伟的山脉摩擦平,进一步具象化了风的力量。

房龙又以一段擅长的"说文解字"展开对风的表述,指出"风"这个字形象地表示"迂回前进"的东西。因此,风是一股从一地"迂回前进"到另一地的气流。继而,房龙提出一个设问:为什么气流会从一地迂回前进到另一地呢?因为一些空气通常比其他一些空气热而且轻,它会尽可能地往上升。这种情况一旦出现,下方会形成一个真空带,较重的冷空气就补入进去。对此,房龙继续援引他所推崇的希腊人在2000年前就已形成的科学观点"大自然厌恶真空",进一步用拟人的修辞,说明空气与水同人类一样,都是仇恨真空的。

为了给读者一个更为直观的风的形成过程，房龙比拟了当时人们熟悉的一个场景——火炉在房间里产生热空气的过程。火炉使空气剧烈动荡———种环形的运动。热空气升向顶部。一旦升至那里，就远离了原先的热源，结果就会冷却下来。冷却的过程使它变重并向地面下降。下降之后，它再次靠近了火炉，再次变热变轻，重新向上升去。如此反复，直至火炉熄灭。而火炉就是房龙让太阳扮演的角色，地球则是被火炉加热的房间。按照房龙的观点，赤道地区离太阳最近，自然是地球上最热的地方。极地区域离火炉最远，得到的热量必然最少，由此形成了空气的循环流动，产生了风。

二、大气的温度

为了支撑自己的上述观点，房龙请出了气温和气压这两个与风密切相关的专业术语。他把火炉的例证推而广之，指出火炉燃烧的时候，散发的许多热量都被房间的墙壁所吸收，房间因此而保持温暖。但保温时间的长短，则取决于墙体的材料。房龙把土地、沙子、石块及沼泽地比喻为这些墙体的材料。

以这个比喻为支点，房龙讲明白了地形地貌对于气温的影响原理。因为吸热快的材料，散热也快，所以只要太阳一下山，沙漠就冷得让人难受，正所谓"早穿棉袄午穿纱"；而森林直到夜深时仍让人暖和舒适。同理，因为水是名副其实的热量存储体，所以近海和沿海国家的气温要比内陆国家的气温均衡得多。

在讲完影响气温的墙体材料因素后，房龙转而讲解影响气温的另一个因素，并采用了又一个读者熟悉的日常生活比喻。即在严冬把一个小型电暖器放在浴室里加热，御寒的程度有赖于电暖器摆放的角度。太阳也是同理。相对于极地周围的太阳光，赤道地区的太阳光会更集中地照射到地面上。同样100英里宽的太阳光，直射赤道附近的话，实打实的照单全收；而到了极地周围，其照射面积会扩大一倍，太阳光的热能相应下降一半。

由于发现这段文字渐显抽象之虞，房龙马上用一个比喻拉回了自己的叙事风格，补充说明"这就好比一个烧油的锅炉，它为6个房间供热可使其保持舒适的温度，要为12个房间供热，就力不从心，达不到舒适的温度了。"话说到此，与前文有关赤道和极地的温差观点形成因果逻辑呼应。

房龙对一个科学知识点的讲解往往能够举一反三，由此及彼。例如，刚刚解释完赤道与极地的温差原因，房龙又顺手回答了垂直温差的原因，即山顶为什么会冷到被白雪覆盖。这是许多读者见怪不怪的现象，突然被房龙拎了出来，一时还真不知如何作答。房龙就此阐述了大气层难以截留阳光的热量，任其被地面吸收储存后又缓慢地向大气层释放，导致高度越高，获得的地面热量就越少。

三、大气的压力

给读者发出难度预警，也是房龙作品中涉及科技知识内容时的叙事特点之一。例如，在介绍有关气压的知识之前，房龙先声夺人，告诉读者"现在我们要涉及问题的最困难部分"。给读者一个反字面意思的解释，即空气并非我们所理解的那种"空气"，而是有物质、有重量的，因此，下层空气承受的压力要高于上层空气。这显然与读者的惯性思维相去甚远，于是房龙又举出一个日常生活的例子。

类似于毛衣针穿橘子、折叠一打手帕等小实验，这次是"如果你想把一片树叶或一片花瓣夹在书中压平，你就会在这本书上再放上20本书，因为你知道，最底下这本书得到的压力最大"。这种修辞效果类似于通感，本质仍是由此及彼、化陌生为熟悉的说明技巧。房龙借此解释人体所承受的压力远远超出大多数读者的猜测，即每平方英寸15磅。而之所以人体没有被压扁，在于身体内外都有相同的空气。房龙具体指出一个中等体型的人要承受3万磅的气压，并且跟有可能质疑的读者互动，建议后者去试举一辆小型卡车。

解决完气压的术语，很自然会叙及对气压的测量，一般读者都知道是17世纪托里拆利发明的气压表解决的。人们用它来进行试验，发现每上升900海拔英尺，气压下降1英寸。尽管此事举世闻名，但印象却未必深刻。房龙在这里进一步丰富了托里拆利的身份，指出他是著名科学家伽利略的学生，给读者豁然开朗的感觉。房龙还以托里拆利的气压表为过渡，讲述了这一发明对气象学的形成做出的贡献。

至此，房龙在插叙完气温和气压两个与风关系密切的重要科学术语之后，重返对风的客观解释，指出空气压力与盛行风之间存在确切的联系。继而引入论据，即对几百年气象资料的收集和分析显示，在世界上有一部分地区的气压比海平面平均气压高出许多，另有一些地区的气压则比海平面平均气压低得多。前者称之为高压区，后者称之为低压区。风总是从高压区吹向低压区，风的速度与强度取决于两个区域的气压差。风暴、旋风或飓风，就是因为高压区的压力很大，而低压区的压力很小。

最后，房龙以一个递进关系的复句巧妙地承上启下，从对风的叙事过渡到对雨的讲解，开启了一个新的叙事单元，"风不仅使我们的居室——地球保持良好的通风换气，而且还对雨量的分布起着重要的作用。没有雨，植物和动物根本不可能正常生长"。由此可见，房龙的文字虽然算不上惜墨如金，但是信息密度确实非常高。而房龙对科学知识的介绍，也基本遵循一条循序渐进的线性逻辑进行。

第四节　海洋科学知识

海洋科学是研究海洋的自然现象、性质及其变化规律，以及与开发利用海洋有关的知识体系。它的研究对象是占地球表面71%的海洋，因而研究领域十分广泛，其主要内容包括对于海洋中的物理、化学、生物和地质过程的基础研究，和面向海洋资源开发利用及海上军事活动等的应用研究。从直接影响人类福祉的角度来看，房龙认为气流或风所以受到欢迎，是因为它们首先对海面施加了影响。总体来说，自幼生长于海边的房龙对海洋充满敬畏，将其列为人类尚无力控制的大部分地球表面。

一、如诗的潮汐

"潮汐"自古即是中国文人关注的自然现象。例如，《颜氏家训·归心》就曾以此喻理："潮汐去还，谁所节度？"苏辙《和子瞻雪浪斋》中感慨："门前石岸立精铁，潮汐洗尽莓苔昏。"刘伯温《江行杂诗》之七也云："坤灵不放厚地裂，应有潮汐通扶桑。"但却少有文人对这一自然现象背后的成因作进一步探究。

房龙自幼生长于鹿特丹，潮汐作为沿海地区的典型自然现象，房龙早已司空见惯，很可能在舅舅的熏陶下已经了解了其大致成因。当在日后的作品中谈到这一自然现象时，房龙手到擒来。例如，在《人类的家园》中，房龙指出潮汐的本质是一种"奇特的水流现象"。在讲到这一现象的成因时，房龙条分缕析地指出了形成潮汐的两个必要条件：

一是太阳和月球对地球的引力，二者都会影响地球表面海洋的变化。

"太阳每隔24小时向我们地球的一半提供热和光。"而"月亮离我们实在太近"。同时,房龙在太阳、月球与地球之间做了一组直观的对比,指出日月对地球潮汐影响的关系。他又拿出读者熟悉的3英尺的超大型地球仪作为道具,指出:"月亮虽然比太阳小得多(如果我们把熟悉的直径为3英尺的超大型地球仪比作太阳,地球就像一粒青豆,月亮就只有针尖那么大),但其对地球表面的'引力'要大于太阳……当太阳和月亮恰巧在地球的同一边,引力当然要比只有月亮时强大得多,这时我们会看到所谓的'大潮'。在世界的许多地方,一次大潮就如同一次小水灾。"

二是地球并非完全由固体物质构成,这样才能对日月的引力有所回应。正因为地球四分之三的表面是水,而这些水会追随绕地球运行的月亮,"就好比你拿着玩具磁铁在桌上移动,放在纸上的铁锉屑也跟着移动"。房龙对科技知识的比喻总能在恰当的节点"信手拈得俱天成",甚至不乏诗意的描写:"整日整夜,一片辽阔的水域,足有数百英里宽,尾随着月光流动。"而且往往能在最后把落脚点放在自然现象对人类活动的影响上,"它进入海湾、港湾或河口时就会加强,形成二十或三四十英尺高的潮汐。在这样的水域里航行,是一项非常艰难的工作"。①

应该说,房龙对潮汐的上述描写与分析起到了独观其大略、点到即止的科普效果。虽然就严格意义而言,潮汐是日、月引潮力对地球的岩石圈、水圈和大气圈中产生的周期性运动和变化的总称,完整的潮汐科学应将地潮、海潮和气潮作为整体统一的研究对象。但这显然已经进入了专业科学的层次,超出了科普的程度。因此,房龙在自己的文学作品中,重点讲述自幼熟悉且与人类生活、海运等关系密切的海潮现象无疑是恰到好处的。

二、诡谲的海流

海流是现代海洋科学的术语,也称"洋流",是海水的普遍运动形式之一。如果从严谨的科学角度讲,海流是由海水受热、冷缩、蒸发等原因形成密度各异的水团,加之风应力、地转偏向力、引潮力等作用,形成的大规模相对稳定的流动。全球海流众多,每条都常年沿着较为固定的路线流动,保持了全球水体各种水文、化学要素的长期相对稳定。

---

① 房龙. 人类的家园. 逸凡,译. 上海:立信会计出版社,2012:16.

但房龙并未如此平白直述。而是把海流描述为海洋里的河,并给读者做了一个形象的描述:"你如果长时间向盘里的汤吹气,就会发现汤从你的嘴边向前流去。有一股气流如果年复一年地吹向海面,就会形成'漂流',海水顺着气流向前流去。当几股气流从不同方向同时吹来,不同的'漂流'就会相互抵消。如果风是持续稳定的,好比赤道两侧吹来的风,漂流就成为名副其实的海流了。"在形象直观地讲述完海流的形成后,房龙又紧跟上落脚点,讲述海流在人类历史中发挥了极其重要的作用,以加深读者的认识程度:正是海流使地球的某些地方变得适合人居住,否则这些地方就会像格陵兰岛封冻的海岸那样寒冷。

他巧妙地采用了管中窥豹的手法,围绕典型的墨西哥湾流进行具体描写,营造了一种史诗般的感觉。在修辞上,整体拟人,穿插比喻。令读者感觉经历了一番奇异之旅。在叙事方式上,为了避免读者"长途旅行"的枯燥,房龙多次插叙马尾藻海、冰山、早期人类地理发现等逸闻趣事,一方面加深读者理解,另一方面调节了叙事节奏,使读者在经受了高密度的大信息量冲击后,仍然保持着阅读的兴奋。

在房龙的笔下,墨西哥湾流一上场,便被赋予了神秘而又可敬的拟人化色彩。"这条50英里宽,2000英尺深的海流,世世代代向欧洲北部输送墨西哥的热带暖流,并使英国、爱尔兰和所有北海沿岸国家成为富饶之国。"房龙继而向读者讲述了这位神秘而又可敬的主角的身世及其有趣的经历。他指出了墨西哥湾流起始于著名的北大西洋涡流——"它像个巨大的漩涡在大西洋中部不停地旋转,把一片半流动的水域拥入自己的怀抱,使之成为亿万小鱼的家乡"[1]。

读者刚一产生温情之感,作者却杀了个"回马枪",笔锋一转,过渡到马尾藻海的恐怖传说。由此开始第一次插叙,同时换以第二人称,以增强读者的现场感,而且虚构了一个画面感极强的场景:"这片水域被称作马尾藻海,也叫海藻海……一旦信风(在赤道北侧刮的东风)把你的船刮进马尾藻海,你就会迷失方向,至少中世纪的水手对此坚信不疑。你的船被绵延数英里的坚韧的海藻缠住,船上的每一个人都会慢慢地饿死渴死,而令人毛骨悚然的船体残骸在无云的天空下永远晃荡着,像一块无声的警告牌,警告那些胆敢冒犯上帝的人。[2]"

---

[1] 房龙. 房龙地理·太平洋的故事(英文版). 北京:中国城市出版社,2009:28.
[2] 房龙. 房龙地理·太平洋的故事(英文版). 北京:中国城市出版社,2009:29.

而当读者心头紧缩之时，房龙却又"高高地举起，轻轻地放下"，指出："当哥伦布最终平安地穿过这片危险水域时，那里有绵延数英里坚韧海藻的传说，被证实是夸大其词了。它听起来好像是中世纪的事情，但是时至今日，对大多数人来说，马尾藻海仍是神秘和可怕的，很有点像但丁所描写的地狱。实际上，它还不如中心公园里的天鹅池那么令人兴奋。①"这种的讲故事张弛有度的高超技巧，实在令读者在被戏耍之后对调皮的作者又爱又恨，同时深深地记住了马尾藻海这一比北大西洋涡流更形象的名称。

料想到读者的心绪已经平稳，房龙又将话题转回到墨西哥湾流，指出北大西洋涡流最终进入加勒比海，与来自非洲沿岸向西流动的一条海流汇合。这两条海流的涌入，再加上自身的海水，加勒比海的海水就太多了。于此，房龙综合运用了比衬和比喻的修辞手法，来讲解墨西哥湾流的形成。"好比一个杯子灌了太多的水，加勒比海的海水流进入墨西哥湾。墨西哥湾容纳不下全部外来海水，就把佛罗里达与古巴之间的海峡作为水龙头，向外排放一股宽阔的热水流（华氏80度），这股热水流就被称作墨西哥湾流（也叫墨西哥湾暖流）。②"

顿时，一副热气腾腾的图画浮现在读者眼前。一番介绍之后，房龙仍不忘把落脚点放回对人类的影响上，构造了一个完整的叙事情节，出了水龙头后的湾流以5英里的时速前进，就此道破了古代航船对湾流敬而远之的原因。即航船宁愿绕道前进，也不愿逆流而行，因为湾流会严重影响船速。

此后，作者如同一位远洋游轮的船长，载着读者开启了跟随墨西哥湾流的漫漫征程，"湾流从墨西哥湾向北前进，流经美洲沿岸，随后沿着东海岸蜿蜒而行，并从这里开始其穿越北大西洋的旅程"②。房龙把第一站设在了纽芬兰大浅滩附近，停船讲述墨西哥湾流在此与自己的一条支流——拉布拉多海流汇合。作者以拟人的手法指出，这条直接来自格陵兰冰山区的海流既冷又不受欢迎，而墨西哥湾流温暖而友善。这两条强大海流的汇合，产生了两种骇人听闻的自然现象：一是可怕的大雾，使大西洋的这一区域险象环生；二是冰山出没，危害航运。

由于冰山远离一般读者的生活，所以房龙不惜笔墨地塑造其形象。首

---

① 房龙．房龙地理·太平洋的故事（英文版）．北京：中国城市出版社，2009：29.
② 房龙．房龙地理·太平洋的故事（英文版）．北京：中国城市出版社，2009：30.

先，他指出冰山来源于坚固的格陵兰冰川，被夏季的阳光切割而下，缓慢地向南漂移，墨西哥湾流和拉布拉多海流汇合产生的涡流正好将这些冰山截住。冰山一边在那里打转，一边慢慢融化，这一过程构成了它的危险性。房龙在此顺势解决了"冰山一角"这个西方成语的寓意，因为只有冰山的顶部能够被看见，而参差不齐的边缘深深地沉入水下，足以像小刀切黄油那样刺穿船体。房龙还记录了人类当时对此的解决办法：整个水域禁止所有海轮航行，美国的巡逻船（冰海特别巡逻队，费用由各国共同承担）经常进行瞭望观察，爆破小冰山，向船舶发出大冰山靠近的警报。

　　自幼能言善辩的房龙，当然少不了辩证思维。他在讲述了纽芬兰大浅滩附近的两种恶劣现象后，客观地介绍了这块水域深得法国渔民喜欢的积极方面。因为出生于北极的各类龟，适应了拉布拉多海流的低温，不喜欢墨西哥湾流的温暖。正当它们在慢慢琢磨是回到北极去，还是穿越温暖的墨西哥湾流时，它们就落入人类布下的大网之中。仅此一笔，北极龟的憨态可掬便跃然纸上，令读者在刚才冰山的紧张过后复又忍俊不禁。

　　作者便又插入一个地理发现的知识，而且与多数读者深植脑中的哥伦布发现说不同，法国渔民的先辈们光顾这块美洲大浅滩的时间，要比其他人早许久。换言之，房龙认为诺曼底渔民早在哥伦布出生前150年就到达了附近的美洲海岸，并表达出了对这些渔民勇气的敬佩。

　　房龙"船长"在带着读者领略完"墨西哥湾流之旅"的重要景点之后，便将这块水域的"冷墙"抛在身后，从容地向东穿过大西洋，让读者注视着墨西哥湾流呈扇状形散开，流向西欧海岸。他还不失时机地指给读者看，正是这股海流把温暖适中的气温赠送给了西班牙、葡萄牙、法国、英国、爱尔兰、荷兰、比利时、丹麦和斯堪的纳维亚半岛，否则它们的气温就要差得多。

　　因此，房龙将这条海流的历程比喻为执行慈善任务，而且不经意地表明其携带的水量超过了全球河水量的总和。当这股海流悄悄地回撤到北冰洋时，"北冰洋因而发现自己有了大量的水生物质，并为送出了自己的格陵兰海流而感到宽慰。格陵兰海流本身又促成了我前面讲到的拉布拉多海流。"

　　读者在作者的导游下，不仅倾听了一个迷人的故事，更如同经历了一段迷人的航行。这段故事和旅程令人如此意犹未尽，以致作者和读者都还想赖在船上不走。如同房龙所述:"我难以控制自己,只得给这一章如此多的篇幅。不然的话,我决不会这样做。"

在作品中,房龙总能如此贴心的适时出现,巧妙的来上几句承上启下的交代,或者与作者轻松地聊几句,调节着双方的情绪,如同一位舞台上的主持人。"这一章只能是个背景介绍——气象学、海洋学和天文学的一般情况。依托这些情况,我们戏剧中的演员马上就要出场表演。现在让我们暂时拉下幕布,二幕布升起后,新的一幕戏的场景和道具已经在舞台上布好了。这一幕将会告诉你,人们是怎样想方设法跨越高山、大海和沙漠的。这些障碍必须克服。只有这样,我们才能真正地称这世界为我们的家园。幕布升起来。第二幕:地图和航海的方法。"

第五节 人类科技实践

一、古代科学的薪火相传

纵览房龙众多作品的相关内容,我们可以从中拼合出一幅早期人类科技发展的全景图,形成这样一个认识:近现代的人类科技成就绝非空中楼阁,而是整个人类文明长期积累的结果。古代的迦勒底人、埃特拉斯坎人都曾是人类科学的源头,然而却名不见经传。如果不是房龙在《人类的故事》中对其进行了描写,很多读者都很难思考甚至注意到这些科学的古代源头。房龙批驳了这样一种观点,"西方世界取得了巨大的进步",并提醒读者不要忘记,西方的许多重大成就仅是东方基础的继续。如果不是从东方学习和了解到许多事情的基本原理,西方要取得这些进步是不可能的。

房龙以希腊的数学、天文、建筑和医学等科技成就为例,指出这些并非希腊人的妙手偶得,也非宙斯的神谕,而是"艰难困苦,玉汝于成",真正的奠基工作源自两河流域的文明。艺术和科学正是从巴比伦传到非洲,被埃及人所掌握,然后启发希腊人对几何图形的探索,提出了完美的平衡原理,达到了古代文明的顶峰,宣告了"欧洲"科学的诞生,但其基因却来自亚洲祖先。

房龙从迦勒底人重建巴比伦讲起,介绍了其最著名的国王尼布甲尼撒如何鼓励科学研究。目的在于告诉读者,现代的天文学和数学知识都是以迦勒底人所发现的某些最初原理为基础的。在叙事时间上，房龙特意采用了"耶稣诞生前的 7 世纪"这种纪年方式，意在突出自己是站在西方文明的角度展开叙事。房龙还刻意交代了迦勒底人的闪语族背景，然后又通过一系列王朝更迭事件烘托了科学知识的跨文化传播路径，如闪语族的迦勒底人巴比伦政权被印欧语族的波斯人所灭，后者又被尊崇希腊文明的亚历山大大帝推翻。

房龙还在《宽容》中指出，公元前 7 世纪，人类就已在科学领域中进行了大量的探索性研究，积累了许多有关数学、物理、天文学方面的知识，并举出了一系列例证，如巴比伦的天文学家已探索了星空；埃及的建筑师经过精心测算，敢于在金字塔中小小墓穴的顶部砌上百万吨重的花岗石；尼罗河流域的数字家们经过对太阳的运行进行认真研究，已经能够预测雨季和旱季，向农民提供日历，从而使农业劳作规律化。

写到罗马的兴起时，房龙以蜜蜂传粉作为比喻。"我们最合理的猜测是这些埃特拉斯坎人最初来自小亚细亚，而那片土地上的一次大战或一场瘟疫迫使他们离乡背井，到其他地方寻找新的家园。不管他们出于什么目的来到这里，埃特拉斯坎人在历史上扮演过重要角色。像蜜蜂一样，他们将东方古代文明的花粉带到了西方，并把建筑、修建街道、作战、艺术、烹饪、医药和天文等最初的基本原理教给了据我们所知来自北方的罗马人。①"

房龙还在《人类的故事》中引导读者总结了科技的传播轨迹。"你已经看到，从 50 个世纪以前的古代开始，尼罗河河谷的居民开始有了书面记载的历史以后，文明是怎样以奇特的方式进步的。从尼罗河走到了美索不达米亚，两河之间的土地，然后是转向克里特岛、希腊和罗马。地中海，一个内陆海成了贸易中心，而地中海沿岸城市是艺术、科学、哲学和知识的发源地。到 17 世纪，它再一次向西迁移，并使大西洋沿岸国家成了地球的主宰。②"

二、工程建筑技术

（一）古代的建筑工程遗迹

1. 古埃及的金字塔和灌溉工程

对于闻名遐迩的埃及金字塔，房龙表达了明确的工程学观点。他认为

---

① 房龙. 人类的故事. 周炎，译. 北京：中国档案出版社，2001：87.
② 房龙. 人类的故事. 周炎，译. 北京：中国档案出版社，2001：226.

金字塔"当然与艺术关系极少,它也不能归到建筑一类。它不过是工程学上的事罢了。金字塔不是表达情感的产物,它的高度实用性与现代银行的保险柜相似"①。为了证明自己的观点,房龙以讲故事的方式,通过无焦点叙事,按照时间顺序梳理了金字塔的形成过程。

首先是介绍背景,指出金字塔的本质是坟墓。其雏形起初被凿于西部山脉的岩石中,但随着埃及人向北迁徙,他们便不得不在沙漠中建造墓地。此后,房龙开始编织缜密的情节,指出因为野兽和强盗经常闯入坟墓,或毁尸或盗宝,埃及人便开始在坟墓顶端筑造一个小石堆。而富人建的石堆通常比穷人建得要高,于是人们争相攀比建石堆的高度。公元前30世纪,国王胡夫创下了最高纪录。他的石堆足有500多英尺高。接着,为了调整叙事节奏,同时把金字塔描述得更为形象直观,房龙将胡夫金字塔同西方读者普遍熟悉的圣彼得大教堂做了对比,指出金字塔的占地面积超过13英亩②,是这个基督教世界最大建筑物的3倍。

按照讲故事的套路,作者叙事到这里,读者下一步自然会问,如此浩大的工程,古埃及人是如何造就的呢?房龙就此娴熟的引出另一个重点情节,即金字塔的建造过程。在这里,房龙利用一个动态的场面描写折射出了工程的浩大,"在20年的时间里,10万多人忙着从尼罗河的对岸搬运建墓所需的石块,把它们运过河"。并严谨地补缀到,作者也不知道他们是如何做到的。既然最主要的意思已经传达给读者,而作者对细节又不得而知,房龙索性采取了省略的叙事技巧,只简略告诉读者,古埃及人经过许多工序将一块块巨石拖过广阔的沙漠,并最终将它们托升到正确的位置安放。房龙还赞叹古埃及的建筑师和工程师的技艺如此精湛,以至于通往法老墓室的狭窄通道至今未见变形,虽然其上承载了数千吨石块的重量。

除了金字塔这种宏大的古代工程,房龙还在《人类的故事》里介绍过古埃及的灌溉系统。因为并非所有的可耕地都在河谷之中,古埃及人便创造了复杂的小运河引水系统和杠杆式吊水设备,然后把水从河面汲送至最高河岸的顶部,然后由一套更加错综复杂的灌溉沟渠系统将水引到田地各处。这段工程技术的介绍虽然短小,但却也体现了房龙讲述科技内容的特点:一是必然会把工程技术的背景首先说清楚;二是如画笔般的文笔,寥寥数语便把一项科技内容的突出特征跃然纸上;三是点到即止,不纠缠于

---

① 房龙. 人类的艺术. 衣成信,译. 北京:中国文联出版公司,1989:49.
② 1英亩=4046.8564平方米。

技术细节的解释。

2. 苏美尔人的巴别塔和克诺索斯的迷宫

在《古代的人》中，房龙还涉及了两项著名的古代工程：一是苏美尔人建于两河流域的巴别塔；二是位于地中海克里特岛的克诺索斯迷宫。

根据房龙的说文解字，苏美尔本是美索不达米亚地区的一个地名，意思是"芦苇的国度"，由此可推测这里曾是一片湿地，居住此地的白种人也就被称为了苏美尔人。房龙还是从背景上娓娓说起，告诉读者，苏美尔人起初居于西亚的山间，后来受苏美尔地区的肥田诱惑，才离开了山地，迁居平原。但他们没有抛弃在山间的旧习，用房龙的话说，那是一种特别有趣的习俗，即在山顶筑坛祭拜神祇，祭坛要能在方圆数里都清晰可见。

然而，由于迁居到了平原，苏美尔人再也难以找到可供祭神的高山，为了解决祭祀问题，他们就建了许多像小山一样的土塔，在那里燃起神火，敬他们的旧神。为了说明巴别塔并非是个传说，房龙还引用了犹太人在圣经旧约中对巴别塔的记载。事实上，巴别塔正是犹太人对那些土山的称呼。

房龙进一步过渡到了巴别塔遗留的一项实用工程技术，即绕塔而上的斜坡工艺。由于苏美尔人尚未掌握阶梯的工程技术，他们仿照盘山路的原理，建造了绕塔而上的斜坡，人们可以从底至顶缓缓地绕上塔顶。为了唤起读者对这项技术的直观感受，房龙把叙事时点穿越回现代，指出纽约城中心建造新车站时，需要考虑如何把几千旅客同时送到高处。人们认为用阶梯不妥当，如果要遇到走得太快或惊慌的时候，人们或许会从阶梯上滚下来，那将是可怕的灾难。工程师们便借用苏美尔人的方法去解决这一难题。于是，纽约的大中央车站就装备了和3000年前巴别塔一样的盘旋上升走道。这种穿越古今的叙事方式，即传达了历史上的技术，又贴近了身边的生活，着实令读者着迷。

类似的叙事，房龙还用于了对岛屿帝国克里特文明的介绍。房龙采用了聚焦描写，指出克诺索斯作为克里特岛北部海岸的最重要城市，建筑规划已经具备现代意识。例如，国王的宫殿装配了蜿蜒盘旋的楼梯，具备宽敞高大的宴会厅和良好的排水系统。宫殿地下配有宽阔的地窖，用于贮藏葡萄酒、谷物和橄榄油。第一批希腊访客对此叹为观止，以至于兴起了关于"迷宫"的传说，表达其对一座建筑物有如此之多的复杂通道的不可思议。

（二）罗马建筑与哥特式建筑的对比

中世纪的哥特式建筑反映了新兴的市民阶层与近代城市化的要求，比起代表农业时代的罗马式建筑有了长足的进步。哥特式建筑吐故纳新，一方面与罗马式的圆筒形屋顶或锅底形圆顶一刀两断，另一方面又深受新崛起的穆斯林建筑师的影响，成功地催生了代表这种建筑艺术风格的尖顶。

房龙对哥特式建筑表现出了发自内心的赞美。根据他的理解，哥特式的建筑形式是寻求更多光线和更大空间的必然结果。大幅提高了教堂的高度，令上帝的居所看起来更加宏伟、肃穆和庄严。

从工程技术角度出发，房龙指出哥特式建筑发扬了罗马式建筑的承重方法。罗马人为了加强墙壁支撑圆顶的力量，曾想出一个办法，用4根柱子分立四方，顶住圆顶，这4根柱子看似墙的一部分，实则独立存在。哥特式建筑师，则更进一步，集中精力在柱子上下功夫，然后再处理墙，类似今天的框架式建筑。这种风格的建筑，使柱子居于最重要的地位，为了加强这些柱子，12世纪的哥特式建筑师，又受罗马式教堂的启示，在寻求垂直的流线型的效果时，发明了外加支柱的方法。为了使得建筑物长高，他们有时还会修两道外扶垛。房龙以法国兰斯大教堂为例，说明了这类建筑的典型风格，并赞叹其牢固程度，即使在第一次世界大战的炮击中也未倒塌。

较之于罗马式建筑中大量的单纯墙壁，哥特式建筑大幅度减轻了墙的支撑功能，得以在墙上开出了众多窗户，这在以前是不敢奢望的。房龙在此巧妙地安排了一个插曲，打破了单纯讲述工程技术知识的沉闷。他为这种工程技术的变化找到了一个艺术上的落脚点，指出其对欧洲绘画艺术领域的革命性影响，因为罗马式建筑的墙壁一度是欧洲画家们绘画谋生的风水宝地。

然而，失之东隅，收之桑榆。一方面，哥特式建筑的流行虽然使画家们失去了墙壁这块阵地，但也逼着他们去寻找替代品，于是开始摆弄木板、羊皮纸和帆布，几个世纪后，这些画家终于创造出了油画这样一种全新的画种。另一方面，教堂墙上的这些窗户迫使建筑师们采用更多的玻璃，并催生了玻璃艺术的诞生。房龙指出玻璃制造也源于东方，一经传入欧洲便备受欢迎，尤其是染色玻璃，由于其制作工艺复杂，且运输不便，立即成为贵如白银的奢侈品，只有教会和王室才配享用。

为了解释彩色玻璃在中世纪为何如此贵重，作者还卖弄了一下自己了解的玻璃制造技术，告诉读者，染色玻璃的颜色来源于普通玻璃中加进的氧化金属。此外，还有一种染色技术是在普通玻璃表面烧一层颜料，然后把小块的玻璃固定在一起，形成某种想要的图案，并告诉读者当时欧洲玻璃工业的中心是威尼斯。讲完技术，房龙还列举了实例，告诉读者现存最早的染色玻璃，珍藏于巴黎附近的一座教堂中，距今已有近千年的历史。

为了呼应与金字塔和巴别塔等古代的建筑工程奇迹，房龙又把圣索菲亚大教堂作为中世纪伟大建筑的代表进行叙事。其套路仍是先丰富背景等辅助式叙事，指出其设计者是公元6世纪小亚细亚最著名的数学家安西米厄斯，高达25英尺的大厅圆形拱顶充分显示其出手不凡；大教堂两度施工，两度竣工，历经千载仍旧岿然不动。为了形容大教堂的非凡气度，房龙甚至不惜引用下令修建圣索菲亚大教堂的查士丁尼皇帝的狂言，吹嘘他的这一成就是一个精美绝伦的综合体，而非一个单纯的建筑，甚至功在所罗门神殿之上。

房龙以一组排比渲染了圣索菲亚大教堂的超凡脱俗，告诉读者，查士丁尼从埃及运来花岗岩和斑岩，从利比亚运来绿色大理石，从拉科尼亚运来蓝色大理石，从弗里吉亚运来带红线的白大理石。同时，房龙还对大教堂进行了细致的景物描写，笔法细腻考究，如照片般呈现出圣索菲亚大教堂的金碧辉煌。例如，宽阔的墙壁上铺着一层闪闪发光的马赛克；用纯金制成的荷花从祭坛上挺拔而出；围绕祭坛的屏风由象牙和香柏制成；等等。

（三） 近代工程：巴拿马运河

在房龙的作品中，巴拿马运河是有关工程技术领域的近代代表。在《发现太平洋》这部1940年的房龙晚期作品中，其叙事科技能容的文学语言已经炉火纯青。但基本范式仍以辅助性叙事为特长，赋予知识点以丰满的感性认识。例如，房龙并未直接讲述巴拿马运河，而是先引入了开凿苏伊士运河的费迪南德·雷塞布，通过这一人物想在巴拿马地峡开凿另一条运河以再现辉煌而勾出巴拿马运河的事件。如此叙事可谓一箭双雕，既扩大了承载的知识密度，又起到了以曲为美的艺术效果。然后以该人物莫名陷入法国监狱增加了事件的戏剧性和情节的曲折性。

当读者已经被吊足了胃口，房龙才徐徐道来，指出上述开场事件使自己对这条分隔大西洋与太平洋的狭长地带的地理概况了解到不少，开始介绍这个地区的恶劣环境，包括难以攀缘的高山、深深的峡谷，未开化的土著居民和凶残的鳄鱼。当真正谈到运河时，房龙先指出其不同寻常之处。

他把一般读者所熟悉的运河比喻为在泥土中挖掘的类似美人蕉、芦苇秆的管道，或是类似浴室里的水管，水流可以任意通过。以此反衬巴拿马运河的特点在于如同水流经过一个阁楼似的装置，除了伸展到大西洋、太平洋的两端以外，运河的其他部分都悬于海平面之上。房龙还在此举出了具体例子和数字，如加通湖一段竟超出海平面85英尺之多。著名的库莱布拉航道有45英尺深，但它的底部高出海平面40英尺。而巴拿马运河的宽度足以使万吨巨轮通过这狭窄的地峡。

除了介绍巴拿马运河本身的工程奇迹之外，房龙照例把工程技术的落脚点拉回了政治、经济、社会等领域。他指出运河流经的是一块条状的美属领地，这块领地的宽度以航道中心为界，两边各有5英里，但它不包括巴拿马城与科隆。自从西奥多·罗斯福总统扶植起那个傀儡政权，这两个城市就一直属于巴拿马共和国。运河区土地不属于私人，产权归政府所有，并且得到私下很有说服力的理由支持。对于访问者来说，他们最惊奇的发现是，出色地管理整个地区的是政府，而不是私人企业。

三、船舶技术的脉络

航海知识是房龙作品科技价值的重要承载单元，具有主客观两个因素。就主观而言，房龙自幼生长在港口城市鹿特丹，对航海的兴趣与生俱来，对相关科技知识耳熟能详、了如指掌，甚至到了信手拈来的程度。就客观而言，航海是人类对天文、地理等科学知识及船舶技术的综合运用，能够较为综合地展现科技知识。同时，航海过程积累的观测资料，也推进了天文学和地理学的发展。

（一）地中海文明的船舶技术

在《人类的故事》中，房龙勾勒了欧洲船舶技术发展的大致脉络，并巧妙地运用了一个连动句，凸显了一幅逻辑紧凑的技术路线图。"尼罗河和幼发拉底河的平底船被腓尼基人、爱琴海人、希腊人、迦太基人和罗马人的帆船所取代。接下来因葡萄牙人和西班牙人横帆装置的船只而被抛弃。而后者又被英国和荷兰全帆装备的船只赶出了海洋。[①]"其中的"取代""抛弃"和"赶出"3个动词，被连续运用到对平底船、简易帆船、

---

① 房龙. 人类的故事. 周炎, 译. 北京：中国档案出版社，2001：227.

横帆船和全帆船的技术更替描述中，恰如其分。房龙还沿着自己的技术路线，准确预测出文明将不再依靠船只。飞机已经并将继续取代帆船和轮船。这显然与今天空运和海运的相对地位基本吻合。

在《人类的家园》中，房龙又对早期北欧海盗船和古埃及的小帆船做了对比，让读者对两种船有了较为清晰的认识。房龙认为古老的北欧海盗船虽然看上去别致，但驶入波涛汹涌的大西洋里就力不能支了。结果，这些鲁莽的北欧海盗在航行中，不断偏离航线，一是他们没有指南针，二是他们没有测程仪，三是他们的船帆与3000年前的埃及船帆一样拙劣。但具体如何拙劣呢？房龙在此处做了一个小插叙，并且转换成读者的叙事视角，称看到纸莎草纸上3100年前的埃及小帆船图画时，其拙劣令视者惊讶不已。

在讲述罗马与迦太基的第一次布匿战争①时，房龙详细介绍了一种战船的制造技术，指出这一技术进步决定了战争的胜负。房龙把这场持续了24年的战争集中融入了一段海战的事件性描写，而且编制了跌宕的情节。起先是一场公海上的水战，呈现了神气活现的迦太基海军，毕竟他们经验丰富，而作为对手的罗马舰队只是初建成。在房龙的笔下，迦太基海军左奔右突、横绝大海，沿用其屡试不爽的古老战术，要么猛撞敌船，要么通过从侧翼发起猛烈进攻，折断敌船的桨，继而用箭及火球杀死敌船上的水手。然而，随着笔锋一转，房龙展示了技术进步对于战争结果的决定性作用。他指出，罗马的工程师发明了一种新型战船，船上装有一个登船吊桥，罗马步兵借此便能直捣敌船。于是，迦太基的胜利戛然而止，而且一蹶不振，被迫向罗马求和。此后，罗马凭借他们的登船吊桥，成为海上的主人。显而易见，在这段介绍中，罗马造船技术的进步成了房龙的叙事焦点。

（二）波利尼西亚人的独木舟

欧洲的航海技术是房龙最早熟悉的内容，在其中前期作品中时有提及。后来，在房龙乘邮轮环游世界后，见识进一步增长，特别是对于土著太平洋诸岛的波利尼西亚人的航海天才，房龙赞叹不已，专门在《太平洋

---

① 罗马于公元前509年建立共和国，在向地中海扩张过程中，公元前264—公元前146年与迦太基之间发生过3次战争。罗马人称腓尼基人为"布匿"（Punici），迦太基曾是腓尼基人在北非建立的殖民地，因此，罗马与迦太基之间的战争被称为布匿战争（The Punic Wars）。第一、二次布匿战争是作战双方为争夺西部地中海霸权而进行的扩张战争，第三次布匿战争则是罗马以强凌弱的侵略战争。

的故事》一书中作了详细介绍。

房龙将波利尼西亚人的天才航海技能称为"一个最迷人的题材，充满了浪漫和神秘"，"想一想少数人用一只小船，没有地图，没有指南针或近代的航海工具，却能够在地图上未标明的渺茫水域里找到路，这不是神秘吗"。为了增强说明效果，房龙还运用了对比的手法，指出"西班牙运送财富的重载船，从马尼拉到巴拿马，纵然让我们感兴趣的"，但是，与波利尼西亚人"坐独木舟旅行，从新几内亚到复活节岛，远涉重洋"相比，那就是另外一回事了。

对于波利尼西亚人的独木舟，房龙评价为世界上最好的，并对这种独木舟做了详细的记述，指出其结构十分简单，只需用木梁将两只大航海独木舟联在一起，将甲板置于横梁之上，甲板固定着船桅和船篷。船篷可以保护随船的妇幼。专门的稳定装置已非必要，因为相连的两只独木舟能够自然达到平衡。除非遭遇大海啸，这种独木舟很难被打翻。

由于独木舟实在太小，因此船上没有存放淡水的空余地方，也没有欧洲人的那种大船用来贮藏大量食物的底舱。对于这两个问题，波利尼西亚人一般选择雨季时进行长途航行，这样他们便可获得大量的雨水供应，而且可以用不漏水的草席贮存足够几天使用的雨水。至于食物，波利尼西亚人耐力惊人，他们大概只需要欧洲水手1/5的食品就可以维持生命；此外，他们对于陆地似乎特别敏感，哪怕是在横无际涯的大洋上，他们也能准确地判断出附近哪里有可以补充给养的岛屿。

早在大约3500年前，波利尼西亚人的祖先就开始了征服海洋的冒险行动。房龙评价其与欧洲文明程度较高的古希腊人和古罗马人所使用的船只相比，在白人到达之前，波利尼西亚人连金属也没见过，船只却明显更先进、更合理。对于看不到陆地的远洋，地中海出身的船长很少敢于航行，而波利尼西亚人却能从太平洋的一端航行到另一端。他们在相距遥远的夏威夷和塔希提岛及新西兰之间，能够保持定期交通。

波利尼西亚人天才的航海技能，房龙总结了其中的两条主要原因：一是客观环境所迫，因为他们生活在茫茫太平洋中的无数个岛屿上，不得不以舟为马；二是主观精神所求，他们对于祖先的天堂怀有美好的憧憬，以便有朝一日将船航行到传说中的大洋某处的天堂哈瓦伊基。

第五章 房龙作品对科学方法的介绍

科学方法是指人们在学习、工作和生活时的一种能动的、严密的、合理的、有目的的、有条理的思维和活动过程。[①] 其中,既包括物理、化学等自然科学的专门方法,也包括观察、测量等通用于自然科学和社会科学的一般方法,还包括具有最普遍方法论意义的哲学方法。相对于一个个具体的科技知识点,处于操作领域的科学方法显得抽象。相应地,在房龙的作品中,以文学手段对科学方法的表现比对科技知识的表现更为困难,篇幅也相对少很多。房龙作品中涉及的科学方法主要包括观察方法、测量方法等。

第一节 观察方法

观察是人类认识客观世界的基本方法。科学的观察法旨在透过现象发现本质,具有明确的目的性、计划性、客观性、全面性和系统性,往往贯穿科学研究的始终。许多科技知识都是通过仔细和准确的观察总结出来的。

一、基于科学观察的地圆学说

仰观天文,俯察地理,是人类最早观察的两个重要领域。在《人类的家园》中,房龙以浅显、准确、详尽的文字,客观地说清楚了基于科学观察之上的地圆学说,其交代的论据也都是读者有能力观察到的事实,是对

---

① 谢希德. 科学思想和科学方法. 上海:上海科学普及出版社,1999.

科学观察方法的一次集中展示。这段文字集事实、逻辑、语势于一体，突破了科学报告或教科书的呆板，堪称房龙介绍科学内容的经典桥段。

第一，房龙以一般读者都具有的观山看海经验为说明方法，指出一个基本事实，即人们从远处走向一座大山，或在海边看到一艘航船，首先看到的是山顶或桅杆的尖，靠近后才有可能看到其他部分。

第二，房龙列举了一个读者可以随时验证的方式，即不管在什么地方，人们的视野似乎形成一个圆圈，如同我国北朝民歌所唱的"天似穹庐，笼盖四野"。房龙在此指出了人类的一个基本观察原理，即人类的眼睛在观察时只能平行地从陆地或大海的一个景物移向另一个景物，并基于此做了假设和类比："如果我们乘坐气球或站在高塔的顶部，只要离开地面越远，圆圈就越大。如果地球是蛋形的，我们就会发现我们处于一个大椭圆形的中心；如果地球是方的或是三角形的，地平线也会是方的或三角形的。"

第三，房龙援引了便于读者深刻观察的极端天象作为例证。他指出，当月食出现时，反映在月球上的地球阴影是圆形的，而只有圆球物体才会形成圆形阴影。

第四，房龙采用了反证法的逻辑，指出既然可观察到的其他行星和恒星都是圆形的，地球凭什么在亿万星球中成为绝无仅有的例外？这种反问的语气加强了论据的证明力度。

第五，房龙把两位著名航海家的环球航行作为例子证明地圆学说。首先，一直向西航行的麦哲伦船队，幸存者最终回到了出发地。其次，一直向东航行的库克船队，幸存者也回到了出发时的港口。这就融入了故事性，更利于读者记忆。

第六，房龙以读者普遍熟悉的星座观察作为例证说明地球是个球体，指出读者如果向着极点朝北行走，黄道十二宫等熟悉的星座就会越来越低，直至落入地平线以下；而当读者返回后，它们又升了起来，而且越靠近赤道升得越高。

以上一系列事实全都基于科学的观察方法，由此可见，地圆学说不容置疑。房龙由此推出了自己想要说明的科技知识点，古希腊的地圆思想终于被15世纪末的绝大多数知识分子和富于实践的航海家们重新拾起。"人类开始普遍认同地球是炮弹一样圆的球形，而非像烙饼那样的扁平，既非太阳系的中心，更非宇宙的中心，无非一个普普通通的星球，在宇宙大家庭里默默无闻地自转并公转着,并未因为它的怀抱里有了人类这种动物而更加出众。[①]"

在文学手法上,房龙综合运用了比喻说明、举例说明、分类说明和比较说明等多种表达技巧,采用了比喻、拟人和排比的修辞手法,令枯燥的知识变得风趣、形象,并已开始闪现房龙的某些关于人与自然关系的科学思想。

二、航海中的观察方法

(一)朴素观察

房龙作品中介绍过一段非常有趣的航海历史,即在指南针传入之前,欧洲的航海主要基于对大陆的朴素观察,因而不敢远洋航行。根据房龙的介绍,当时的航海主要靠观察最近的大陆上的教堂尖顶或辨别沿岸的狗叫声来航行。此外,土丘上的树木、堤坝上的风车也都在航运史上发挥了极其重要的意义,因为它们都是雷打不动的固定点。

水手观察到了这样的"固定点",就可以推算出自己的位置。房龙在此还运用了简单的语言描写增强现场感,而且从中透露了水手们的心理动态:他会对自己说:"我必须继续朝东走。"因为他记起他上次是在那个地方。或者说:"继续朝西,朝南,朝北,直至我要去的地方。"[②]

房龙还进一步追述了古代的腓尼基人和希腊人本质上就是这种"教堂尖顶水手"。虽然他们冒险远航过刚果河和锡利群岛,但即便如此,他们在航行时毫无疑问仍然尽量靠近岸边。这样做,除了便于在夜里把船拉上岸来,以免"野渡无人舟自横",更重要的是便于观察地形,决定航行策略。

即便到了中世纪,商人们已掌握了地中海、北海和波罗的海的固定航线,他们也还是要每隔几天观察一下远处的山脉。如果发现自己在大海中迷失了方向,他们唯一能做的事就是确定最近的陆地在哪里。房龙由此又引出另一个中世纪的航海知识,即当时的水手总是随身携带一些鸽子,因为鸽子能够用最短的路程到达最近的陆地。他们一旦感到无路可走时,就会放出一只鸽子,并观察它的飞行方向,随后就朝着鸽子飞去的方向航

---

① 房龙. 房龙地理·太平洋的故事(英文版). 北京:中国城市出版社,2009:17.
② 房龙. 房龙地理·太平洋的故事(英文版). 北京:中国城市出版社,2009:39.

行。直至看到山顶，去最近的港口停泊，以便打听自己到了什么地方。这种方法显然与诺亚放出鸽子衔回橄榄枝的圣经传说异曲同工。

除了对陆地进行观察，房龙还介绍了一些更为聪明的船长，他们可以通过观察星星来辨别自己的方位，或根据北极星和其他星座来确定自己的航线。房龙也指出了这种传统航海观察法的不足，因为北方常常是多云天气，而一旦看不见了星星，再神通的船长也将巧妇难为无米之炊。而随着航海向远洋发展，陆地也往往一连数周无以观察。就此，房龙引出了指南针等弥补人类航海观察能力不足的仪器。

（二）工具观察

指南针是航海领域的重要观测工具，也是具有世界性价值的发明，在房龙的不少作品中都有所提及。房龙对指南针给予了高度评价，认为若非指南针在13世纪下半叶传到欧洲，航海有可能仍旧是一种耗资巨大且苦不堪言的职业，航行要么听天由命，要么凭人猜测。

为了引起读者的兴趣，房龙首先指出指南针的来历始终扑朔迷离。基督教的神职人员称之为撒旦用以亵渎上帝的发明，但房龙以实事求是的态度，尽己所能把或是正统或是传闻的知识讲述给读者。

房龙讲述的第一个故事，是成吉思汗西征欧洲时，为了跨越广袤的中亚荒漠，携带了一些类似指南针的工具。但是，房龙当时还无法断定，地中海水手最先看到的指南针是否来自成吉思汗的西征。但从时间逻辑上看，的确是在此之后，地中海的水手们就把船驶往了世界各地。由于此叙事的情节过于单薄，房龙对成吉思汗的人物身份进行了描绘渲染，作为丰富情节的一种工具，向不熟悉成吉思汗的西方读者介绍他是"一个矮小、斜视的蒙古人，在13世纪上半叶统治了一个面积稍大于以往任何一个帝国的大帝国。这个帝国的疆域从黄海直到波罗的海，1480年以前还占领着俄罗斯"。这一人物描写显著增加了指南针故事的张力和对读者的吸引力，构成了房龙叙事的一类重要特点。

房龙讲述的第二个故事则虚构了一个场景，从雅法或法马古斯塔回来的某个人可能带了一个指南针，但这个指南针又是从一个波斯商人那里买来的，而这个波斯商人告诉他，这个指南针是自己从一个刚从印度回来的人那里买来的。流言就此通过码头酒馆等处传播开来。人们争相目睹这个被撒旦施了魔力的奇妙小指针，无论你行至何方，小指针都会告诉你哪儿朝北。请去东方的朋友代购一个指南针成为当时的风尚。从此，人手一个指南针的时代到来了。面对庞大的需求，威尼斯和热那亚的仪器制造商开始独自制作指南针。于是"忽如一夜春风来"，欧洲各地都有了指南针。短短几年时间，人们便对这个带玻璃盖的金属小盒习以为常。房龙通过这一连串的情节，增添了指南针来历的曲折。

房龙对指南针传播的这段叙事，首先表现了他说明道理的一种特色逻辑，如同其在《古代的人》中，通过鱼先生、麻雀先生的个案故事来说明贵族的产生过程；后来其又在《人类的故事》中，通过骑士参加十字军东征向市民社会举债，导致贵族特权的瓦解，说明自治城市的兴起过程。指南针的扩散过程又一次被房龙"以偏概全"地讲述了出来。但对于读者快速理解知识，这种手法的确比理论家们的抽象概述高效得多。或者说，这不是以偏概全，而是以点带面，以具体代抽象，以特殊代一般，以文学叙事代科学叙事。读者从中看到的岂止是指南针的扩散，而是许多种技术的普遍扩散方式。

同时，这些描写也展现了房龙一套缜密的叙事逻辑，他伏笔交代"没有一个人会想到这个小玩意值得写一本书，因为大家都认为它的存在是理所当然的"，以此来为自己也无法确知指南针技术的真实扩散路线而打圆场，并且顺势调整了叙事节奏，指出关于指南针的来历介绍得够多的了，它的来历肯定永远是个谜。随后，房龙转而深入介绍指南针本身的技术细节，表示人们对指南针的认识是不断提高的。

此外，房龙还将叙事视角转为"我们"，以拉近同读者之间的距离。例如，"我们发现指南针的指针除了在某些地点外不是指向正北，要么稍稍偏东，要么稍稍偏西。这种差别从技术上讲是由指南针的'磁差'造成的。这是由于北磁极和南磁极与我们地球的北极和南极不是处于同一地点，而是相差数百英里。北磁极在布西亚岛上，这是加拿大北部的一个岛屿，而南磁极位于南纬73度、东经156度上。[①]"房龙对叙事的对象和叙事的深度切换得如此行云流水，以至读者在不经意间便完成了对相关科技内容的吸收。

由于"磁差"的存在，船长们在指南针的帮助下只能观察船舶航行的大致方向，因此，他最谨慎的计划也可能被海流、海浪和风打乱。一次普通的海洋航行，依旧可能险象环生。由此，房龙指出航海单靠指南针仍然

---

① 房龙. 房龙地理·太平洋的故事（英文版）. 北京：中国城市出版社，2009：39.

孤掌难鸣，船长们还必须有海图，以便观察指南针在世界各地所产生的差异。然而，房龙及时把握住笔端，声明"这涉及航海科学了，而本书不是航海手册。航海是一门极其困难极其复杂的学问，它绝不是用寥寥数语所能讲清楚的"。读者只要能记住以下内容就够了：指南针是在13世纪至14世纪时流入欧洲的，它使航海术有了长足的进步，成为一门可靠的科学，不再依赖侥幸的猜测和无望的复杂计算，而这又是常人智力无法胜任的。这恰恰拿捏好了科普与专业科学的差别。

观察与测量往往联系在一起，二者合称观测。在测量方面，房龙也向读者介绍了一些航海领域的观测工具。根据房龙的介绍，中世纪的船长为了确定自己在大海中的位置，必须依靠两种仪器。首先是测深绳。测深绳的历史几乎与船一样久远。它可测出大海某一点的深度。船长可以借助一张标明不同深度的海图，并依照海图来慢慢行驶，测深绳能告诉他附近水域的一些情况，他据此可确定自己的方位。另一种是测程仪。测程仪原是一小块木头，把它从船头抛进水中，并仔细观察它从船头走到船尾用多长时间。船的长度是已知的，这样就可计算出船经过某一点需要多长时间和每小时大约能走多少英里。

如果就此结束介绍，显然沦为单调的测量方法介绍，不符合房龙的一贯风格。果然，作者在此做了延伸，详细讲解了一个读者耳熟能详却不明就里的专有名词——表示船舶航速的"节"。根据房龙的介绍，测程仪的小木块逐步被绳子取代。这种绳子很长很细，却很结实，绳头有一块三角形的木块。绳子预先按照一定的长度打上一个一个的"节"（结）。当把绳子从船头放入水中时，另一个船员就打开沙漏。沙子漏完时，就把绳子拉上来，一边拉一边数结，计算沙漏时长内，绳子上有多少个结下到水中。之后，只要经过非常简单的计算就可知道船的航速，用船员的习惯说法，就是"多少节"。想必不少读者至此都会有豁然开朗之感。

三、增强观察能力的科学仪器

人的观察能力既是与生俱来的，更是与日俱增的。房龙此前涉及的观察方法主要还是基于人类的"眼、耳、鼻、舌、身、意"。为了对事物做出更为可靠的判断，人类逐步发明和借助于一些仪器，把感官观察扩展到仪器观察。作为对人的感官的延伸、扩展和补充，科学仪器逐步克服了感官的生理限度，不断刷新人类的认识程度，从而使观察最终走向精确化和定量化，极大地提高了观察效率，获得更多的信息量。在房龙的作品中，望远镜、显微镜等工具都是扩展人类观察能力的革命性手段，对于人类认识世界和改变世界产生了重要影响。

（一）观察宇宙的望远镜

房龙在《万能的人类》中谈到人类对宇宙的观察时，把人类诡奇地比喻成一个小星球上谦卑的囚徒，总是对居所周围的物体充满好奇。这一独特的比喻不同凡响、意蕴隽永、思想深邃、极富张力，令读者过目难忘、浮想联翩。房龙还称赞了古代人类发达的观察能力，指出当时的巴比伦人、埃及人和希腊人虽然只能依靠肉眼仰观天象，但都取得了一定的天文学研究成果。这不仅反映了他们极好的视力，更反映了其高超的观察方法。然而，房龙指出，即便如此，人类观察宇宙的视野终究有限，对望远镜的介绍水到渠成。

对于望远镜，房龙在《万能的人类》中以著名的罗杰·培根起兴，透露这位中世纪的博学之士曾经描述过制造"望远镜"的方法。然而，直到他死后400年，人们才制造出了望远镜。对此，房龙条分缕析地揭示了两个重要的社会历史条件。一是从社会环境看，剧烈的变革运动有所减弱，人们得以安心科研，沉浸于科学思索。二是从实践需求看，船只开始在全球范围漂洋过海，水手们迫切需要一种望远的仪器。

房龙认为，在上述两个条件下，具备精湛航海技术的低地国家（荷兰、比利时、卢森堡的总称）发明望远镜是自然而然之举，并转入故事性的口吻指出望远镜从荷兰出口到了欧洲的每一个国家，其中有一架落到伽利略手中。而伽利略亲自改良了望远镜，将视野扩大到数千英里之外的苍穹，产生了颠覆性的观察结论，推翻了以往所有关于地球及其姐妹星球甚至太阳的重要观念。人类的整个宇宙观焕然一新。值得指出的是，在房龙的作品中，有关伽利略观察星空的情节多次出现，足见房龙对观察法的重视。

从叙事文学的角度看，房龙的这段叙事详略得当，节奏疏密有度，将一系列事件按照因果逻辑组织起来，把合理推测和真实历史结合在一起，产生了生动逼真的艺术效果。同时，由于其中涉及的罗杰·培根和伽利略等科学家早在《宽容》等作品中即有过详细描述，房龙在此处果断省略了本应有的人物描写，重点聚焦望远镜这一观察仪器，把相关人物降低为望远镜的配角，使读者的注意力锁定在作者对物的传达意图上。

(二) 观察微观世界的显微镜

与望远镜观察的宏观世界相呼应，房龙一并讲述了用于观察微观世界的显微镜，形成了对比说明的反差效果。同样是在《万能的人类》中，房龙采用了一个自然的过渡句，将叙事对象从望远镜转至显微镜，指出"当一些人习惯于泛泛观察事物的时候，另外一些人则努力寻求一种细微的观察方式。显微镜使微观世界突然变得清晰，这个微观世界长期存在于人类的肉眼观察范围之外①"。

房龙在此插叙了另一种科学方法——理性怀疑，并指出古希腊人最为擅长这类方法。当时已经有人怀疑尚存在一个由生物组成的世界，它是如此之小，以至于不借助增强视觉能力的仪器帮助，人们就不可能注意到它。房龙还顺便介绍了一个小的科技知识点，指出古代人所能做的最大努力就是透过一个装满水的球去观察物体，但这对人类眼睛的观察能力的扩展着实微不足道。这又一次展示了房龙叙事的密集信息量。

房龙将解决怀疑的关键定位于合适的透镜，正是通过透镜的发明，古希腊人的怀疑才被科学的观察法证实为新的科学知识。然而，基于透镜的显微镜的发明却经历了漫长的时间。房龙以"逝者如斯夫"的口吻感叹道："四百年的时间在无数个实验中流逝了。"然后以故事的口吻把显微镜的发明向读者做了介绍："在17世纪上半叶，有个名叫范·列文虎克的荷兰人，把几个透镜组合在一起。这种方法终于使人能够观察到微小的有机体——人们在数千年前就预言过它的存在。②"通过房龙加上的这句补充说明，读者可以看出科学观察不只是简单的感性认识活动，而是伴有理性思维渗透于观察过程的始终。随后，房龙指出最早的显微镜太过粗陋，人们很快就对其进行了改进。

第二节 测量方法

在《人类的家园》中，房龙介绍了对经度和纬度的确定方法，并将其寓于一系列事件之中。尽管如此，房龙仍然坦陈这是全书最难的部分。但

---

① 房龙. 奇迹与人. 雅瑟，编译. 北京：新世界出版社，2014：176.
② 房龙. 奇迹与人. 雅瑟，编译. 北京：新世界出版社，2014：177.

经度、纬度是地球的必备知识，又不得不讲。在这一部分中，房龙以第一人称频繁地使用辅助性叙事手段，如同牵着被蒙上眼睛的读者小心翼翼地穿越迷宫，时刻提示读者内容的复杂。例如，"概况介绍得够多了。接下来要讲难点，我尽我所能讲得简明些……""因为这个问题比较复杂，为使你理解，我们试做这样一件事……""为方便起见，也为了使问题简单一些，请再假设你的眼睛在你的脚上……""你看，即使用最简单的形式，它仍然如此复杂""如果这一章写得简短，一般概念太多，只好请你原谅了"。

  房龙对确定经度、纬度方法的整体讲述过程，构成了一个回环结构，反复重申一个主题——难，时刻争取读者的谅解。这在房龙作品对科学内容的介绍中是较为少见的，可见确定经度、纬度方法的描述难度之大。这也暴露出文学语言表述科学内容的一个薄弱环节——科学方法。但房龙牢牢把握住科普的浅尝辄止原则，向读者声明：作者只能告诉他们一些现代航海学基本原理的概况。如果读者想成为一个海员，就得到专业学校去深造，学习必要的知识和方法。如果真有读者当真，房龙还进一步打趣道："等你使用了二三十年的仪器、表格和海图后，老板会任命你为船长，希望你能驾船驶向各个港口。如果没有这个雄心大志，你就永远也不会理解这些东西。[①]"实际上，房龙对背景和细节的交代，并不亚于方法本身。

一、确定纬度的方法

  房龙指出，相对于确定经度的方法，确定纬度的正确方法要早数百年。因为纬度只需要仔细观察、细心计算即可。在房龙看来，纬度的确定方法无外乎一种计算角度的工作，并由此介绍了三角学的前世今生。他指出，1000多年前，希腊人就为三角学这门科学奠定了基础，但是著名地理学家托勒密死后，三角学就被遗忘了，或被当作复杂而无用的知识抛弃了。

  幸运的是，印度人、北非的阿拉伯人及西班牙人，把三角学从希腊人停顿下来的地方继续推向前去。房龙又一次发挥其词源考据的特长，指出了"天顶"和"天底"等纯粹的阿拉伯语词汇就是最有力的证明。房龙还指出，三角学13世纪末重返欧洲学校的课程时，是作为一种穆罕默德

[①] 房龙. 房龙地理·太平洋的故事（英文版）. 北京：中国城市出版社，2009：38.

的学问，而非被看作基督的学问。

但房龙不得不承认，航海的进步仍主要得益于欧洲人对三角学的重新开发。在随后的300年里，欧洲人奋起直追，把北极星作为取代教堂尖顶的固定点。房龙在此采用了拟人的手法，活跃了下叙事氛围，夸奖北极星是可以接受这个崇高荣誉的最可信赖的候选者，因为北极星距离我们遥远，看上去似乎从不移动，而且非常容易辨认。

同时，房龙考虑到有的读者可能会疑问，为何不采用比北极星更容易观察到的太阳，并就此做了解答："虽然人们总能看到太阳，但它的轨迹当时还未被科学地测绘过，只有最富经验的航海者才敢夸耀他能靠太阳来航行。①"房龙还在这里指出了地圆学说对确定纬度的重要性，因为只要"平盘"理论甚嚣尘上，所有的天文计算都必然会与实际发生矛盾。

根据房龙的介绍，"地圆"理论在16世纪初甫一确立，地理学家做的第一件事就是根据与南北极轴线形成直角的平面，把地球分割成两半，分割线称作赤道。极点到赤道之间的那部分被分为90等份，这90条平行的圆线每条线间隔约69英里，这些线称为纬度。地理学家把这些圈编上号，从赤道开始，向南或向北到达极点。赤道本身为0度，极点为90度。房龙还解决了一个耳熟能详的符号用法，即因为在数学运算中写"度"这个字太麻烦了，"度"这个字通常用一个小空心圆点作为符号来代替，写在数字的右上角，简单明了。读者由此又对一个熟悉的常识豁然开朗，兴致盎然之余也加深了对相关科技内容的印象。

此后，数十代数学家和水手们致力于收集有关太阳的资料，确定每个地方、每一天、每一年太阳的准确位置，以便普通的船长也能解决纬度问题。最终，对于任何一个船员，只要能读能写，都可以在较短时间内确定他离北极或赤道有多远，或用术语来说，就是在北纬几度或南纬几度上。这使航海前进了一大步。

二、确定经度的方法

由于人类解决经度的方法远难于确定纬度的方法，房龙及时采取了具体的故事叙事，以增强趣味性。房龙指出，这一问题花了200多年的时间才被成功地解决。首先是本初子午线的确定方法。房龙固然知道读者能数

---

① 房龙. 房龙地理·太平洋的故事（英文版）. 北京：中国城市出版社，2009：39.

出无数的子午线，即环绕地球并穿过两极的圆圈。这无数条圆线中哪一条是把地球分割为东西两半的"子午线"即纵向的赤道呢？房龙列举了一些历史争论：一是由于把耶路撒冷当作地球中心的传统观念太顽固，许多人要求把穿越耶路撒冷的子午线作为本初子午线；二是无处不在的民族自尊阻止了耶路撒冷计划，每一个国家都要求让本初子午线穿过自己的首都，如德国、法国和美国的地图都曾安排本初子午线穿越柏林、巴黎和华盛顿；三是由于在经线问题最终解决的17世纪，英国对航运知识的发展贡献最大，也由于当时所有的航运事务都由英国皇家天文台管理，而皇家天文台1675年建于伦敦附近的格林尼治，所以，穿越格林尼治的子午线终于被接受为本初子午线。这段叙事包括了3个事件，构成了一段曲折的情节，使读者在婉转曲折中加深了对本初子午线确定方法的理解。

虽然本初子午线纵向地把地球分成两半，使航海者具备了纵向的参照物，但房龙马上替好奇的读者设置了另一个问题，即一旦进入大海后，如何确定航船距离格林尼治子午线以东或以西的距离呢？由此，房龙引出另一个事件，推动了情节的继续发展，并详细刻画了1713年英国政府任命的"确定海洋经度委员会"。房龙强调该委员会设立了10万美元的巨额奖金，征集"在公海上确定经度"的最好方法。10万美元在200年前可以说是一笔巨款项，重赏之下必有勇夫，于是人人奋勇，个个当先。根据房龙的介绍，该委员会在19世纪上半叶解散时，已花了大约50万美元，用于奖励那些有价值的发明。而今，其奖励的大多数工作早已湮没无闻，他们的成果也已被历史淘汰。但是，有两项发明的价值却历久弥新。

第一项是六分仪。房龙没有对此观测仪器做详细描写，只是描述了其基本特征。首先，它是一种小型海上观察仪器，一个人就能拿起。其次，它能让船员测量各种角距离。最后，它直接把中世纪的粗糙星盘和十字架及5世纪的象限仪融为一体。为了给读者加深印象，房龙对六分仪做了一个辅助性叙事，指出有3个人都宣称自己是最早的发明人，并苦苦地争夺这项荣誉，并表达了自己对科学发明的一个规律性总结，即在同一时间里寻找同一东西时经常会发生这种多人争抢发明权的情况。

第二项是天文钟。房龙认为这一1735年问世的发明令航运界产生的兴奋比六分仪强烈得多。根据房龙的介绍，天文钟是约翰·哈里森发明的一种精确可靠的计时装置，主要用于航海，能够把格林尼治时间带到世界任何地方。利用天文钟所指示的时间与地方时的时差，人们可测定船舶所在位置的经度。由于计算方法本身并不难，但却很枯燥，房龙把亮点放在了介绍发明者趣闻和天文钟的内部构造原理上，道破发明者哈里森是个制造钟表的天才，做钟表之前是个木匠，在去世前3年接受了10万美元的奖励，因为其对奖金额进行了长时间和不体面的讨价还价。而其关键技术是在钟里加了一个叫作"补偿弧"的装置。这个装置能调整平衡簧的长度，使之与因气温变化而产生的膨胀或收缩相一致。此外，天文钟还应用了防水技术。

三、观测的结晶——地图

地图集中承载了人类对地理信息的观测结果，把众多的地理事物及其分布缩影在一起，成为地理学的第二语言。房龙自幼喜爱画地图，他对地图的理解和运用具备专业水准。在《人类的家园》中，地图成为房龙得心应手的叙事单元。

在区域性的地图方面，房龙把古代巴比伦人誉为出色的几何学家，告诉读者他们已经能够实勘国土面积，并在公元前3800年的时候，就用一些土质的平板制作出了王国的轮廓。根据房龙的介绍，古埃及的勘测图已经显示出丰富的数学知识，其测绘的目的在于充分榨取臣民的劳动果实。而地中海北岸的希腊人，比前两者的观察能力更为发达，既有相当丰富的地理学专论，也有实用性的地图，标示了到地中海沿岸各地的最佳途径，被雕刻在铜板上置于一些商业中心，供来往的商旅参考。房龙因此将希腊人调侃为古代世界里最具好奇心、最爱管闲事的人。

到了跨区域性的地图方面，房龙告诉读者，占有国土面积空前广大的亚历山大大帝，组建了一种叫作步测者的专业人才队伍，这些人骑着快马走在队伍的前面观测地形，不断报回马其顿人的准确方位，以及前方的城市和村落的位置。这些观测结果有的被记录为图，从而成为原始地图册之一。这正是亚历山大统治其地跨欧亚非三洲的大帝国的工具。其后的罗马帝国四处征伐、建城修路，更加少不了地图。根据古罗马人的文献记载，这些地图非常准确、完全可靠。但房龙对代表罗马地图的普廷吉地图[①]表

[①] 以康拉德·普廷吉的名字命名的地图。普廷吉是奥格斯堡市所辖小镇的职员，他最先想到利用由斯特拉斯堡的约翰·古滕伯格新近发明的印刷机，把罗马地图传播开来。但是他没有可用于复制的原件。他采用的底稿是一张在13世纪时复制的3世纪地图的复制品，由于年代久远，地图上的许多重要细节被老鼠和蛀虫破坏了。

达了失望之情,并请读者自己判断这张"看起来很简单,很粗陋,对我们现代人来说,毫无任何价值"的地图,还调皮地将之比喻为面条形的世界。

对于中世纪的地图,房龙则转为讽刺的叙事声音,指出由于教会反对一切"无用的科学研究",所以通向天堂的道路比起莱茵河河口到多瑙河河口之间最近的通道要重要得多。教会影响下的地图已经脱离了科学的观测,变成滑稽可笑的图画,不需要任何说明就可以看懂。上面有许多无头的怪物、鼓着鼻子的独角兽、喷水的巨鲸、半鹰半马的有翅怪兽、海妖、美人鱼,以及所有因恐惧和迷信所幻想出来的怪物。耶路撒冷当然被放置在世界的中心,而印度和西班牙处在最遥远的地方,苏格兰变成独立的岛屿,通天塔有巴黎全城十倍那么大。在此,房龙的叙事变成了看图作文。为了给这种地图添一丝知识的气息,房龙对无头的怪物做了解释,告诉读者这种怪诞的想法来源于可怜的因纽特人,他们喜欢蜷缩在皮毛衣服里,连头都不露在外面。

大约在 16 世纪时,真正现代意义上的地图终于在欧洲人手中被创造出来。这很大程度上得益于指南针等工具提高了航海观察能力。而近代以后的地图形式已经为读者司空见惯,自然没必要再画蛇添足,体现了房龙叙事中的省略技巧。也许是对欧洲文明的反讽,房龙特意呈现了孤悬太平洋的波利尼西亚人发明的编织地图,并与中世纪欧洲宗教制图者和制图思想做了对比。这些地图虽然用藤条和小木棒作材料,但是完全基于观察得来,房龙评价其虽貌似幼儿园小朋友的玩具,但却十分实用和精确,比起那些画得花里胡哨却精度全无的欧洲中世纪地图要先进许多,堪称地图史上的一绝。至此,房龙以疏密有致的叙事节奏,顺乎自然的叙事顺序,把地图在近代文明之前的发展和用途介绍给了读者。

第六章 房龙作品蕴含的科学思想分析

科学思想的内容十分丰富,一般可以分为两个层次。第一个层次是人们在各种科学理论的基础上,进一步提炼出来的关于自然界和人类社会存在与发展最一般规律的合理观念。第二个层次,是人们在科学研究、技术发明和产业创新活动中体现出来的科技意识。① 前者譬如达尔文关于整个生物界的物种不断地由低级向高级进化的思想;后者譬如生态意识和可持续发展的思想。

相对于具体的科技知识和科学方法,科学思想显得抽象,也相对高阶。它本质上是某种合理观念和推断法则,从各种具体的科学知识和科学方法中提炼而出,用以统领更广泛的实践领域,因而对生产生活具有一定的科学指导作用。具体到房龙的作品中,主要表现为科技"双刃剑"的辩证思想、永无止境的进化思想及人和自然协调发展的科学思想。

第一节 科技"双刃剑"的辩证思想

房龙的作品中,对科技发展的影响始终伴有理性层面的深刻思考。他既充分肯定了科技发展对人类进步的推动作用,也谴责了科技滥用导致的负效应。综合房龙作品的相关内容可知,在他看来,科技进步出于人类的天性和社会条件此消彼长的共同作用。

一、科技的本质

综合房龙的相关观点,不难发现,他认为科技在人类的天性与社会制

---

① 谢希德. 科学思想和科学方法. 上海:上海科学普及出版社,1999:前言.

度的夹缝中发轫。就天性驱动而言，房龙提出"万物天生就有惰性"。动物中只有人类最早认识到尚有比获取食物更重要的事情，希望有更多精神上的闲暇，为了得到这种闲暇，唯有摆脱单调乏味的劳作。

房龙在《人类的故事》中指出，人类于形成之初，就被自然赋予基本的改造能力，随着不断进化，这种能力与日俱增，各种发明层出不穷，人们得以从单调乏味的劳作中解脱出来。越来越多的工作被外物代劳后，人类的闲情逸致也油然而生，"或坐着晒太阳，或在岩石上作画，或把狼崽、虎崽驯化成温驯的家畜"。因此，有人说懒惰是驱动人类科技进步的动力，深层意思则是，人类为了将自己从繁重体力劳动中解放出来，进行了不懈的思考，其真谛就在于用思考减少劳动量，也就是说人要"懒"就必须"勤"。①

然而，直至近代以前，科技发展却长期受制于不少制度层面的束缚。就社会条件的制度阻碍而言，房龙的见解独树一帜。根据他的观点，科技发展在古代受到了奴隶制的阻碍。在房龙看来，古希腊人、罗马人的智慧并不逊于当代人，但却未能发明更高效的机器，原因之一就是当时盛行的奴隶制度。为了强化读者的认同感，房龙采取了连续反问的修辞手法："当一位伟大的数学家可以到市场上以极低的价钱购买他所需要的全部奴隶时，又何必在那些金属线、滑轮以及齿轮上虚掷光阴呢？又何必使空气中充满着噪声和烟雾呢？②"

到了中世纪，尽管奴隶制已被废除，但仍存在着相对宽容的农奴制。更重要的是，封建行会成了科技发展的最大制度阻碍。房龙对中世纪社会环境的具体描写告诉读者，那时的行会并不主张使用机器，因为他们认为这会使许多同业的人失业。此外，中世纪也不愿大量生产物品。当时的裁缝、屠夫、木匠都是为了满足他们生活社区里的直接需求才工作的。他们不想与邻居竞争，也不想生产任何不必要的产品。

只有到了近代，资本主义的兴起，才在制度上为科技的突飞猛进开辟了道路，直至今日，机器的采用改变了一切。在房龙看来，机器只不过是放大了的工具。火车实际上是高速行驶的飞毛腿，把巨大铁板敲平的空气锤不过是硕大无比的铁拳头。根据房龙的这种科技思想，Google 出品的人工智能 AlphaGo 战胜人类围棋高手，也无非是人类脑功能的外扩。

---

① 刘志. 最好的"偷懒"是"勤奋". 政工学刊，2014（3）：36.
② 房龙. 人类的故事. 逸凡，译. 上海：立信会计出版社，2012：372.

二、科技的积极影响

在《文明的开端：史前人》中，房龙以一组今昔对比展开了全书的叙事，感喟科技进步对人类生产生活水平的提高，产生了类似排比的修辞效果。一是哥伦布从西班牙航海到西印度群岛，历时4个多星期；而房龙时代的人们只需要16个小时便可乘飞机越过大西洋。二是数百年前，手抄一本书至少需要三四年的时间；而整行铸排机和轮转印刷机问世后，一本新书的印刷周期缩短为几天。三是人类掌握了大量有关人体解剖学、化学和矿物学等林林总总的科技知识，建立了成百上千的分支学科；而近代以前的人们对这些学科闻所未闻。照此逻辑，这个排比几乎可以永无止境地进行下去，令读者不得不信服作者欲表达的观点。

在《人类的故事》序言中，房龙表达科技进步为人类带来的福祉时，采用了田园诗般的笔调。作者把工业时代和前工业时代的标志性声响融为一体，化作一段柔和的喃喃低语，既有"起重机滑轮的辘辘声，各种各样方式替代人类工作的不知疲倦的蒸汽机发出的嘶嘶声"，又有"载重马车的隆隆声，马蹄的嗒嗒声"，这些声响共同"为鸽子颤动的咕咕叫声提供了美妙的背景音乐"。这段描写令读者沉浸于科技进步的闲适之感中。

继而，对于科技带给人类生存图景的改变，房龙又以散文的笔调进行了如画般的环境描写："在我们下方连缀成一片的由屋顶、烟囱、房屋、花园、医院、学校和铁路拼凑成的图案，也就是我们称之为家的地方。但这座塔楼是以全新的角度在向我们展示着旧家园。在这里街道和市场，工厂和车间，这些地方杂乱无章的一切变成了人类精力与目的井然有序的表现。"[①] 这些文学化的描写，无不表达了科技发展与人类质朴生活和谐融通的积极思想。

在作品中，房龙还热衷于向读者传达科学无国界、造福全人类的理念。在《人类的家园》的末尾，房龙通过褒扬一组科学家的成就表达了上述理念。一是在卫生健康科学领域，里德和罗斯的努力给人类指出了前行的大方向。他们既非索取，亦非施舍，而是"合作"。如果没有数千民众的协助，他们很难取得那样的成就。他们消灭了疟疾和黄热病，并非单纯为了黑人或白人或黄种人，而是使全人类从中受益，完全摒弃了种族和信

---

① 房龙. 人类的故事. 周炎, 译. 北京：中国档案出版社，2001：2.

仰偏见。二是在工程技术领域，戈索尔斯开凿巴拿马运河时，也并非只为了太平洋或大西洋或美洲的利益，而是为了全世界。三是在物理科学领域，马可尼发明无线电通信时，也并未指定只允许意大利船只在紧急情况下使用无线电。这段话以类似排比的修辞效果，向读者展示了作者的雄辩才华及对科技的进步理念。

秉承上述理念，到了《人类的家园》时，房龙提出："如果我们突然收回在爪哇和缅甸修建的所有短程铁路，调回我们造的汽车、飞机，拆除我们盖的电话亭和加油站，对那里的人民毫无益处。当地人已经习惯了快捷便利的交通和通信。整套系统既然建立起来了，何苦不保留呢？人们已经习惯在孩子患白喉病时去请医生看病，而不是让祖母去找巫婆。当他们想去看望朋友时，宁愿花点钱坐公交车，也不想疲惫地走上10个小时。一个已习惯以钞票解决问题的世界，是不会再回到过去一桶蜜、一匙盐的物物交换时代的。无论如何，我们的地球已经成为一个不停向前的大企业，时间已经进入1932年，而不是932年，更不是公元前32年。①"在这段语势逼人的叙事下，科技之轮滚滚向前的气势扑面而来。

从语义批评的角度分析，房龙作品中的许多地方还以反讽的手法赞扬了科技进步对人类生活的影响。例如，《太平洋的故事》说到巴拿马的土著人时，房龙指出，虽然他们中的大部分人皈依基督教，但是他们的灵魂仍然居住在遥远的恐怖地带。除了下地狱的恐惧外，如今又加上折磨人的医疗器械。白人用这些东西在他们手臂上打针，使他们免除伤寒及其他瘟疫。恰恰是这些疾病，在过去常常能够解决他们的人口过多问题，而非靠避孕措施。这段褒贬暧昧的描写，本身也表现了房龙在科技进步前的彷徨，但总体调子还是对科技进步持积极态度的。

除了生活方面，房龙还具体谈到了科技进步对人类社会制度的进步性影响。在政治制度方面，他通过《人类的故事》指出，火药的发明剥夺了披坚执锐的"武士"往日的优势，雇佣军的常态化使以往国际象棋比赛的那种精致优雅的战斗成为不可能，骑士的存在成了多余。这其实宣告了科技进步对于封建制度的瓦解作用，与马克思"火药把骑士炸得粉碎"的论断异曲同工。在经济制度方面，房龙提出，火车、气锤、棉纺厂都是非常昂贵的机器，难以为一人所独有，多为一帮人共同出资购买。他们都投入

---

① 房龙. 人类的家园. 逸凡, 译. 上海：立信会计出版社, 2012.

一笔钱,根据投资多少来分享铁路或棉纺厂的利润。这其实点明了支撑西方经济运行的现代企业制度。

房龙还在作品中批驳了那些不相信"进步"的人,指出这些人专挑某些人的恶劣行径证明"世界不会改变"。房龙提醒读者对此可以不屑一顾。他以人类的直立行走和对语言的应用及书写为例,说明了人类进步的势不可当和来路艰辛,指出我们的祖先几乎花了100万年来学习怎样用他们的后腿走路;还得再过几个世纪,他们动物似的咕噜声才发展成一种可以理解的语言;书写——这一保存我们思想泽及后代的技艺则是在4000年前才发明的。借此,房龙宣布人类不再生活在一个只能听之任之的世界里。蒸汽和电力的使用,巴塔哥尼亚和拉普兰、波士顿和汉口这些地区成为邻居,远隔重洋的人用不了两分钟就能互相交谈,这些科技进步都宣告了"独善其身"已过时。

三、科技的负面影响

二十世纪三四十年代,对于科技这把"双刃剑"的影响,国际社会尚无明确意识,而房龙的作品已有清晰的表述和明确的主张。他担忧地球和人类的命运,以饱含激情的语言指出,人类的科技进步并非总是可喜可贺的,有时则是可悲的、可怕的。

第一,某些科技发明会带来人类幸福感的降低。在《万能的人类》中,房龙从经济角度出发,提出因为机器的造价昂贵,只有富人才买得起。古老行业中的工匠原本拥有自己的小作坊,不得不受雇于大机械工具的拥有者。虽然工匠们的钱比以前赚得多,可失去了过去的独立性和幸福感。因为古代的活计都由坐在自家门前小作坊的独立工匠做,他们自备工具,可以任意打自己学徒的耳光,在行会规矩的范围内,可以随心所欲地管理自己的业务。虽然他们生活俭朴,不得不长时间劳作,但一切可以由自己做主。如果他在起床后说,今天是个钓鱼的好天气,便真的去钓鱼了,没有人会说"不许去"。房龙在此综合运用了行为描写和语言描写,将科技进步对人类幸福感的降低表现得淋漓尽致。

第二,某些科技进步可能导致人类自我毁灭。房龙运用欲抑先扬的手法指出,宇宙间能将人类消灭的生物至今还没有发现,很可能在相当长的时间里也不会发现。旋即警告人类,在制造杀人机器这条路上走得愈远,人类离自己掘就的坟墓也就更近。房龙具体以武器的进步为例,指出了科技进步的负面影响，虽然其中不乏夸张的修辞手段，但道理确实言之凿凿。房龙指出，从发明最原始的刀开始，人类为了在充满敌意的环境中存活下去，后来刀直接被转变成一种无益的暴力工具，以剑、马刀、刺刀、箭头、长矛头、短剑、匕首、弯刀和短弯头等各种形状出现，可成功地排列成环绕世界一周的工具长列。人们发明这些越来越精致、完美、杀伤力更大的武器，并用它来刺死、砍杀或将人碎尸万段，仅仅是因为他们拥有某些其他人想据为己有的东西，或是他们具有一些别人恰恰不能理解的某种主张和想法。

总体而言，房龙以充满智慧和远见的声音提醒读者，人类在行善和作恶两个方面同样发挥着自己的发明创造能力。作为一种奇怪的矛盾集合体，普通人发明一种炸弹就像创作一首民谣一样，会竭尽全力地使用自己的大脑。他以细致和富于感情的描写指出："当飞行器消灭了空间距离的障碍，许多人以为四海终于一家，将永远过着和平与和谐的生活。"然而，随着齐柏林飞艇螺旋桨发出的低沉轰鸣，携带着致命的炸药和毒气，在同一条英吉利海峡上空的航线上飞来飞去时，人类能够清晰地认识到，科技进步如同一把"双刃剑"，在前进的道路上将人类带入歧途，甚至领向墓地。

第二节　生物进化思想

生命始终是房龙故事当中的主角。正是因为生命的存在，地球才得以"万类霜天竞自由"，从一颗死气沉沉的行星升华为人类幸福美好的家园。依照达尔文生物进化论这一经典科学思想，房龙在《人类的故事》中概述了生物从水生到陆地、从简单到复杂、从低级到高级的漫长进化过程；指出这一过程是通过自然选择和遗传变异的双轮驱动缓慢实现的。由此，房龙排除了上帝这个设计者，表现出科学的纯自然的世界观，赋予作品鲜明的科学性标记。正因为如此，《人类的故事》在美国的一些州禁止上架。

房龙对进化思想不是照搬，而是有其独到之处。在《人类的艺术》一书结束语中，房龙运用诗意的文字和形象的比喻，较为集中且明确地表达了自己对进化思想的理解："我真正相信，一切事物的成长，都有其进化的过程。我的进化论与人不同的一点是，它不呈螺旋阶梯状，逐级上升，天下没有这样简单的事。进化像大海的波涛。波涛涌起，体积逐渐加大，动量逐渐加大。波涛涌至顶端，化成水花四溅，化成云雾。随后，波涛退向低处，以前那个程序，立时又重复起来。波涛向上隆起，加大力量，达到顶点。但在它碎成水花云雾之前，它冲向比它刚才所在的更远的地方。①"

当然，房龙也触及了"寒武纪生命大爆发"及恐龙"生命大灭绝"等至今仍在国际学术界争论不休的科学难题。所幸，房龙没有纠缠深陷，而是点到为止，继续沿着生物进化的思想，分门别类地普及了植物、动物，特别是人类等生命形态的诞生和进化过程。许多桥段读起来朗朗上口、趣味盎然，很有 BBC 纪录片脚本的感觉。

一、生命的开端与演化

关于生命的开端，房龙在自己不同时期的多部作品中都有一定侧面的描写。在《人类的故事》中，房龙把生命的萌发誉为伟大的奇迹。他指出，海水中孕育了第一粒生命的种子，即第一枚活细胞。房龙在此采用了特写的手法，旨在突出生命诞生那一刻的形象性。到了《宽容》中，房龙提到了现代科学家的最佳认知，当所有物理和化学成分达到为创造第一个活细胞所需的理想比例时，生命就开始了。在后来的《万能的人类》中，房龙又对生命的起源进行了补充，把叙事起点设在了地球表面冷却到可以维持生命的存在时，然后就以如同讲故事的口吻宣告："一切就开始了。"

《人类的故事》对进化思想的讲述最为系统和详细。房龙采用拟人的手法追踪了第一粒生命的种子，对它做了行为描写，指出其在数百万年间都是漫无目的地东游西荡，随波逐流。但也在这期间形成了某些习性，以适应这个环境恶劣的地球，生存下去。

继而，房龙采取了"花开三朵，各表一枝"的叙事方式，描写了生命的三种发展形态，并在其后展现了分承的对应性。第一类细胞最乐于待在池塘湖泊的黑暗深处，于是它们在淤泥中扎下了根，成了植物的始祖。第二类细胞更爱四处游荡，它们长出了像蝎子一样奇特的有节的腿，成为海底爬行动物。第三类细胞靠着一种游泳的动作从一个地方游到另一个地方去觅食，最终成为生活在海洋中的鱼类。

---

① 房龙. 人类的艺术. 衣成信，译. 北京：中国文联出版公司，1989：821.

在植物的这一脉，房龙以拟人的手法描写了植物登陆过程的艰辛。他指出环境是植物进化的重要原因，由于生命数量的不断增加，海底变得拥挤不堪，植物的始祖不得不另谋出路，无奈地离开了海洋，在沼泽和山峦脚下的泥滩上开疆拓土。在漫长的岁月，它们经过一日两次的海水潮汐浸润，以及对稀薄空气的努力适应，学会了怎样像它们在水中生活时一样，自由自在地生活在空气中。它们的外形逐渐变大，长成了灌木和乔木，并且最终学会了如何长出芬芳的花朵，用以招徕忙碌的蜜蜂和鸟类，将它们的种子带到远近的各个角落，直到整个地球都绿草茵茵，树木葱茏。整段叙事行云流水、一气呵成，如同讲述了一部植物进化的伟大史诗。然而，出于文字的整体形象性，房龙在其中忽略了对风媒传粉的介绍，但是瑕不掩瑜，以文学普及科学毕竟不能像专业教科书那样面面俱到。

除了植物，房龙还追踪了一些水生动物离开海洋的过程，指出它们掌握了同时用肺和鳃呼吸的生存技能，成为水陆两栖动物，既能在陆地也能于水中自由地生活。在此，房龙开始采用他的一个常用说明技巧，即援引读者熟悉的身边事物呼应相对抽象的科学知识。例如，房龙告诉读者，跳过脚下的青蛙就能说明两栖动物左右逢源的生活是多么奇妙。

二、恐龙的称霸与灭亡

在《人类的故事》中，房龙对生命进化的叙事节奏非常紧凑，在读者熟悉了两栖动物后，马上趁热打铁，指出这些动物一旦离开水，就调整自己逐步去适应陆地生活，其中有些进化成了像蜥蜴那样的爬行动物。房龙以诗意的笔法描写这些爬行动物曾与昆虫分享森林的寂静。继而，房龙又追述了这些爬行动物的进化，刻意营造了对比强烈的艺术效果。"为了能更快地穿行柔软的泥土地表，它们的四肢发达起来，身形也越来越庞大，以至世界上住满了这些庞大的生物（不少生物学手册把这种动物列在鱼龙、斑龙和雷龙的名下），它们体长三十至四十英尺，假如与大象在一起玩耍，能像一只成年的猫逗弄它的猫崽一样逗弄大象。"

在其实是对恐龙的这段描述中，房龙展现了另一个主要写作特点，即信息量大、信息密集，而且不着痕迹，通常掺杂在辅助性叙事当中。例如，在这段逻辑严谨的介绍中，恐龙的产生、大致分类、恐龙与蜥蜴的亲缘关系、昆虫的登场等事件，一口气从房龙的笔端流出，还信手把读者陌生的恐龙与读者熟悉的大象做了比衬，并缀上一个老猫逗弄猫崽的比喻，珠联璧合，浑然天成。

当讲述到鸟类的诞生时，房龙又紧扣爬行动物这一环，指出其中的一些成员开始在树顶上生活。而当时的树通常有100英尺高，以至它们的四肢不再以行走为目的，为了在树梢间自如穿梭，它们将自己皮肤的一部分变成了像降落伞一样的结构，伸展在它们的身体两侧和前脚小脚趾间。渐渐地，它们以羽毛盖住这些降落伞表面，并将尾巴变成了一种转向装置，从一棵树飞到另一棵树，进化成了真正的鸟类。

细读这段描写，不难发现，其结构与风格几乎与之前对恐龙的描写如出一辙。二者都包含了动物适应环境而进化的核心思想，恐龙是"为了能更快地穿行柔软的泥土地表，它们的四肢发达起来"，鸟类是"为了在树梢间自如穿梭，它们将自己皮肤的一部分变成了像降落伞一样的结构"。二者的篇幅也大致相当。由此可以说，房龙的写作当中是存在某种"格式的一致性"，即写作模板。这种一致性提高了写作效率，规整了表述风格，同时产生了一种形式美。

到了《万能的人类》中，房龙将前述生物进化的内容大幅精简。先是层出不穷并迅速繁殖的植物，还有众多的无视觉的水生甲壳动物，它们成了地球上当仁不让的主宰。这些水生动物，有的一直在水中生活，演变成鱼类的祖先；另一些则衍生出翅膀，飞上天空成了现代鸟类的祖先。房龙仍旧强调了环境改变对生物进化的重要作用，指出多雨、潮湿的气候促进了恐龙巨兽的出现，并比《人类的故事》进一步丰富了它们的形象，如其胃口似赛艇舱般大小。房龙还在书中建议读者，忘记惯性思维中的全部日期，因为它们在进化的视角下仅仅是一个瞬间。这段更加精当的叙述同时显露出了房龙作品间的呼应关系和谱系雏形。

尽管如此，《人类的故事》对生命的产生与进化的叙事仍然技高一筹，房龙在其中展示了多种衔接语句的技巧，环环相扣，增强了话题的同一性、行文的照应性、风格的趋同性和事理的逻辑性。例如，在完成对鸟类的介绍后，房龙旋即以讲故事的口吻展开了后面对恐龙灭绝事件的叙述。房龙以"一件奇怪的事"勾起读者的兴趣，继而简练述说所有庞大的爬行动物都在一个很短的时间内灭绝了。虽然房龙也不知其原因，但根据自己掌握的知识进行了集中的科学猜想，也许是因为气候的骤然变化，导致食物链断裂；也许由于它们的身躯过于庞大，以致无法游泳、行走和爬行，眼睁睁看着那些巨大的蕨类植物和树木活活饿死。这种矛盾性的科学猜想显然颇富戏剧效果，其正确与否显然也已超出了普及程度。关键的信息只有一个，不论是什么原因，数百万年的恐龙帝国就此结束了。至此，读者如同一路爬山观景，终于行至一处亭子，准备领略后一阶段的精彩。

而在《万能的人类》中，房龙讲述的恐龙毁灭的原因比在《人类的故事》中补充了一种更为科学的解释，即决非单一的原因造成它的毁灭，而是由许多复杂原因相互作用的结果，是"物极必反"的自然法则作用的结果。这种观点比《人类的故事》中的相关描述更富思想性。这很可能是房龙写作《奇迹与人》前，先在慕尼黑科学博物馆中补了课的功效。

三、哺乳动物的登场

《人类的故事》中，在推断过恐龙大灭绝的原因之后，房龙没有恋战，继续按照自己的叙事节奏拉着读者往前跑。如翻过一页书一样，作者轻描淡写地指出恐龙灭绝后的世界成了迥然不同的另一类生物的天下。它们也都是爬行动物的后裔，但并不太像其祖先，标志就是它们的母亲用乳房喂养下一代。因此，现代科学称这些动物为"哺乳动物"。

到了《万能的人类》中，关于哺乳动物的登场，房龙则具体到了气候决定论。他指出，在进化的长廊中，从微生物到杂交动物，气候的变化会对其舒适快乐的生存产生重要的影响。但除非是突变性的大灾难，气候的变化未必能够致命。而对此类突发灾难，如果动物能够采取有效措施予以抵御，就不难延续种族的生存，譬如哺乳动物。

除了前文的哺乳特性，房龙对哺乳动物另一标志性特点进行了突出描写，即雌性哺乳动物将其幼体的卵留在自己的体内直至孵化出来。这使哺乳动物的种族比其他动物具备了极大优势。因为其他许多动物仍将自己的孩子暴露于严寒酷暑和野兽袭击的危险之中，哺乳动物长时期地把它们的幼儿留在身边庇护起来，提高了后代的存活率。

在此，房龙再次以读者身边的例子加以说明："如果你们观察过一只猫如何照顾自己，如何给自己洗脸、捉老鼠，你们就会明白这一点了。然而关于这些哺乳动物，我无须作过多介绍，因为你们已很了解它们了。它们随处可见，它们是你们在街上、家里的日常同伴，你们还能在动物园的栅栏后看到你们不那么熟悉的表亲。"这个生动的例子凸显了房龙语言通俗易懂的特点。

四、人类的不断进化

房龙的作品中，人类几乎是最大的主角。作者把进化论思想在这一主角的身上表现得淋漓尽致。大跨度、长镜头地描写了人类从长尾四足动物进化到无尾两足动物的过程，以史诗般的笔法叙述了人类从弱势群体进化到地球主人的来路。

（一）森林里的祖先

从篇幅和位置上看，《人类的故事》讲述哺乳动物，只是房龙引出人类这一主角的过渡性知识。房龙根据当时最可靠的证据告诉读者，数百万年以前，黑猩猩、猩猩等类人猿同人类拥有共同的祖先。房龙在此没有明确其为森林古猿，但在其后的叙述中，实际上仍从其森林生存环境表明了森林古猿的身份。

在此，房龙进行了详细的环境描写，指出当人类的远祖在地球上崭露头角之时，正值气候温暖平和。与今天相比，水面较多而陆地较少。陆地被茂密的森林覆盖，多种多样的猿类部落居住在森林，以树为家。它们的安全完全依赖于自己准确无误的远距离的跳跃能力。它们或许不需要太多的聪明才智，但为了不致丧命，起码要进化得比敌人更加灵活机智。

至此，本书可以从用词的角度，总结出房龙普及科学内容的一种常用手法：尽量避免专有名词，而代之以特征性的描述。例如，之前对恐龙的叙述，其实几乎没有明确恐龙这一术语，而是一直表述为"巨大的爬行动物"。同样，房龙在后面也没有使用森林古猿、人科和类人猿科的专业术语，而是普遍采用描述对象特征的方法予以代指。这种表述的效果既具体，又委婉，避免了专有名词给读者带来的陌生感和距离感。

根据房龙的陈述，森林古猿是一种特别的哺乳动物，在寻找食物和藏身之处等方面的能力优于其他所有的哺乳动物，通过它们在树枝上的生活方式，练就了大脑的机智和快速决断能力，以此来抵抗野蛮力量。例如，人类和类人猿已经练就了使用前肢去捕捉猎物，并且通过实践进化形成了与手相似的爪子。它们运用灵活机智的手和脑，抵抗那些依靠爪牙之利的动物。经过无数次尝试，它们学会了以后肢维持整个身体的平衡。在此，房龙以小括号的形式，补充说明了人类的站立是一个艰难的动作，尽管人类已照做了100多万年，但每个婴儿却还必须从头学起。其实，房龙在这里间接暗示读者，现代类人猿与人类的根本区别之一正在于运动方式不同,前者主要是臂行,而真正的人类则是直立行走。

根据房龙的介绍,人是森林古猿家族那部分进化为更高级、更完美、更高尚的种族;类人猿则是依旧保持猛犸时代的穴居生活习惯的另一部分成员。后者身材高大、行动迟缓,居住在原始森林的阴暗洞穴里,有的被捉关进囚笼,展示给大城市里的远亲们观看。这句话中,房龙运用了反讽的文学手段,借以重申了生物进化的科学思想,提出"这似乎是一个可怕的命运警示:如果太懒、太无能、太老笨,就一定会丧失千载难逢的好机会①"。图6-1为森林古猿的进化过程。

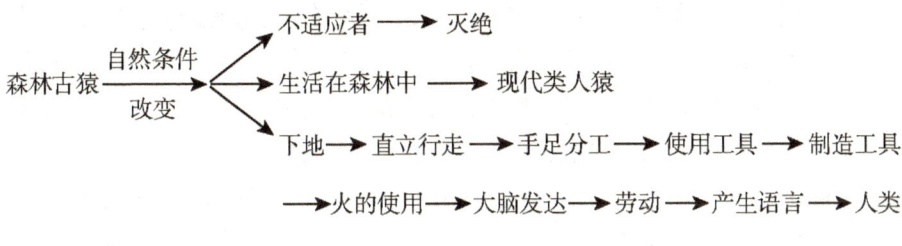

图6-1 森林古猿的进化过程

为了不让读者臆想太久,房龙夹叙夹议,表达了自己对于人类进化的基本态度,诙谐地安慰读者,不必为有大猩猩这样的近亲而感到羞耻。如果产生那样的想法,就是读者从总体上把遗传问题看得太简单了。至于支持自己观点的论据,房龙表述得比较严谨,表示尽管学者们做了大量的工作,努力了解祖先是如何鼓足勇气使用双手,如何摆脱蠢笨的动物的生存方式,但只能获得概括性的认识。到了《万能的人类》,房龙则能够以生动形象的语言具体地描绘那些人类远祖的神态、动作和所处环境,指出"它们一点也不像英雄,却很像动物园铁笼里的狒狒、猩猩或大猩猩,忧郁地注视着我们"。此语一出,令读者顿生画面感。

对于人类的始祖,房龙秉承了实事求是的科学态度,因为在他书写这一话题的年代,有关猿人的研究确实还处于一个相对模糊的水平。对此,房龙进行了两个角度的解释:"由于允许我们对这一题材进行科学研究的时间很短暂,由于不会因为我们的好奇心而惹来杀身之祸的历史很短,因此,对于这奇迹般进化的许多重要细节我们仍然知之甚少。"而且,房龙每遇类似情况,总是采用第一人称作为叙事视角,与读者站在一起,使读者感到作者是一位可靠的叙事者。

---

① 房龙. 文明的开端·奇迹与人. 李丽娜,王晓红,译. 北京:北京出版社,1999:140.

根据房龙的既有叙事节奏，如果世界保持原来的面貌，人类的远祖也会在地球上不断地生殖繁衍，像过去的恐龙和哺乳动物一样，成为世界上无可争议的主宰。然而，进化的事实为房龙提供了天然的故事性，人类的进化在千万年以前遭遇了某种变故，地球似乎经历了另一次劫难，人类的祖先不得不在突然间改变自己的生活方式。这里蕴含了房龙对恐龙和鸟类同样的进化观点——环境决定论。

　　房龙在此进行了大量细致的环境描写，指出由于水面缩小，陆地扩大，随之出现了所谓的"冰河"时期，直至南北两半球相当大的部分被厚厚的冰层覆盖，许多动植物被迫退到赤道两侧狭长的陆地带，空气自然也变得更加干燥。这些大气的变化直接影响到植物的生长，最终表现为森林面积的萎缩，形成了若干被草原和雪山分割的树木孤岛。房龙指出这正是人类祖先从森林古猿中脱颖而出的机会。

　　随着昔日栖息地的消失，人类的祖先不得不在不同的森林中迁移，森林古猿的原有活动方式不得不改弦更张。当他们发现自己已经完全失去了那些青翠的"树屋"，被迫到平原居住时，他们已不再是树居动物，而是一群陌生的新动物。因此产生的无所适从感，被房龙比喻为"脱轨的火车"。为了描写越来越差的生存条件，房龙特写了不断增高的山脊，其形成的一道道山脉如同屏障阻隔了陆地，除了鸟类、少数硬壳昆虫和蝴蝶之外，其他动物无法迁徙。

　　房龙重点指出，适者生存的法则在这种条件下得以充分体现，并进行了详细的行为描写。大多数森林古猿屈服于死亡的命运，然而，更聪慧的部落则奋起抗争。它们还凭借头脑全力抗争，迎战最严酷的危机。这种动物迅速练成了不借助任何平衡就可以用后肢行走的功夫。紧接着又将前爪从单一的行走职能中解放出来，赋予其数种新的用途，如"抓""搬""撕"，它们永远告别过去那种笨拙地借助牙齿用力咀嚼的采食方式。总之，人类的祖先在手脚的使用方面，已经积累了丰富的经验。自此以后，人类的命运才出现了转机。也正是那时，人类的祖先成为发明者，开始了人类进化道路上的崭新历程。

（二）人类自身的进化

　　从房龙的作品中，读者很容易看明白，人类从动物中走出来，并非一蹴而就，其间是步步惊心，而每一次努力，都使得其朝向文明的进化目标靠近了一点。现代人看来不值一提的许多技能，在其产生之初都凝聚了古人类的智慧与力量，如同房龙在《宽容》中总结的，这些手无寸铁的哺乳动物居然抵御了细菌、柱牙象、冰雪和灼热的侵袭，最后成为万物的主宰。

房龙对古人类情节如此情有独钟，以至其在《奇迹与人》和《天堂对话》当中也都有所谈及。这恰恰是其童年在家乡博物馆邂逅的那个古人类头骨所造成的心理冲击，符合精神分析批评的视角。房龙将这个古人类头骨绘制在《人类的故事》的第二章中，并专门介绍了这位人类的初祖。在此，他引据了人类学家的工作成果，只把人看作动物王国的成员而进行描写。

在文学处理上，房龙把人类初祖的特征集合到一个描写对象的身上。首先，对其进行了细致的外貌描写，文笔如同画笔般迅速勾勒出其标志性特征。例如，其相貌丑陋，身材矮小。皮肤因太阳的曝晒和严冬刺骨的寒风而呈现深褐色。头和四肢及身体的大部分都覆盖着又粗又长的毛发。手指纤细但却十分有力，看上去像猴子的爪子。前额很低。下颌很像拿牙齿做刀叉的野兽的下颌。一幅相片般的特写跃然纸上。

接着，房龙对人类的初祖进行了跟踪式的行为描写，文笔又变成了一台摄像机。房龙为读者陆续展示了其莽莽林海中潮湿阴暗的住处；跟拍了他生吃植物的叶子和根，从愤怒的小鸟那里拿走鸟蛋，喂养自己的幼儿；甚至还记录了他追猎松鼠、小野狗或者野兔的镜头，以及他茹毛饮血，将猎物生吞活剥的场景。读者仿佛能够闻到那血腥的味道，听见咀嚼骨头的嘎嘎声。

最后，房龙通过详细的环境描写，为读者呈现了这个原始人的生活广角。一个猛兽环伺、弱肉强食的世界，原始人为了生存而斗争，栉风沐雨，无依无靠，日子充满了恐惧和苦难。作者描写得如此"凄凄惨惨切切"，传达的意境如此逼真，令人不忍卒读，以至于笔者怀疑，房龙是否在其中隐喻了自己成名前的那段生活状态。

此外，房龙还探寻了人类语言可能的起源。"他不断地重复同样莫名其妙的、急促而令人费解的话，因为他喜欢听见自己发出的声音。时间久了，他便懂得了：每当危险逼近，他可以用这种喉部发出的声音来提醒他的同伴。"他发出的短促尖叫，渐渐被用来表示"那儿有老虎"或"有五只大象过来了"。然后，其他人咕囔着表示应答，他们的意思是"我看见它们了"或"让我们逃走躲起来吧"。

至此，房龙在作品中概括了人类祖先的四大优势：一是出色的捕猎能力；二是超强的适应环境能力，能在各种气候区里生活；三是通常成群活动以确保安全；四是能够发出古怪的咕噜声警告同类有危险逼近，并在亿万年之后，开始用这些喉音说话。房龙似乎耸耸肩膀对读者说："这种生物，虽然你可能很难相信，正是我们最早的类人祖先。①"此后，在房龙的笔下，人类的发展围绕着制造工具、使用火、发明文字而展开，彻底从动物界蜕变出来，进入了名副其实的人的阶段，开始了各种伟大的发明创造。

第三节 人和自然协调发展的思想

对于人与自然的关系，中国古书早已蕴含了朴素的科学思想。《尚书·泰誓上》中说："惟天地万物父母，惟人万物之灵。"这句话也可以概括房龙作品所表达的类似科学思想。

一、畏天：人要敬畏自然

房龙把科学思想传达给读者的方式并非玄虚的布道，而是通过编织具体的寓言。为了表现人类在自然面前的渺小，房龙在《人类的家园》的开篇即设置了一个惊世骇俗的场面描写。如果我们地球上的每个人都是6英尺高、1.5英尺宽、1英尺厚（这比真实的人要高大些），所有的人（按照成书时的统计资料，大概有20亿人）都可以挤进一个长、宽、高各为半英里的大箱子。而这个巨大的箱子可以被轻易地抛弃于壮丽的科罗拉多大峡谷，人类则如同沙丁鱼罐头般沦为地球上的过客。风霜雨雪、寒来暑去，大峡谷将一如既往；地球也会继续在太空中按部就班地运行。房龙的这段描写倒很像我们中国的一句俗语，"地球离了谁都照样转"。

在描述对这个箱子的处理时，房龙还虚设了一个可爱的角色，即一只名为"小精灵"的德国小猎犬。这其实取材于房龙生活中的宠物狗。笔者认为，房龙设置这一角色的用意在于表明这样一个命题，即一个微小的偶然事件即可能触发灭亡全人类的命运，今天看来，仍不失其寓言意义。比

---

① 房龙. 人类的故事. 周炎, 译. 北京：中国档案出版社, 2001：2-6.

如，一个小小的核按钮，就可能随时扮演那只小猎犬的角色。同时，房龙又设置了壮观的科罗拉多大峡谷这一意象，代表伟大的自然力，并不惜笔墨，对其进行了一番带有视觉和听觉的场面描写，令读者身临其境，感同身受。

就科学性而言，房龙的计算还是经得起推敲的。笔者出于好奇曾亲笔计算，与作者所言大致相当。即使今天的60亿人口，也无非再增加两个同等容积的大箱子。撇开数字细节不说，这个寓言还有其更大的科普价值，即反映了房龙这样一种科学思想——人类应当敬畏自然、尊重自然。以往，不少纯粹的科学家讲解这一朴素而简单的思想，往往显得枯燥和说教；而单纯的文学家诠释这样"高、大、上"的道理则往往显得"假、大、空"。房龙技高一筹，为了避免抽象和空洞，不仅编织了这个触目惊心的寓言，而且煞有介事地进行了一番文学描写，与俄国形式主义主张的语言突出说倒是不谋而合。

二、敬人：人是万物之灵

人要敬畏自然是房龙科学思想的大前提。在这个大前提之下，房龙更多宣扬的是人作为万物之灵的科学思想。当今科学大家霍金也在自己的科普著作中倡导这一思想："尽管在宇宙的尺度下，我们是弱小和微不足道的，然而这使我们在某种意义上成为万物之灵。①"这种古今如一的敬人思想成为房龙文学创作的一个重要主题。《人类的故事》《宽容》《万能的人类》《人类的家园》等重量级作品都是围绕这一科学思想创作的。早在成名作《人类的故事》中，房龙即直陈大脑使人成为万物之灵。"人类是最晚出现在地球上的，却是第一个可以运用自己的大脑来征服自然的动物。这就是我们为什么要优先研究人类，而不是研究猫狗、马或任何其他动物的原因，尽管这些动物也都以自己的方式经历了一段很有趣的历史发展进程。②"

在10年后的《人类的家园》中，房龙又采用反弹琵琶的文学手法，通过对比人类和其他生物在身体条件上的弱势，凸显了脑力使人成为万物之灵的思想。如果仅就身体条件而言，人类仅仅是一些资质平平的哺乳动

---

① 史蒂芬·霍金，列纳德·蒙洛迪诺. 大设计. 吴忠超，译. 长沙：湖南科学技术出版社，2011：7.

② 房龙. 人类的故事. 周炎，译. 北京：中国档案出版社，2001：1.

物，混迹于芸芸众生之中。而其他许多物种已为生存斗争做了充分的准备，八仙过海，各显神通。如有的生物体长达100英尺、重如一辆小火车头，有的牙齿锋利如圆锯……还有一些不能为人的肉眼所见，但却以惊人的速度成倍地繁殖，如果没有以它们那样成倍繁殖的速度去快速消灭它们的天敌，它们可能用不了1年就占领了整个地球……

在房龙眼中，就连那些令人讨厌的棕色小甲虫，即使失去2条腿，甚至3条、4条，仍能继续它们日复一日的生活历程，而人类仅是脚趾被扎一下，就会行动不便。房龙显然是对经常出没于他书橱的蟑螂作此感触，并幽默地自我解嘲，这些小甲虫似乎非常喜欢文学。然而，当把人类奚落到如此之低的程度后，房龙马上给读者来了一招"回马枪"，展现了自己的欲扬先抑的艺术表现手法，指出在时间的长河中，身体弱小的人类仅用了短暂的数千个世纪就使地球及其一切都处于人的支配中。如果还有哪些地方未被控制，人类就会利用自己的大脑和武器去征服。这种跌宕起伏的叙事给读者留下的印象远胜于平铺直叙。

今天，房龙作品中这种敬人的科学思想正在得到具体科学研究的支撑。2015年8月20日，《Science》杂志发表了多伦多大学研究人员的发现，我们人类成为地球上最聪明的动物得益于一个关键性分子事件。PT-BP1蛋白的一个小改变控制着神经元的生成，帮助哺乳动物进化出更大、更复杂的大脑。在脊椎动物中，大脑的大小和复杂程度存在着很大的差异。

例如，人类和青蛙已经独立演化了3.5亿年，其大脑功能已经有天壤之别。但人类和青蛙用到的基因是相当类似的，差异主要来自于选择性剪切（AS）。选择性剪切可以从一个基因生成多个蛋白，因此细胞内的蛋白种类比基因多得多。细胞的蛋白多样性调控，反映了细胞承担不同功能的潜力。脊椎动物的复杂性越高，选择性剪切事件就越普遍。

正因如此，尽管脊椎动物所用的基因都差不多，但哺乳动物的蛋白多样性显著高于鸟类和蛙类。而大脑是选择性剪切最为普遍的地方。继续筛查细胞中发生的分子事件，科学家们将会找到更多线索揭示人类是如何成为万物之灵的。①

显然，这种深度的科研成果已非普通读者所能理解。正因为如此，当

---

① Serge Gueroussov. An alternative splicing event amplifies evolutionary differences between vertebrates. Science, 2015, 349 (6250): 868-873.

代越来越细化、越来越精深的科学成果更适合做专业论据，用以证明科学思想，而科学思想本身则更适合通过文学手段对一般民众进行普及。

三、和谐：人与自然相处

房龙作品的科学内容并非单纯的科学教育，而是一直紧贴人类活动。房龙作品中多次指出，环境会影响人类的生存，人类活动也深刻地改变着环境，倡导人与自然和谐相处。其整体思想可用弗朗西斯·培根的一句名言加以概括："只有顺从自然，才能驾驭自然。"围绕这一科学思想，房龙讲述了多个历史故事，反复提醒人类应与地球和谐相处，互惠互利。

（一）人类因自然的教化而进步

在人类与自然的关系中，自然当然是决定性的一方。正是在大自然的教化下，人类才得以不断成长进步。房龙对于这方面的表述很多，如《人类的故事》中，房龙指出，正是地球的气候变冷，逼迫人类开掘大脑的潜力，在众多动物中脱颖而出，冠盖群伦。例如，在埃及，每年夏季，上涨的尼罗河水把河谷变成了一个浅湖，当河水退去，所有田野和牧场都覆盖了几英寸厚的肥沃泥土。房龙以亲切的拟人修辞赞颂："这条体恤生灵的河流完成了一百万人的工作量，并养活我们有史可查的最早大城市中的大量居民。①"

另外，房龙也指出："尼罗河是一位友善的朋友，但有时也是一个严厉的主人。它教会了尼罗河河谷的居民使用'协作'艺术。他们彼此依靠，筑坝修渠。这样，他们学会了如何与邻人和睦相处，而他们这种互利的联合相当容易地发展为一种有组织的城邦。②"

房龙接着延展了自己的思路，桥梁、运河、隧道似乎都是人类与天奋斗的最成功的尝试，然而却笔锋一转，又以一个拟人的手法配以形象的语言描写，道破了自然对人类的教化才是第一位的。大自然不仅使自身成为美丽的风景，而且在地面上挖掘出深深的河流，说："我的好孩子们，去吧，住在这些可爱的土地上！但是，你们要记住，每个人必须待在他自己的那小块土地上。这是我安排事情的方式，也是我所需要的管理方式。"

（二）自然因人类的影响而有意义

尽管人与自然的关系中，自然是第一性的。但房龙在其作品中也强调

---

① 房龙. 人类的故事. 周炎，译. 北京：中国档案出版社，2001：20.
② 房龙. 人类的故事. 周炎，译. 北京：中国档案出版社，2001：25.

了这样一种思想，即正是因为人类的活动，大自然才有了意义。《人类的家园》突出表达了这种思想。例如，一座大山在未被人类看到或踩踏之前，在其山坡和山谷未被一代代定居者占有和经营之前，终究只是一座山。13世纪前后的大西洋，是一样的宽阔，一样的深浅，一样的湿润，一样的咸淡。但只有当它同人类接触后，才成为一座连接新旧世界的桥梁，一条连接东西方贸易的大道。

关于人类对自然的影响，房龙妙笔传神、细致入微，夹叙夹议地论及了不同国家和民族对同一自然环境的差异化影响。例如，一望无垠的俄罗斯平原，数千年来都等待着向所有人开放，只要对方不怕艰辛，播下第一粒种子，她就甘愿奉献丰富的食粮。但是，如果由德意志人或法兰克人使用铁制工具开垦出第一片农田，而不是斯拉夫人，俄罗斯的面貌就今非昔比了。又如，日本诸岛，不论是由土著日本人居住，还是由现已绝种的塔斯马尼亚人的后裔居住，都会发生持续不断的动荡，但后者定然无力养活6000万人口。再如，英伦三岛，如果不是被来自北欧的永不满足的斗士征服，而是被那不勒斯人或柏柏尔人蹂躏，它们就永远不可能成为日不落帝国的中心。这个帝国的面积是它母国的150倍，人口占全球总人口的1/6。

房龙以上述几个典型例子为说明方法，综合采用了排比、拟人、指代等修辞，显著增强了语言的艺术效果，呼应了众多读者的认识，引发了共鸣。而人类与自然的具体关系，房龙摆出无非3种：一是世界上有的国家完全受大自然的支配，直到成了大自然的奴隶。二是也有一些国家对大自然破坏得过分严重，以致与这个伟大并赖以生存的母亲失去协调，这种情况多数是在开头和结束的时候。三是最理想的状态，人和大自然都学会了如何安然共处，相互理解妥协，互惠互利。房龙以充满激情的语言呼吁读者："如果你想找个这方面成功的例子，年轻人，请到北方去看看，就去看看斯堪的纳维亚半岛北部的这三个国家吧！①"总体而言，关于人类对自然的影响，房龙的态度可以归纳为褒和贬两个方面。

第一，褒扬人类对自然的合理利用。

在房龙看来，人类影响自然的理想状态应是积极合理地利用自然。《人类的家园》中的主要内容都是从这一积极角度出发的，突出的事例除

---

① 房龙. 人类的家园. 逸凡，译. 上海：立信会计出版社，2012：179.

了斯堪的纳维亚三国，还有房龙的祖国荷兰。荷兰人有句流传甚广的俗语："上帝创造了世界，荷兰人创造了荷兰。"作为典型的低地之国，荷兰有25%的国土低于海平面，房龙的老家鹿特丹就在其中。因此，房龙对荷兰人围海造田的壮举记忆犹新。房龙的一位舅舅就拥有这样一片田地。荷兰人对自然的这种利用实属迫不得已之举，低洼的地势经常导致沧海横流，威胁着荷兰人的生产和生活。为了生存，他们从13世纪就开始了举世瞩目的围海造田壮举。房龙在作品中详细记录了相关工程方法，围海就是筑堤拦海，然后再抽干堤坝内的海水，变沧海为桑田。由于抽水的需要，荷兰人又发明了风车，遍布沿海和江河地带，成为举世闻名的荷兰象征。几百年间，荷兰人向大海要了6000多平方千米的土地，为荷兰增加了将近20%的国土面积。

第二，谴责人类对自然的破坏性开发。

人类对自然的开发利用不都是正面的，房龙对那些涸泽而渔的做法提出了强烈的谴责。例如，他以夸张的修辞手法指出，自人类进入文明阶段并发明蒸汽机和炸药后，地表被改变得如此迅速，以致人类的老祖宗要是能起死回生，都必定认不出他们的牧场和家园。在描写山地水土流失、山洪暴发和泥石流等地质现象时，房龙采用了顶真的叙述技巧，叙事紧凑，如同水银泻地。他先是把人类对木材的贪婪设为出发点，指出人类的乱砍滥伐破坏了森林和灌木。这些植被一旦消失，雨水也就不能被草皮树根截留，山坡岩石上的泥土就会被雨水残酷地冲刷掉，导致山地水土流失、山洪暴发和泥石流，完成了天灾与人祸的呼应叙事。

房龙还以第一人称代表人类发出自省，指出长久以来，我们都如同地球上的匆匆过客，在很少"满百"的短暂人生中，总是以一种偶然的方式生活着。我们的所作所为，就像一列客车上的贪婪食客，在即将到站前对车上的美食大餐风卷残云。他以此形象地表现出人类对自然资源的破坏性、掠夺性开采心态，以及涸泽而渔、焚林而猎的非可持续行为。

此外，房龙还运用了具体的例证法，证明了自己的上述论断。一是罗马帝国时代，意大利地区原本生态平衡、气温宜人，可是在不到5个世纪的时间里，他们盲目地破坏一切，彻底改变了这个半岛的气候。二是西班牙人殖民到南美洲山区，把勤劳的印第安人世世代代开垦出来的肥沃梯田破坏殆尽。三是美国政府曾杀绝水牛，以剥夺土著居民的生计，使强悍的印第安斗士转变为肮脏懒散的保护地居民。

房龙指责这些残忍愚蠢的措施是把"双刃剑",本身就伴随着报应,并以诗意的语言向读者证明,"接触我们大平原情况的人都可看到这种报应,安第斯山也会向你诉说"。令房龙稍感欣慰的是,许多政府已经不再容忍对土地肆无忌惮的破坏。

第七章 房龙作品对科学精神的弘扬

科学精神包括求实精神、求真精神、理性精神、创新精神等。① 由此，本书将其视为关乎科学活动的基本的精神状态和思维方式。一方面，科学精神是科学家在科学领域内取得成功的保证；另一方面，它又逐渐地深入大众的意识深层。

科学精神的核心是对真理的执着追求。正如哥白尼所说："人的天职在勇于探索真理。②"中国科学社的创建人任鸿隽先生也曾指出："科学精神者何，求真理是已。③"竺可桢先生也曾坦言："科学精神是什么？科学精神就是'只问是非，不计利害'。④"在求真的基础上，科学精神的内涵不断丰富，形成了理性与实证的传统，具有了历史性。在科普的内容中，相对于科技知识、科学方法和科学思想，科学精神最为抽象。

房龙对科学精神的弘扬，避免了空对空的坐而论道，而是化整为零、寓抽象于具体，落实到一系列著名的科学巨匠身上，以人物显精神。透过房龙的笔端，读者不难发现，任何科学知识的发现和技术成果的发明，都离不开科学先驱们追求事实、探求真理、理性思考、勇于创新的科学精神。

---

① 谢希德. 科学思想和科学方法. 上海：上海科学普及出版社，1999：前言.
② 蒲国武. 党校怎样培养学员创新精神的哲学思考. 中共四川省委党校学报，1999（S1）：149-152.
③ 任鸿隽. 科学精神论. 科学，2015，67（6）：13-14.
④ 李晓锦，戴雅娜. 浅析"只问是非，不计利害"的当今意义——兼谈科学精神的新变化. 科技信息（学术版），2008（24）：456.

第一节 泰勒斯等人体现的古希腊科学精神

房龙在许多作品中都表达过他对古希腊文明的偏爱。的确,古希腊人拥有广泛的民族交往和自由民主的社会氛围。在这种开放包容的环境中,实用工具的发明和广泛的技术实践催生了基本的数学理性,形成了对自然研究的观察和实验传统。希腊城邦借此发展出了自然哲学、宇宙论、物理学、几何学、辩证法等理性传统和科技成就,确立了规范的哲学和自然知识体系,涌现了泰勒斯、安那克萨哥拉、普罗塔哥拉、亚里士多德等一批具有理性精神和实证精神的巨匠,他们成为房龙笔下科学精神的典范。

一、探寻宇宙的集体求真精神

《人类的故事》中,房龙开篇即发出人类的千古疑问,表现了人类质朴的求真科学精神。"我们生活在一只巨大问号的阴影底下。我们是谁?我们从哪儿来?我们将去往何方?虽然进展缓慢,然而由于百折不挠的勇气,我们一直在推着这个问号一点一点地接近那曾是遥不可及的地平线,我们期待越过这条界线,希望能在那儿找到我们问题的答案。然而,我们刚离开出发点,还没有走出多远。我们所懂得的事情依然很少,但是我们已经到达了能够(较为准确地)对许多事情进行揣测的地点。①"

在这段重要的开场白中,房龙采用了第一人称叙事,充分表明了同读者一致的思考立场,配以一组逻辑紧密的连续问句,抒发出一种真实、亲切、自然的思想感情,其中又隐喻了人类的科技发展阶段。这种隐喻无疑已经超越了具体的科技知识、科学方法和科学思想,上升为一种本质的、永恒的科学精神。感慨之余,房龙又陷入更深层面的忧虑,指出我们对以往的人类只是"五十步笑百步"——我们依旧不知道自己从哪里来,也不知道人类在这个地球上生活是从什么时候、什么原因,又是怎样开始的。由此可见,人类的科技发展还远未到达自由王国的程度。

90年之后,霍金的畅销科普名著《大设计》也采用了与房龙的作品神似的开篇。作者同样以"存在之谜"引人、以第一人称叙事,指出:

---

① 房龙. 人类的故事. 周炎,译. 北京:中国档案出版社,2001:1.

"我们个人存在的时间极为短暂,其间只能探索整个宇宙的小部分,但人类是好奇的族类。我们惊讶,我们寻找答案。生活在这一广阔的、时而亲切时而残酷的世界中,人们仰望浩瀚的星空,不断地提出一长串问题:我们怎么理解我们处于其中的世界呢?宇宙如何运行?什么是实在的本性?所有这一切从何而来?我们中的多数人在大部分时间里不为这些问题烦恼,但是我们几乎每个人有时会为这些问题所困扰。①"

  两位大师级人物,两段惊人相似的开场白,我们不敢就此判断后者因循了前者。但至少可以说房龙的风格具有经久不衰的魅力和深远的影响,他对科学精神层面的远见卓识至今都不过时。房龙的这种风格消除了科普题材给人的呆板印象,表现了作者深切的人文关怀和对全人类疑惑与烦恼的体察。通过探索人类心灵深处这个具有永恒意义的问题,作者成功地将自身与读者融为一体,为弘扬抽象的科学精神奠定了高效的沟通基础。

  在对此问题的回答上,房龙先翻出一些古人的错误认识作为有违科学精神的靶子,即"地球处于宇宙的中心,是一小块平坦的圆形陆地,四周完全被海水包围,而且悬浮于空气中,就像穆罕默德的棺木或断线的风筝一样②"。然后,房龙把自己赞叹不已的古希腊科学精神摆到读者面前,指出一些很有悟性的希腊天文学家和数学家非常明确地认定,上述理论纯属无稽之谈。

  房龙赞扬这些古希腊智者是第一批自我思考的人。经过数百年艰苦执着的积累,那些继续秉承科学精神的古希腊人得出结论,指出地球并非平坦的,而是圆形的;既非静静地悬浮于空气中,也未处于宇宙的正中心,而是在天空中漂浮,并以相当快的速度围绕着太阳飞行。此论一出,着实令不少读者大吃一惊。因为许多读者都以为这是哥白尼的日心说,少有人知道古希腊人早在几千年前就揭示了这一客观真理。其共通之处正在于一脉相承的科学精神。

  更有甚者,房龙还告诉读者,古希腊人实际已经提出了太阳系的模型,并加以浓厚文学色彩的描述:"其他一些闪闪发光、被称之为'恒星'的小天体,看起来是在一个共同的环境中围绕着我们运转,其实是我们的伙伴星球,是同一个太阳之母的孩子。它们服从于类似于规范我们日

---

  ① 史蒂芬·霍金,列纳德·蒙洛迪诺. 大设计. 吴忠超,译. 长沙:湖南科学技术出版社,2011:3.

  ② 房龙. 人类的家园. 逸凡,译. 上海:立信会计出版社,2012:11.

常行为的那种准则。例如，在一定的时间里起床和睡觉，被迫遵循在我们诞生之日就有的行为方式，如果偏离它，可能会立即遭难。①"这种人类早在古希腊时期即有的科学认识，着实令笔者这种只知道哥白尼的读者自惭形秽，也凸显了科学精神的亘古光芒。

二、泰然自若的泰勒斯

如果上述对宇宙的求真精神还是古希腊科学家的群像的话，位居古希腊七贤之首的泰勒斯则成为房龙具体描写的第一位科学精神个体。对于这位被称为"科学和哲学之祖"的泰勒斯，房龙在《宽容》中给予了崇高的地位，为了能让读者对这位古圣先贤有个更清晰的认识，房龙通过对比古今人物展开描写，将泰勒斯在古代的知名度与现代的爱因斯坦并称，并对爱因斯坦的科学成就做了插叙。

房龙在此插叙爱因斯坦，并非无心之举，而是带有浓厚的个人倾向。早在1921年爱因斯坦第一次访美之时，房龙便与其在船上相识，二人还曾协奏小提琴，相映成趣。爱因斯坦下船伊始，给美国新闻界的第一份英文书面讲话，即出自房龙手笔。二人惺惺相惜，维持了长久的友谊。房龙显然是借泰勒斯之名，拉自己这位身为大科学家的老朋友到《宽容》中"友情客串"。

房龙对爱因斯坦做了简洁而全面的描写，抓住了爱因斯坦外表上最具代表性的特征，以形传神，从蓄有长发的肖像描写，到叼着烟斗的行动描写，特别强调爱因斯坦的小提琴特长。在读者正觉独特、新巧之时，房龙就势称赞"这位怪人抓住了真理的星光，推翻了（或至少大大改变）万有引力定律这个六百年来的科学定论②"。此言一出，爱因斯坦身上承载的科学精神顿时光芒万丈。而从写作技术上分析，爱因斯坦的出现只是作者"虚晃一枪"，醉翁之意不在酒，而在衬托泰勒斯这位主角在古希腊的影响力，也确实起到了预期的效果。

根据房龙的评语，古希腊学者尽管已经在科学上取得了一定的成就，但多数人依然认为自然界的力量是神灵的意志。这些无形的神灵各司其职，掌管着四季的轮回、行星的运转及海潮的涨落等自然现象。为了便于读者理解，房龙采用现代人的话语体系，将这些神比喻为执掌农业部、邮

---

① 房龙. 房龙地理. 赵绍棣，黄其祥，译. 北京：国际文化出版公司，1997：14.
② 房龙. 宽容. 胡允桓，译. 北京：三联书店，2009：39.

电部、财政部一样的政府官员，可谓形象贴切。

而泰勒斯却与众不同，他虽不苟同上述观点，但因为受过良好的教育，他并未声张。房龙为此塑造了一个具体的故事场景：历史上的某一日，日食出现，贩夫走卒们对此异常天象惊恐不已，跪倒在地，乞求宙斯；泰勒斯只是冷眼旁观，绝不会出头多事。这种行为描写间接反映了主人公沉静的性格和良好的修养。

房龙依据史实还设计了日食当天的另一个场景，波斯人和里底亚人正在交战，由于光线不足被迫停战，一如几年前的情景。即便如此巧合，泰勒斯也不相信，是里底亚人崇拜的神创造了日食天象，突然关掉天灯，以便他们支持的一方获胜。

讲故事之余，房龙剖析了泰勒斯的伟大之处在于已经具备了理性的科学精神，告诉读者他敢于把一切自然现象看成是一种"永恒意愿"的体现，受"永恒法则"的支配，而非人们根据想象创造的那些神灵所为。

房龙这种夹叙夹议的方式、设置连环场景的技巧和对叙事时点的往返变换，显著增强了故事的张力，吸引了读者的眼球；同时充分表达了自己对于泰勒斯理性科学精神的由衷赞叹，并且加深了读者对自己观点的认同感。

趁着故事的效果尚未消散，房龙趁热打铁告诉读者一些非故事性的内容。泰勒斯通过自己的科学观察，已经得出一些合乎逻辑的结论，他把万物生长归结于一条普遍而必然的规律，并大胆做出了某些合理的科学猜想，即万物始于水。水似乎遍布世界上的每个角落，可能从一开始就业已存在。

也许是嫌重点描述科学精神影响到了人物的形象略显干瘪，房龙还在最后对泰勒斯的人生进行了补缀，指出他虽然把毕生精力贡献给了科学探索，把希腊人的世界分解得支离破碎，仔细研究每个细小部分，而且不断质疑人们普遍接受的事实，但却未曾遭到同时代人的过多非难，得以完全自由地去研究、探索和调查，甚至能在普遍被认为是神的专有领地中去探险，其原因在于泰勒斯赢得了周围群众的好感。而这种好感又源于其基于自身实践告诫人们的科学精神："一旦真正理解了自然力，就必然获得寄托一切幸福的心灵安宁。"

三、有惊无险的安那克萨哥拉

泰勒斯指明了科学精神的方向，安那克萨哥拉和普罗塔哥拉成为其后的追随者。但二人实践科学精神时,却都受到了反科学精神的阻挠。对于安那克萨哥拉,房龙充分发挥了自己的传记才能,对人物刻画得较为丰满。安那克萨哥拉36岁从小亚细亚来到雅典。随后几年,他在希腊的几座城市中当过"诡辩家"和家庭教师。后面的叙事中,房龙设置了逻辑紧密的3个情节,既表现了安那克萨哥拉的科学精神,也为其遭到的结局铺设了伏笔。

首先,安那克萨哥拉专攻天文学,主张在万事万物中,太阳不是人们普遍认为的那种天神驾驭的王国战车,而是一个红彤彤的火球,比整个希腊还要大千万倍。此论一出,他发现自己安然无恙,并未因胆大妄为而遭五雷轰顶。于是,他把自己的理论又推进了一步,大胆提出月球上遍布山脉、峡谷,最后甚至暗示,有一种"原始物质"既是万物起源,又是万物的终结。而且亘古以来,一直不灭。至此,他踏上了危险之路,因为他终于讨论到了古希腊百姓熟悉的事物。

毕竟,作为遥远的星球,太阳和月亮不关希腊百姓精神领域的核心信念,但万物的产生和发展竟源于某种模糊的"原始物质",就与丢卡利翁和皮拉的民族起源传说发生了冲突。众所周知,丢卡利翁和皮拉在大洪水之后,投下石头,变出了无数男女繁衍了人类。希腊的每个孩子在童年时期都听说过这个传说。安那克萨哥拉居然否认这个神圣传说的真实性,显然是在错误的道路上越走越远,对社会秩序构成了极大危害,而且还会使孩子们对长辈的智慧产生怀疑,这可不能等闲视之,安那克萨哥拉因此成为雅典家长联盟大加攻击的对象。

在此,房龙借势阐述了社会环境与科学精神的关系。他认为,对于一个持不受欢迎学说的教师,如果在君主制及共和制的初期,雅典城邦的统治者们一般会竭力保护,以免其遭受愚昧的暴民的加害。但当时的雅典已成为十足的民主国家,个人自由早已今非昔比,暴民们拥护问罪安那克萨哥拉,同时掀起了一场反对雅典城老独裁统治者的政治运动。著名政治家伯里克利虽是这位伟大天文学家的得意门徒,那时却正倍受冷落,无能为力。

为了增强故事性,房龙依据史实进行了一些细节描写。例如,某位宗教权威,同时也是一个人口相当稠密的郊区的首领,提议通过了一项法律。法律要求对所有那些不相信现有宗教和对神圣理念持有自己见解的人立即治罪。根据故事情节的发展,这项法律将安那克萨哥拉投入监狱。不过，这显然已非房龙的叙事重点。因此，他一笔略过，直接告诉读者故事的结局：开明观念最终占了上风，安那克萨哥拉支付了数目很小的一笔罚款后便获得了自由。之后他移居小亚细亚的兰萨库斯，于公元前428年在兰萨库斯与世长辞，得以善终。

四、杳无音信的普罗塔哥拉

房龙借助安那克萨哥拉的故事表明，当时的官方试图压制科学精神纯属徒劳无功。因为尽管安那克萨哥拉被迫离开了雅典，可他的精神却是赶不走的。对他审判之后差不多整整一代人的时间，希腊科学家们都可以公开地讲授与人们普遍接受的信仰不同的学说。直到公元5世纪末，发生了普罗塔哥拉的悲剧。

而对于知名度不那么高的普罗塔哥拉，房龙对其背景进行了详细的辅助性描写，以加深读者对他的印象。普罗塔哥拉是一个来自阿布德拉城的流浪教师。阿布德拉城是希腊北部爱奥尼亚的殖民地，此地因为是"笑面哲学家"德谟克利特的出生地而声名远播。房龙刻意挑出这些细节来写，显然有其特定的说明目的。从写作技术的角度看，主要是为了插叙德谟克利特。在有限的篇幅内，别致地提升信息含量，是房龙的一个长项。这也说明在房龙的作品中，无论是民主还是科学，哪怕是艺术，没有哪一种能够享受专门传播的待遇，它们常常融为一体，整体传播。

德谟克利特提出一条法则："只有以最小的痛苦给绝大多数人带来最大的幸福的社会才是有价值的社会。"因此，他被视为激进分子，经常受到警察的监视。普罗塔哥拉深受老乡这一学说的影响，他来到雅典，经过许多年的研究，他宣称，人是衡量万物的尺度。生命转瞬即逝，不应将宝贵的时间浪费在探究神的存在与否上，应运用全部精力使生活变得更美满愉快。

这种观点无疑道出了事物的本质，更不只局限于科学精神，深深地震惊了那些忠实的信神者。而且，此论出于雅典与斯巴达的争霸战争胜负难料之际，这时质疑众神的超凡能力，很可能引发众神之怒。人民经历了太多的失败，加上瘟疫的折磨，已经变得极度绝望。普罗塔哥拉被指控为无神论者，有人要求对其进行法办。

房龙最后以一个颇富戏剧性的结局结束了这个故事，指出普罗塔哥拉尽管是科学家，但面对迥异于泰勒斯和安那克萨哥拉的社会环境，也无意为科学而殉道。他逃走了。不幸的是,在去往西西里的途中,普罗塔哥拉乘的船只失事,从此杳无音信。至此,房龙通过描写泰勒斯、安那克萨哥拉及普罗塔哥拉的不同结局,表明制约科学精神的势力日益强大和凶恶。

然而,科学精神不死的观点得到了房龙的重申,并以"关山度若飞"的笔法迅速勾勒出科学精神此后薪火相传的轨迹。正是安那克萨哥拉和普罗塔哥拉等人的坚守,才最终等到了集大成者的亚里士多德。他的许多科学假设又为阿拉伯人所保存,穿越了1000年漫长的黑暗时代,随着"东学西渐"的浪潮,与穆斯林的科学知识传播到西欧,推动了自然科学的复苏。对此过程,房龙详细地描写了一位伟大的阿拉伯医学家,房龙指出此人在西班牙南部的摩尔大学的学生中大力弘扬古希腊的科学精神。然后,他又糅合了自己的观察,写出不少著作。这些书被及时运过比利牛斯山,送往巴黎大学和博洛尼亚大学;在那里,这些书被译成拉丁语、法语和英语。西欧、北欧的人对书中观点全盘接受。今天,它们已成为科学入门课本中的主要内容,就像九九乘法表一样有益无害。

第二节 培根代表的中世纪科学精神

虽然古代西方在天文学、数学、物理学、地理学、生物学等领域都取得了显著成就,但到了中世纪,人们恪守神学伦理的清规戒律,迷信来世的"天国",对科学既无多少兴趣,也缺乏自主思考的权利。科学在宗教"神本"学说的浸染下几乎窒息。基督教统治的中世纪几乎成了科学的冰河期。

在该阶段的早期,基督教神学部分地继承了古希腊的理性精神遗产。到了中期,希腊遗产的大量传入和早期大学的兴起,推动自然哲学开始成为建制化学科;希腊怀疑和批判精神的复兴,促使一些教士和大学学者把自然世界观与《圣经》世界观分离开来。及至中晚期,由于工匠技艺的累积、炼金术士实践的孕育和数学理性的复苏,实验精神终于缓慢生发出来。罗杰·培根作为标志性人物,将数理理性与实验精神紧密结合,茕茕孑立地成为中世纪科学精神的承载者。这些过程基本都在房龙的作品中得以呈现。

一、茕茕孑立的罗杰·培根

对于科学的实证精神,房龙采用了反讽的叙事。在《人类的故事》

中，房龙提到，在《圣经》和亚里士多德的帮助下，中世纪的知识精英们着手解释天地万物与上帝意愿之间的关系。房龙讽刺这些经院学者智力超群自不在话下，但他们仅仅是从书本里获得他们的知识，而非从实际的观察中得来。例如，他们想要讲授鲟鱼或毛虫，就去阅读《新旧约全书》和亚里士多德的著作，并告诉他们的学生，这些好书中关于鲟鱼和毛虫这两个题目所讲的一切。但他们绝不会出门到最近的河里捉一条鲟鱼来观察一番，也不会离开他们的图书馆去后院捉几条毛虫实地研究。即便像艾伯塔·马格努斯①和托马斯·阿奎纳②这样的著名学者，也不曾问过巴勒斯坦的鲟鱼和马其顿的毛虫与西欧的鲟鱼和毛虫是否会存在不同。

然后，房龙笔锋一转，指出学者们的研讨会上偶尔也会冒出个具备科学精神、喜欢寻根究底的人，在鲜明的对比中推出了这段故事的主角——罗杰·培根。他已经开始使用放大镜和滑稽的小望远镜做实验，而且还把真正的鲟鱼和毛虫带进了教室，证明了它们与《圣经·旧约全书》和亚里士多德所描述的生物不同。培根显然是具备科学精神的，但在中世纪的黑暗时代，他走得太远了。当他敢于暗示1小时的实际观察胜过纠缠10年的亚里士多德著作，就该悬崖勒马了。

房龙在此虚构了一个告密的故事场景，并模仿经院学究们，做了一番细致的语言描写和动作描写。经院学究们不仅摇着尊贵的头对科学精神表示不以为然，而且还会去警察那儿告发了坚持科学精神的培根："这个人是对国家安全的一个威胁。他想让我们学习希腊文以便我们能够阅读亚里士多德的原著。他为什么不能满足于数百年来令我们虔诚的人民感到满意的拉丁到阿拉伯的译文？他为什么对鱼和昆虫的内部构造如此感兴趣？他很可能是一个恶魔、一个魔法师，试图用他的黑色魔法搅乱万物已确立的秩序。③"这其实是一段经院学究的独白，语言准确、简洁、传神，非常符合中世纪经院学究的身份和思想特征，使读者看后相信他们只能这样说话。

故事的结果是当局大惊失色，他们以和平卫道士自居，导致培根在10多年的时间里只字未写。而当培根重新开始他的研究时，他汲取了以往的

---

① 艾伯塔斯·马格努斯（Albertus Magnus，1193—1280），日耳曼哲学家与神学家。

② 托马斯·阿奎纳（Thomas Aquinas，约1225—1274年3月7日），中世纪经院哲学的哲学家和神学家。他把理性引进神学，用"自然法则"来论证"君权神圣"说，死后也被封为天使博士（天使圣师）或全能博士，有"神学界之王"之称。

③ 房龙. 人类的故事. 逸凡，译. 上海：立信会计出版社，2012：170.

教训。他以一种古怪的符号撰写他的著作，使同时代的人们如堕五里雾中。在《人类的家园》中，房龙还推测这位 13 世纪的博学僧侣似乎怀疑过细菌的存在，但他明智地对他的发现秘而不宣。

二、压制科学精神的势力

随着当局对科学精神的压制日甚，类似培根的这种小花招在日后变得屡见不鲜。房龙指斥在缺乏科学精神的中世纪，当权者认为"进步"是魔鬼的发明，极惹人厌。对于有耐性的农奴和无知识的骑士，他们强加意志；对于探寻科学的勇士，他们百般迫害。

相对于中世纪世俗政权的压制，房龙认为基督教对科学精神的压制更为严苛。房龙在《欧洲印刷史话》中探寻了其中的原因，指出自从罗马帝国衰落以后，科学受到极度的蔑视。因为科学与《圣经》之间有极大的分歧，而《圣经》却被认为是用来拯救人类邪恶灵魂的。基于以上，房龙在《宽容》中指出，新教徒与天主教徒同为科学和医学的敌人，其无知和不宽容的表现一般无二，都把那些钻研科学的人视为人类最危险的敌人。

首先，宗教裁判所对伽利略的迫害被房龙树立为天主教压制科学精神的反面教材。对于这位坚持一切推理都必须从观察与实验中得来的科学家，房龙的笔调略显诙谐："因为使用他的可笑的小望远镜观察天空时有点太不慎重，并喃喃而语了某些全然与教会正统观点背道而驰的有关行星运行的看法，而身陷囹圄。"这种叙事语调格外凸显了伽利略的无辜。

其次，对于新教改革的代表加尔文，房龙显然也视之为科学精神的死对头，称其为日内瓦政治和精神上的暴君，谴责他不仅在法国当局试图绞死迈克尔·塞尔维特①时落井下石，而且当塞尔维特设法逃出了法国监狱、逃至日内瓦时，加尔文还将这位才华横溢的人投入监狱。在长期的审判之后，完全不顾他作为一名科学家的声望，让他在火刑柱上因他的异端邪说被烧死。

在《人类的家园》中，房龙以地圆学说的确立过程为例，强调尽管《圣经》本身没有涉及"地球是宇宙的中心"及"天圆地方"等相关天文知识，但是在中世纪，天文学也有着官方话语体系，这种话语体系虽然从古希腊延伸而来，但却经过了经院神学家们的重构，其中的科学精神已经

---

① 迈克尔·塞尔维特是西班牙神学家及医生，作为第一位解剖学者维参里的助手而闻名。

丧失殆尽。将近1000年的时间里，基督教会为了其自身的宗教利益的需要，反复强调地心说和地球静止论，开历史倒车，湮没了古希腊人业已取得的科学认识。

房龙还分析了基督教会如此做的必然原因，规劝读者不必去苛求他们。首先，最早皈依基督教的社会阶层多处于底层，难以接触到良好的科学教育。其次，他们坚信末日审判，耶稣将在万众瞩目中回到他受难的故土来辨别善恶，如果事实果真如此，地球必然是平坦的。否则，耶稣就要出现两次——一次为了西半球的人，一次为了东半球的人。这显然是极端荒谬的，所以是完全不可能的。

房龙还痛惜地给读者讲了一个西方版的"焚书坑儒"事件。为了巩固封建统治，天主教会的宗教裁判所，烧掉了许多珍贵的科学著作，有时一天竟烧掉20大车。1327年，意大利天文学家采科·达斯科里被活活烧死，其"罪名"正是违背《圣经》的教义，论证地球呈球状，在另一个半球上也有人类存在。

为了安慰触目惊心的读者，房龙又指出，在将近1000年的时间里，尽管教会反复强调地球是平坦的盘状体，是宇宙的中心，但崇尚理性的科学精神一直存在。在知识界中，在一些寺院科学家中，在一些迅速崛起的城市天文学家中，地球是圆的、同其他星球一起围绕太阳旋转的这种古希腊科学观点，从未被彻底抛弃。秉承这种思想的人们只是不敢公开谈论而已，只能作为秘密保留在自己的心头。这些描写又一次说明了科学精神的不死。

三、大学对科学精神的支撑

从房龙的作品中看，在中世纪，在宗教的高压下，科学精神之所以还能一息尚存，除了茕茕孑立的培根式人物外，大学的崛起也功不可没。房龙在《宽容》中对大学的产生做了妙趣横生的解读，简单、具体又传神。

房龙在此采用了非焦点式叙事，并对人物进行了直接的语言描写，表现大学发端的科学精神。在中世纪，一个睿智之士对自己说："我发现了一个伟大的真理。我必须将我的知识传授给其他人。"于是他开始传讲他的智慧，无论何时何地，只要能找到几个洗耳恭听的人就行，就像现代的街头即兴演说者一样。如果他是个有趣的演讲者，人群就会走来并留下；如果他很乏味，他们便耸耸肩膀继续走他们的路。

房龙合乎逻辑地继续推动情节，直至大学呼之欲出，并融入了细节描写，设置了必要的情境。渐渐地，某些年轻人开始定期来听这位伟大教师智慧的言语。他们带来习字本、一小瓶墨水和一支鹅毛笔，把他们觉得重要的事情记录下来。有一天，下起了雨，教师和他的学生们便退到一间空地下室，或"教授"的家里。这位饱学之士坐在他的椅子里，而学生们则席地而坐。这就是最早的大学。借此，房龙表达了自己的看法，中世纪的大学就是一个教授和学生的混合体。那时，"教师"就意味着一切，而他在其中讲课的建筑则无足轻重。这显然与清华大学老校长梅贻琦先生曾说的"大学者，非谓有大楼之谓也，有大师之谓也"理念相通。

为了把大学产生这一事件刻画得更为丰满和具体，房龙以举例法说明了早期大学诞生的几种基本模式。整体叙事绘声绘色，鞭辟入里，情节曲折，不感单调。他明确地提示读者，让我举个例子，告诉你们发生在9世纪时的一件事。在靠近那不勒斯的萨莱诺的小镇上，名医云集。那些渴望学习医学的人们纷纷往投，趋之若鹜，于是就有了近千年历史的萨莱诺大学。直到1817年，这所大学讲授的是曾于公元前5世纪在希腊行医的希腊名医希波克拉底的医学理论。

房龙举的第2个例子是巴黎大学的产生。早在12世纪，来自布列塔尼的年轻神父阿伯拉尔就开始在巴黎教授神学和逻辑学，吸引了数以千计的求知青年涌向此地，来倾听他传道解惑。同时，不赞同他观点的一些神父也前来巴黎阐述各自的观点。于是，巴黎很快就充满了吵吵嚷嚷的英国人、德国人和意大利人，以及来自瑞典和匈牙利的学生。于是，塞纳河中一个小岛上的一座古老大教堂的周围，成长起了著名的巴黎大学。

第3个例子是位于意大利的博洛尼亚，有个名叫格雷希恩的僧侣为那些应该懂得教会律法的人们编写了一本教科书。许多年轻的神父和普通信徒从欧洲各地慕名而来，当面倾听格雷希恩阐述他的思想。这些求学者为了保护自己不受当地地主、小旅馆老板和房东老板娘的欺诈，就组织了一个互助协会或称大学。这成为博洛尼亚大学的起源。

第4个例子派生于第2个例子，是对前者的发展。房龙指出这一事件起源于巴黎大学发生的一场争论。虽然房龙不知道因何而起，但客观后果是，许多愤愤不平的教师和他们的学生一起横渡了海峡，并在泰晤士河上一个名叫牛津的小村庄找到了仁慈友善的家园，著名的牛津大学就这样形成了。

与之类似，第 5 个例子派生于第 3 个例子。1222 年，博洛尼亚大学变得四分五裂。不满的教师带着自己的学生们迁移到了帕多瓦，这个城市从此为拥有一所他们自己的大学而自豪。

　　房龙精心挑选的 5 个例子基本穷举了早期大学诞生的模式。房龙就此推而广之，指出从西班牙的巴利阿多利德到遥远波兰的克拉科夫，从法国的普瓦捷到德国的罗斯托克，上述模式一直持续着。虽然以当今的眼光看来，这些早期大学所讲授的很多东西颇为荒谬，但房龙想说明的重点在于：中世纪，特别是 13 世纪，并非一个科学完全停滞的历史时期，仍然不乏生机勃勃、热情洋溢的青年。他们对自己所学的东西，即使有点害羞但也要寻根究底地追问。而这体现的正是科学精神。按照房龙的说法，文艺复兴就在这片喧闹声中形成了。此后，正是在这些具备科学精神的简陋的大学基础上，兴起了新型学院和现代大学，从根本上实现了自然科学在学科建制上的制度化，以及随之而来的科学家职业化，科学研究活动得以在自立、自主和自由等方面的加强和深化。

第三节　达·芬奇代表的文艺复兴时期科学精神

　　文艺复兴时期，神学的桎梏逐步被人文主义思潮所打破，对于广阔而复杂的客观物质世界，一些集人文与科学为一体的大师通过科学的观察、实验与理性的思考，促成了人的发现与世界的发现，为近代科学的产生奠定了基础。正如房龙《人类的故事》一书中所表达的："此时人们仍是教会母亲的儿子……但是，人们的人生观已经改变，他们开始穿与以前不同的服装，不再把全部思想与精力集中于在天堂、等待幸福的永生，他们试图在今生、在地球上建立他们的天堂。①"基于艺术家兼工程师的工程技术实践，达·芬奇成为这个时期科学精神的集大成者。

　　对于达·芬奇这样一位全能的天才，仅就科学精神而就事论事，显然是拙匠所为。房龙显然对达·芬奇情有独钟，不惜笔墨，全面勾勒出达·芬奇的各种天才。在《人类的故事》中，房龙用了一个假设句，如果这种对色彩和线条的爱碰巧和对机械及水力学的兴趣结合起来，其结果便是列

---

① 房龙. 人类的故事. 逸凡，译. 上海：立信会计出版社，2012：171.

奥纳多·达·芬奇了。他绘画的同时还做气球和飞行机器的试验，为伦巴第平原的沼泽地排水，并且他在散文、绘画、雕塑和奇妙构想出来的发动机中表达他对天地之间的一切事物的喜爱与陶醉。①

在《天堂对话》中，房龙全程使用第三人称讲述达·芬奇的人生全貌，突破了时间、空间限制，自由灵活且言之凿凿。例如，房龙开门见山地向读者交代了达·芬奇是位私生子。他的父亲是佛罗伦萨一位律师，他的母亲可能是芬奇村人（但对她我们一无所知），达·芬奇的名字即因此而来。这些都是一般读者多不了解的达·芬奇身世。房龙还合理推断父亲对达·芬奇必定关爱有加，因为他给儿子的教育是年轻贵族式的，达·芬奇也自幼对艺术表现出明确的兴趣，并被送到名师、高人安德烈·德尔·韦罗基奥那里学习手艺，后者当时仍很年轻，但业已以画家、雕塑家、工程师和银匠著称。房龙由此暗示了达·芬奇的科学思想师承。

在对达·芬奇的外貌描写中，房龙别出心裁地描写了达·芬奇著名自画像与年轻时真实相貌的差别，调动了读者的好奇心；同时摒弃了寻常传记对达·芬奇音容笑貌、衣着服饰、神情姿态等外部特征的描写窠臼，避免了因袭雷同。房龙显然知道读者通常都以为达·芬奇是位长着一脸浓密的胡须的老人，因为他最为人所知的自画像即是这副样子。但房龙推断他在年轻时容貌必定迥然不同。其依据是达·芬奇的所有传记都说他最初之所以取得成功，很大程度上是因为仪表堂堂和迷人的风度，另外还因为他善解人意，上至王后，下至家庭女仆，达·芬奇与任何人交往时都落落大方。房龙以此为达·芬奇的形象塑造平添了许多情调。在这种氛围之下，让读者了解达·芬奇科学精神的一面显然会产生更好的效果。

房龙以生动形象的语言展现了达·芬奇活动的时空背景和环境。在叙述中，房龙指出，十五六世纪的人像中世纪的人一样仍对科学漠不关心。因此，文艺复兴绝不是有关人性完善主题的最新的术语。房龙提供了足够的背景知识，让读者可以理解像达·芬奇那样的经历在15世纪后半期不仅成为可能，而且被认为是非常自然的。房龙指出达·芬奇主要是一位开风气之先的实验者。由此可见，创新是达·芬奇所承载科学精神的代表。房龙把达·芬奇的创新归因于其永不知足的好奇心和追根溯源的强烈愿望。当达·芬奇感到自己循着正确的路线即将有所发现的时候，他就"见

---

① 房龙. 人类的故事. 周炎, 译. 北京：中国档案出版社, 2001：210.

异思迁",转而注意新的东西。作为一位坚信自己秉承文艺复兴传统的天才,达·芬奇以整个人类领域的一应事端为己任,而非仅仅作画。他大胆地对艺术和科学的所有领域都进行研究。

较之其他那些具备科学精神的智者,达·芬奇拥有太多具体案例可以展现自己身上的科学精神。房龙对其的描写也就蕴于诸多实事当中,取得了不证自明的效果。例如,达·芬奇起草了灌溉伦巴第平原和挖掘马雷姆运河的计划,还为城市防御工程绘制了草图……除这些小玩意外,达·芬奇还抽出时间继续进行人体解剖研究,观察鸟类的飞行,建造了一架飞行器。房龙认为,这个飞行器如果装上发动机,应该可以上天。此外,房龙还突出了达·芬奇与托斯卡奈利①一起研究数学,并充当邻近地区政治巨头的建筑顾问和工程师,在兴建城防工事或灌溉工程时为其进行设计。房龙还从财务角度暗示了达·芬奇对科学的投入,倘若他没有把他收入相当大的部分用在自潜水艇到飞行器之没完没了的实验上,他死时本可成为一位极富裕的人。

房龙颇想引起读者注意的是,在达·芬奇的时代,人们的平均寿命不足40岁,而达·芬奇虽然没日没夜地埋首于工作和实验,仍达到了60多岁的高寿,而且老当益壮。房龙在大篇幅采用人物介绍进行描写之后,为避免读者审美疲劳,适时穿插了达·芬奇同米开朗琪罗和拉斐尔的对比描写。房龙指出,像米开朗琪罗和拉斐尔这样的年轻人成长起来了,开始据有达·芬奇往昔据有的显赫地位。他聪明地急流勇退,逐步从绘画和音乐等方面抽身,开始越来越沉迷于科学研究之中。而当时的法国国王弗朗西斯一世向他提供了王宫内的一个安静职位,他在那里实际上可随意行事。法王还下令把一大片土地都置于这位大师的支配之下,并由国库中划出足够的资金作为达·芬奇的收入。达·芬奇对此欣然接受。这正是他所希望的体面地结束自己一生的方式。达·芬奇从容地告别故国意大利,带着其工匠、陶工、铁匠随从和秘书、艺匠、仆从一起移入新居。他终于能够把他成箱成捆的笔记和科学观察结果付诸实施了。这些资料都是在前40年间收集,用他本人才能理解的密码记录下来的。

纵观房龙对达·芬奇的描写,多采用侧面文字动态的烘托描写,使读者置身于一个参观者的角度从多个侧面瞻仰这位天才。其承载的科学精神

---

① 哥伦布在其首次越洋航行中使用了托斯卡奈利版的世界地图。

更是"腹有诗书气自华",不需要就事论事。房龙通过对于达·芬奇的具体行动描写,具体、生动地展示出主人公一生涉猎的方式、方法和步骤,圆满地回答了读者对于达·芬奇是如何做到全能的疑问。

第四节 笛卡尔代表的近代科学精神

与古希腊代表的古代科学相比,以实验和数学方法代表的欧洲近代科学已经大相径庭。作为欧洲哲学界和科学界最有影响的巨匠,勒内·笛卡尔被誉为"近代科学的始祖"。其地位足可以同古希腊的泰勒斯、中世纪的罗杰·培根及文艺复兴时期的达·芬奇媲美。这从他的墓志铭中即可见一斑:"笛卡尔,欧洲文艺复兴以来,第一个为人类争取并保证理性权利的人。"

作为一位勤于探索的科学家,笛卡尔对现代数学的发展做出了重大贡献,因将几何坐标体系公式化而被认为是解析几何之父。他的数学成就为后来牛顿和莱布尼兹发现微积分开辟了道路。在物理学方面,笛卡尔第一个明确地提出了动量守恒定律,即物质和运动的总量永远保持不变。这样一位大师级的人物,身上承载的科学精神无疑光耀万丈。

房龙在《天堂对话》中对笛卡尔进行了全方位的刻画,主要包括他作为哲学家、数学家、物理学家及神学家的成就。为了充实笛卡尔的形象,房龙向读者介绍了些身世背景,指出其祖父是一位内科医生,并跟一位同行的女儿结了婚。因此,笛卡尔自年幼时起就自然而然地喜欢上了医学,其科学精神的缘起也便一目了然。笛卡尔的这种背景其实与房龙自己的身世极为相似。如同本书在第一章介绍的,房龙的舅舅也是一位医生,岳父则是哈佛大学医学院的院长。这也可能成为房龙在自己的科学题材中,对笛卡尔情有独钟的一个原因。

在房龙的笔下,笛卡尔的科学精神突出表现为其主张的"普遍怀疑"。房龙对笛卡尔的这种主张简单概括为"眼见为实",即坚持所有知识必须通过自己的调查和亲手实验得来,从而导致了怀疑论。房龙还盛赞笛卡尔的勤奋、诚实,讲述笛卡尔不带任何个人色彩地向人类传授真理。

房龙以故事的形式提到了笛卡尔的一次重要师承,其中的描写颇富传奇色彩。根据房龙的记述,青年时代的笛卡尔曾经有过一段行伍经历。他曾偶然在路旁公告栏上，看到用弗莱芒语提出的数学问题征答。一时兴起，就让旁边的路人把弗莱芒语翻译成拉丁语。而这位路人正是大他8岁的以撒·贝克曼，其在数学和物理学方面有很高造诣。这次传奇性的邂逅使他成为笛卡尔的导师，并被笛卡尔称为将自己从冷漠中唤醒的人。

在房龙眼中，数学对于笛卡尔意味着创造的一切。年轻时的笛卡尔如此沉溺于数学，以致得了严重的忧郁症。就此而言，房龙在自己描写的人物中寻找到了一个忧郁症病友。房龙还推测了笛卡尔忧郁症的原因，可能来自朋友的影响，可能来自于生活环境的阴暗，还可能是由于他意识到他正在发现一个将彻底改变科学基础的东西而受到烦扰。因为他认为他用来研究分析几何学的方法可能适用于所有其他的数学分支。房龙还通过对笛卡尔的梦境描述，发表了自己的见解。

根据叙事学的理论，对梦境的表现其实是通过心理描写直接透视主人公的精神世界，展现其在特定环境中的内心活动。在房龙版的描述中，笛卡尔的第一个梦是自己孤单地走在一条乡村小路上，山洪暴发，他成了跛子，被迫到教堂去避雨。第二个梦连着第一个，他听见可怕的雷声，他的身体放出火花。在第三个梦中，他偶然翻开了德西穆斯·马格努斯·奥索尼乌斯①的一卷书，该作者叙述了顺莫塞尔河而上田园诗般的旅行。一打开书，映入眼帘的第一行字就是："我现在应选择什么样的生活呢？"

传说正是这三个奇特的梦增强了笛卡尔创立新学说的自信，成为笛卡尔思想上的重要转折点，也有些学者把"一夜三梦"定为解析几何的诞生日。但房龙显然不敢苟同，认为这三个梦与科学没有丝毫的关系。而是为自己的下一段描写重点做了铺垫，指出笛卡尔面临的问题是他应走什么样的生活之路。由此，房龙开始重点描写笛卡尔居无定所的生活特点，但指出其原因在于笛卡尔非常清楚地意识到，要实现自己对科学的探索目标，他必须离开他的同胞。划时代的思想很少在吵吵闹闹的鸡尾酒会或其他的社会运动中产生。他们需要寂静和孤独。

让房龙颇感亲切的是，笛卡尔选择在荷兰居住了20多年，如同房龙的半个老乡。而且，笛卡尔在哲学、数学、天文学、物理学、化学和生理

---

① 德西穆斯·马格努斯·奥索尼乌斯（Decimus Magnus Ausonius，约310—约395），古罗马诗人。布尔迪加拉（今法国波尔多）人，出身于贵族家庭。约364年被罗马皇帝瓦伦提尼安一世（364—375年在位）召为皇储格拉提安的教师，深受恩宠。格拉提安在位期间（375—383年）曾被委任管理高卢、意大利、伊利里亚、北非等地事务。格拉提安死后回到故乡长住，终其一生。他熟悉古代文学，有诗歌才能，但作品内容贫乏，反映了罗马帝国没落时期的时代特点。

学等方面取得的成就也大多出于荷兰时期。房龙特别聚焦的一个细节描写，尤其展现了笛卡尔的科学精神。在低地国家生活的 20 多年时间里，他尽量避免学习荷兰语。房龙对此进行了细致入微的解释，极富生活情调。"善良的邻居坚持要来拜访这位孤独的陌生人，然后邀请他回访、喝酒，那当然是非常快乐和友善的，但这干扰了他的工作。①"

  在他后半生，笛卡尔如此沉溺于对知识的渴求之中，他没有时间去浪费在日常生活的礼节上。一个人居住在异国他乡，但不愿意学当地的语言，在读者看来似乎是不可思议的，但这样能使笛卡尔同社会隔离开来，而这种环境正是笛卡尔完成他自定的任务所需要的。笛卡尔的科学精神在房龙的笔下熠熠生辉。

---

① 房龙. 与世界伟人谈心. 常绍民, 等译. 北京：中国和平出版社, 1996：229.

第八章 房龙作品科普价值的启示

综合前面几章的分析可见,房龙作品中含有相当比例的科学内容,以中国当前的科普语境视之,房龙作品对科技知识、科学方法、科技思想和科学精神都有充分展现。这些科学内容统辖在房龙文学创作的整体风格下,大多以故事的形式被讲述得深入浅出、惟妙惟肖,促成了房龙作品的畅销不衰。而房龙作品的畅销不衰,又意味着其中的科学内容得到了广泛普及,形成了显而易见的科普价值,堪称文学科普的典范。

第一节 传统的文学语言理论需要批判

高尔基说:"文学的第一个要素是语言。语言是文学的主要工具,它和各种事实、生活现象一起,构成了文学的材料。""文学就是用语言来创造形象、典型和性格,用语言来反映现实事件、自然景象和思维过程。"[①]西方文论则把语言更为明晰地划分为文学语言和非文学语言。二者的区别是西方文论研究的焦点之一。围绕这一焦点,形成了文学语言的"拟陈述说""歧义说"和"突出说"等学说。其中,前两者又都以科学语言为参照系,对照阐述文学语言的特点。因此,相较于以俄国形式主义为代表的"突出说","拟陈述说"和"歧义说"更为贴近文学科普的实践,成为本书分析房龙文学科普实践的理论参照。

一、文学语言的"拟陈述说"

英国文学理论家瑞恰慈(I. A. Richards)致力于厘清文学语言和科学

---

① 林焕平. 高尔基论文学. 南宁:广西人民出版社,1980:232.

语言的差异。他指出:"可以为了指称的缘故而运用陈述,它形成真或假的指称,这是语言的科学用法。但也可以为了引起情感效果和态度而运用陈述,这一效果是由陈述所形成的指称而导致的,这是语言的情感用法。一旦明确把握了这个区别,问题也就简单了。我们可以为了词语所加强的指称而运用词语,或为了词语所引发的态度和情感而运用词语。词语的很多安排并不要求任何指称而只是激起种种态度,它们的作用如同乐句一样。①"

在这段话中,瑞恰慈指出了语言的两种用法和两种指向。一种是为了真假指称而陈述,即这种陈述是可以做出真伪判断的。例如,"房龙是一位荷兰裔美国畅销书作家",或"宇宙中存在引力波",抑或"谷歌人工智能程序 AlphaGo 战胜了世界围棋冠军",三句话都是在陈述事实,是可以判断真伪的陈述。科学内容多采用此类陈述。

另一种则是文学语言,它无关真伪判断,也未必符合逻辑和常理,但却充满感情和态度。例如,李白的"白发三千丈,缘愁似个长";杜甫的"感时花溅泪,恨别鸟惊心";埃兹拉·庞德(Ezra Pound)的《在地铁站》"人群中这些面孔幽灵一般显现;湿漉漉的黑色枝条上的许多花瓣"。凡此种种,不胜枚举。

由此,瑞恰慈总结出文学语言至少在两个方面是独特的。其一,文学语言是某种虚拟性的语言,无关真伪。而科学语言则是对事实或真相的客观表述,关乎真伪。其二,文学语言偏重于情感的表现,而科学语言则服务于意思的表达。② 因此,根据瑞恰慈的观点,如果说科学的陈述是"真陈述"的话,那么,文学的陈述只能叫作"拟陈述",即非真正的陈述。

瑞恰慈进一步指出:"对科学语言来说,指称的差异本身就是事物,因为这就无法实现科学语言的目标。但是对情感语言来说,如果需要的是态度和情感上的更多效果,那么指称中广为存在的差异并不要紧。此外,在语言的科学用法中,指称不仅唯有准确方能成功,而且指称的彼此关联和关系也必须是我们所说的那种合乎逻辑的。它们决不能用别的方式,必须是高度系统的,不会阻止别的指称。然而,对于情感这一目标而言,这种逻辑性的安排全无必要,它往往有可能成为一种绊脚石。因为问题在于,指称引发的一系列态度有它们自己的合适架构,有它们自己的情感交

---

① Richards I A. Principle of literary criticism. London: Routledge, 2001: 250.
② 周宪. 文学理论导引. 北京: 高等教育出版社, 2014: 48.

互关系，这常常就没有必要去依靠这些指称的逻辑关系了。①"

总体而言，瑞恰慈已经明确了语言的科学用法有别于其文学用法，后者虽不如前者规范和严谨，却也不是毫无章法，而是自成一体，别有洞天，只是不遵从科学表述的那套逻辑规范而已。唯其如此，文学作家才能天马行空，形成各自独树一帜的语言风格。

二、文学语言的"歧义说"

类似于瑞恰慈的上述理论，法国哲学家利科（Paul Ricoeur）提出了文学语言的"歧义说"。"在一系列可能的解决方法的一端，我们有科学语言，它可以定义为系统地寻求消除歧义性的言论策略。在另一端是诗歌语言，它从相反的选择出发，即保留歧义性以使语言能够表达罕见的、新颖的、独特的，因而也就是非公众的经验。②"

在此，利科运用了一种极限思维，认为人类的整体语言系统存在着两极：一极强调语言的精确性和明晰性，另一极则追求语言的含混性和歧义性。如果对应人类活动的不同领域，前者可称科学语言，后者可称诗歌语言。

这里需要指出，由于出于极限思维，利科在此指出的诗歌语言并非以偏概全地代表了文学语言，而是代表语言在文学一侧的极限，可以理解为文学语言中的"最"文学语言。许多文学理论家的用意也大致如此。正如美国理论家卡勒所言："诗居于文学经验的中心，因为它最明确地强调了文学的特殊性，取代了与用以表达个人对世界的经验感受的普通语言之间的区别。③"或者用瓦莱里的话说，在诗的语言中，语言的某些文学特性得到了极大的扩展和广泛的应用，因而其文学性的诸多特征集中呈现出来。④

有类于瑞恰慈的逻辑，利科同样把科学语言作为同文学语言作对比的参照系，彰显文学语言的特有用法，"我特别想要弄清楚两种主要的（科学的和诗歌的）言语能力相互转化的作用，并揭示来源于它们二者对立和

---

① Richards I A, Principle of literary criticism. London: Routledge, 2001: 50-51.
② 保罗·利科. 言语的力量：科学与诗歌//胡经之，等. 西方二十世纪文论选：第3卷. 北京：中国社会科学出版社，1989：296.
③ 卡勒. 结构主义诗学. 盛宁，译. 北京：中国社会科学出版社，1991：241.
④ 周宪. 文学理论导引. 北京：高等教育出版社，2014：57.

互补的语言的功效。①"于是，利科从一词多义的现象入手，指出对于语言交往活动而言，一词多义的影响具有两面性。正面影响是其经济性，节约了语言，表达了多种意思；负面影响是产生了歧义，干扰了交流和理解的效果。

利科发现，为了消除这种歧义，科学研究中所使用的语言需要经过3个步骤，才能实现语言表达的明确和清晰。第1步，对词语或概念做明确界定，借此实现科学语言的初步系统化。例如，"引力波""青蒿素""微重力"等皆为此类。第2步，使用专业术语，科学中存在大量的专业术语，它们有确切的所指和意思。例如，"虚拟现实""人工智能"等，更常见的则是大量的数学符号。第3步，建构一系列的公式和定理，构成复杂的科学公理系统，用作科学的解释。公理化系统指定了所有符号的位置和阅读规则，因此是消除歧义的言语策略的最高阶段，即"科学语言的特征：要消除歧义，要使一个符号只具有一个意义，要使人们不能用几种不同的方法来解释同一符号①"。通过消除歧义，科学语言趋向于形式语言的特征，形成比较规整的表述，不会出现文学语言那样因人而异的个性风格。

然而，"橘生淮南则为橘，生于淮北则为枳"。科学语言想方设法"必欲除之而后快"的歧义，却是文学语言千方百计保留的对象。其中最主要的方法就是隐喻。利科认为，隐喻是由两个不同的词所形成的独特关系，因而彼此都多了一种附加的意义，进而生成更为丰富的含义。而这种含义在日常语言的词典意义上却是难以立足的，有时在语义上是反传统的，在逻辑上是荒谬的。

所以，利科虔信隐喻可以比作"谜"。而"谜"的魅力正在于蕴藏着歧义，令人无限遐想，带给读者一种游戏的快感。作为想象的艺术，隐喻的设"谜"给了读者一种游戏的机会、一种审美的过程，供其在"把玩"和"咀嚼"中体验精神上的快感。正如维特根斯坦（Wittgenstein）所言："想象一种语言就意味着想象一种生活方式。②"

可想而知，若非突破了一词一意的歧义，诗及其他文类都难免黔驴技穷，在绘画、音乐等艺术形式面前黯然失色。语言也便失去了美学价值，

---

① 保罗·利科. 言语的力量：科学与诗歌//胡经之，等. 西方二十世纪文论选：第3卷. 北京：中国社会科学出版社，1989：291.

② 维特根斯坦. 哲学研究. 徐纪亮，译. 北京：生活·读书·新知三联书店，1988.

退化为"一种尺寸和数目来说话的语言,一种精确的、一致的和可证实的语言,这就是科学语言。用这种语言,我们形成一种关于实在的模式,这种实在易于为我们的逻辑所表明,它与我们的理性是相似的",从而"把我们引向一种与物的单纯联系——人对物以及人对人的统治、探索、控制的联系"。①

正因为科学语言的上述特点,普通读者才难免对科学语言产生枯燥、乏味、厌倦之感,自然也就对科学语言承载的科学内容"爱答不理"。因此,房龙作品要摆脱这种尴尬,就必须反弹琵琶,以文学语言讲述科学内容。从科普的要求看,待普及的内容存在于科学领域,但在传播形式上却不得不避开枯燥的科学语言,否则难以达到普及科学知识的效果。正是在这样的矛盾中,房龙自发地运用文学语言作为叙事策略阐述科学内容,取得了相当的艺术效果,形成了科普价值。

三、文学语言可以讲述科学内容

相对于利科大跨度的极限思维,文学理论家雅各布森(Roman Jakobson)的理论更为细致。他认为,任何语言交往行为都是发送者将信息传递给接受者,但是,由于目标指向的不同,语言的功能或用法就有所差异。据此,他把语言区分为六种基本功能:情绪、意动、诗歌、指称、交际和元语言。② 这无疑在科学语言和诗歌语言之间的中间地带标上了刻度。

在雅各布森看来,文学语言旨在强化语言自身的"可感性",亦即具体性和形象性。但同时也会加深语言符号与对象事物之间的对立。即其所言:"诗的功能并非词语艺术的唯一功能,不过是它的主导功能和决定性功能而已……诗的功能由于加强的符号的可感性(the palpability),因而加深了符号与对象根基性的一分为二。③"

由此可见,文学语言和非文学语言的区分只是相对的,不可绝对化。事实上,文学语言和非文学语言的差异并非两种语言的差别,而只是语言用法或功能的程度差别。也就是说,非文学的叙述更为关心准确地把事情讲清楚,而文学叙述则更关心如何把一件事讲得引人入胜、不同凡响,使

---

① 保罗·利科.言语的力量:科学与诗歌//胡经之,等.西方二十世纪文论选:第3卷.北京:中国社会科学出版社,1989:303-304.
② 周宪.文学理论导引.北京:高等教育出版社,2014:56.
③ Roman Jakobson. Language in literature. Cambridge:The Belknap Press of Harvard University Press,1987:69-70.

读者印象深刻，所谓"语不惊人死不休"。或者说"文学跟科学的差别，不是因为文学只是情感的，科学只是理智的，而是因为文学是在具体的形象中去反映并认识现实，科学则是在抽象的概念中去反映并认识现实的缘故"。

因此，本书认为"拟陈述说""歧义说"等理论尝试确立一种独立的文学语言系统是形而上的，尤其是俄国形式主义代表的"突出说"，只能作为文学理论家发现文学文本语言特性的一种假设的工具和方法。正如巴赫金所指出的："形式主义者的出发点是把语言的两种体系——诗歌语言和生活实用语言、交际语言——对立起来。他们把证明它们的对立作为自己的任务。①"

基于这种理论之上的成见难免强调科学意在说理，首要的是严谨性；而文学专事言情，情趣当先，故两者风马牛不相及。但科学小品文等一系列的文学实践表明，文学语言无非是广义的日常语言的一个部分而已，完全可以讲述科学内容。正如瓦莱里关于文学的看法："文学不可能是什么别的东西，它不过是语言某些特性的扩展和应用而已。②"

由此可见，以文学语言表述原本由科学语言表述的内容，并非理论上的禁地。这就解释了房龙运用文学语言阐述科技内容的成功实践。因为尽管他也看到了文学语言和科学语言有所差别，但丰富的写作实践提醒他，以科学语言书写科学内容固然天经地义，但对于面向普罗大众的读物，若以文学语言书写科学内容，未尝不能剑走偏锋、别开生面。

正如柳湜所言，"科学文的谨言性，我们不否认。但轻松与明快同时是构成了解的条件。所谓谨严不是摆出森冷的面孔而是明晰、缜密，逻辑上的谨严并不反对显豁与趣味"。文学科普"所异于别的科学论文者就在这一点点趣味"③。房龙深谙大众读物最可宝贵的要素在于趣味，非如此不能畅销。而这是科学语言无论如何做不到的，但科学内容又是大众所渴求的热点题材。因此，房龙对于作品中的科学内容，特别注意在语言表述形式上做到通俗有趣，在市场需求的呼唤下，借助高超的文学语言技巧，房龙自觉实现了科学内容的生活化和趣味化。

---

① 巴赫金.文艺学中的形式主义方法//巴赫金.巴赫金全集.蔡鸿滨，译.北京：中国社会科学出版社，1989：32.

② 周宪.文学理论导引.北京：高等教育出版社，2014：56.

③ 柳湜.论科学小品文.太白，1934，1（1）．

身为一名畅销书作家，房龙的可贵之处在于没有陷进灰色的理论争鸣中，而是积极实践，凭着经验、感觉或者说是天赋进行着创作。我们今天重提"拟陈述说""歧义说"等文学语言理论，只是批判地借鉴其合理的部分，重点是以房龙的创作实践对其进行发展和完善。理论批判之余，如果能够从中提炼出一般性的文学科普原则，则对今后我们以文学形式普及更多、更新、更高端的科学内容大有裨益。

根据上述理论批判，本书认为，无论是大众文学还是纯文学、高雅文学、精英文学，以文学的语言表述文学的内容不足为奇；而能以文学的语言表述科学的内容才称得上是语言艺术的极致。果如是，则意味着作者驾驭的语言能力已经炉火纯青、登峰造极，能够在雅各布森的语言刻度上自由驰骋、任意发挥，在科研论文、公文、新闻、散文乃至诗歌等各类文体的写作中游刃有余。真正达到此前有关房龙的评价："房龙先生真了不起，随便说到什么题目，他都可以写出一本书来。"

房龙作品中普及的科学内容正是这样一种程度的语言艺术。从前述几章的分析可见，他往往能够把自己在生活中、阅读中获取的科学素材，转化为浮雕般的描写，以富有感染力的文学语言，增强科学内容的思想性和艺术性，许多对象都被写得呼之欲出、触手可及。

第二节　科普文学的陈旧理念需要突破

一、科普文学势单力孤

在中国，文学科普长期被科普文学代言。如果说文学科普是文学诸"兵种"（诗歌/戏剧/小说/散文）可以选择承担的诸多"作战职能"（教育功能/社会功能/审美功能）之一（如前文所论证），那么科普文学则是专为科普目的设立的一支"特种部队"，一支"偏师"，包括以科普为己任的各种文学作品。

二者的关系十分微妙，前者广泛，后者专精。前者以文学为重，兼顾科普；后者以科普为重，兼顾文学。二者的目的都在于借助文学的各种手段把具体的科学内容形象生动地表达出来，使公众能更好地理解科学。但是在中国，囿于传统的文理分科思维定式和行政职能划分，产生了两方面的问题。

一方面,科普职能长期归口科协系统主责,作为科技工作者的社会组织,科协的组织性质天然决定了它要把自身成员作为科普工作的主力军。反映到文学与科普的关系处理上,这样一个群体必然在思想意识上重科学性而轻文学性;在业务能力上,长于科学内容而短于文学形式。许多科普文学作品中,简单的科学内容也非要复杂地表述,像是专业论文,佶屈聱牙不通俗,故弄玄虚,学术味太浓。不少科技工作者的科普往往沉湎于本行的微观视角,无力顾及宏观世界,科普作品流于偏颇。

另一方面,中国文学界历来百花齐放,百家争鸣。数不尽的题材值得挖掘,何苦去沾染文人多不擅长的自然科学内容呢?何苦去冒贻笑大方、授人以柄的创作风险呢?就算写好了,又有什么名利所得呢?因此,在主流文学界眼中,科普是一个极其边缘的题材,既不易讨巧,又难有建树,几乎是"稳赔不赚",所以几乎无人问津。

两面夹击,文学科普与科普文学原本可以奇正相用的格局,沦为科普文学的单兵作战。许多科普作品都以一副八股口吻介绍某一科学技术或科技成果的原理、构造、性能,作品的文学色彩被严重忽视,与教科书或说明书无异,令读者味同嚼蜡、不堪卒读。

正如中国科普作家协会常务理事、副秘书长焦国力教授所指出的:"科普创作的路子越走越窄,科普作品的读者日渐减少,科普作品的作者有的改弦更张,有的弃文经商,科普创作走进了低谷期……科普创作的情况,距离科学普及任务的要求,还有很大差距。[①]"显而易见的是,高士其、贾祖璋等科普名家"俱往矣",后继乏人,本以科普起家的叶永烈也半路出家转攻了人物传记。

中国科普文学窘迫的现状和房龙作品的科普价值启示我们,科普文学并非文学科普的唯一手段,也不应该是唯一手段。在微信、微博都已蔚然成风的自媒体时代,在电视、纸媒普遍式微的时代,在引力波已被证实、微重力科学实验卫星已被发射、AlphaGo 大败围棋世界冠军等科技进步事件层出不穷的时代,仅凭科普文学这一支势单力孤的"偏师"又如何能招架得住呢?

---

① 焦国力. 引进文学手法,创立科普美学//中国科普作家协会. 中国科普作家协会 2009 年论文集. 2009.

二、文学科普应该化整为零、借船出海

当是时，唯有激活比科普文学更为宽广的文学科普理念，让科学给文学一个常新的题材，让文学还科学一个普及的形式，才能使文学和科普相得益彰、相互救赎。房龙作品的科普价值启示我们，文学科普需确立两个思路。

第一，化整为零。科普的目标只是让公众对科学内容做到理解和接受即可，知其然而不必知其所以然，浮光掠影、观其大略即可。至于体系化、深层化的科学内容，则已经超出了"普"的层面，自有面向专业人士的科学专著和科学论文予以承担。各种文学形式，特别是反映时代的大部头作品，完全可以在情节的安排上对科学内容稍加着墨，点到为止，通俗一点说即是让读者"少食多餐"。这样既不干扰读者对文学作品的整体阅读，又令其不时产生新鲜之感，成为作者调节主题叙事节奏的"佐餐"，使读者在不知不觉间接受相关科学内容，形成"随风潜入夜，润物细无声"的效果。如前文所分析，类似做法在房龙的作品中屡见不鲜。

第二，借船出海。借船出海与化整为零的思路相辅相成。如上文所述，本书不主张为科普专门打造一艘文学之船。因为这样的船越来越尴尬。一是在科学内容上，其翔实程度不及专业论著，只能算"一瓶子不满，半瓶子晃荡"；二是在文学形式上，通常由科技工作者主笔的科普文学作品，往往语言沉闷、叙事单调、描写乏味、议论空泛、抒情牵强，所运用的一些文学技法也显得生硬而拙笨，从专业文学的角度看，只能算班门弄斧，难以产生艺术效果。这就使科普文学变成了一锅夹生饭。从"普"的层面出发，科学内容与其自造一条小船出海，不如搭乘文学的巨轮远航。还是从"普"的层面考虑，如果普及程度的科学内容不能为多数文学工作者所理解，就更勿谈更广泛的普通公众能够理解了。换言之，要么科技工作者掌握文学手段、提高自身文学素养并诉诸笔端，要么文学工作者理解科普内容、提高自身科学素养并诉诸笔端。相较而言，前者比后者显然更具可行性。

事实上，化整为零也好，借船出海也罢，都是房龙作品科普价值对中国科普实践的启示。《中华人民共和国科学技术普及法》（以下简称《科普法》）成为世界上第一部科普法规，自然有其国情根源。因为西方作家很少有泾渭分明的文理题材分科现象，他们的教育背景和成长经历大都促成了自己文理并蓄的综合素质。这也是一种自然而然的历史传统。古希腊

作为西方文明的源头，文学、史学、哲学与科学并不分家。房龙作品里提到的泰勒斯、亚里士多德等大家，都集文史哲科于一身。即使近代科学导致科学家的职业化之后，这种综合素质的传统也并未在达·芬奇和笛卡尔的身上间断。直至学科高度专业化的今天，美国历史最悠久的院士机构American Academy of Arts and Sciences 翻译成中文也仍是美国人文与科学院或美国艺术与科学院或美国文理科学院。就此意义而言，西方的文学与科学本就在一条船上，水乳交融。

鉴于《科普法》已将科普的范围界定于科技知识、科学方法、科学思想和科学精神，文学科普的素材和题材也就基本限定在了这4个方面。因此，本书将房龙作品对文学科普实践的启示聚焦于作品形式方面的语言、结构和表现手法，兼及作品内容方面的情节。以上述理论和理念为基础，房龙作品的成功对我们运用文学语言普及科学技术知识、倡导科学方法、传播科学思想、弘扬科学精神具有实践启示。

第三节　文学科普的创作实践需要完善

一、借鉴房龙的语言特色

大多数公众并非不欲了解科学的奥秘与神奇，而是慑于科学内容的深奥和枯燥，望而却步。这中间缺乏一座沟通的桥梁，即生动形象、通俗易懂、简洁明快的行文语言。因此，作者驾驭语言的能力直接影响科学内容的普及效果。

读者读起来容易的作品，作者写起来一定很难。如郭沫若所言："文艺是语言的艺术，因此语言是必要的工具。你总要能够采择言语，驾驭言语，造铸言语，自由自在地把言语处理得来就像雕刻家手里的软泥、画家手里的颜料一样，才能够成功。"[①]房龙在这方面给了我们如下启示。

（一）遣词造句务求生动形象

生动形象是文学语言的突出特点，能为读者营造身临其境的画面感和现场感。正如我国清代文学评论家袁枚所言："一切诗文，总须字立纸上，

[①] 郭沫若. 沫若文集：第13卷. 北京：人民文学出版社，1958：132.

不可字卧纸上。人活则立,人死则卧,用笔亦然。①"尤其是对于抽象的科学内容,生动形象的语言更如一剂"解药",使读者理解科学内容之余,还能感受到语言之美,增强了科学内容的耐读性。

房龙的语言尤其生动形象,这显然得益于其媒体从业经历和对绘画的爱好。他使语言生动形象的主要办法是运用丰富的修辞。在房龙对科学内容介绍的作品中,比喻和拟人的例子俯拾即是、举不胜举。在前述分析中,特别精妙的包括把人类奇诡地隐喻成一个小星球上前辈的囚徒,总是对居所周围的物体充满好奇;借喻人类的沙丁鱼罐头被轻易弃置于壮丽的科罗拉多大峡谷;明喻伊特拉斯坎人像蜜蜂一样,将早期科学技术等东方文明的花粉带给了西方。拟人化地指出地球不必为向太阳这个强大的邻居借用了一点光和热而感到歉意;大自然厌恶真空;等等。

比衬是房龙作品比较突出的修辞特色。鉴于科学内容的抽象与深奥,普通读者不易理解。当此情况,房龙往往找出一些与表现对象相类或相对的比衬对象,将它与表现对象相比,直观浅显地反映所要表现的科学内容,便于读者理解。如前文分析过的,当房龙描写地壳的知识时,以一张薄纸的厚度比衬喜马拉雅山的高度,一张邮票的齿孔比衬马里亚纳海沟的深度;在形容金字塔的高度实用性时,房龙以现代银行的保险柜作比衬;将大气与地球的关系比衬为橘子皮包裹着它的果肉;等等。

房龙对修辞的运用,往往"双手能写梅花篆字"。如前文分析过的,为了讲解墨西哥湾暖流形成的复杂过程,房龙综合运用了比衬和比喻的修辞手法,把加勒比海的海水流入墨西哥湾的现象比衬为一个杯子被灌了太多的水,墨西哥湾容纳不下全部外来海水,就把佛罗里达与古巴之间的海峡作为水龙头,向外排放一股宽阔的热水流,即墨西哥湾暖流;又如,将比喻、排比合在一起,远古生物中有的重如小火车头,有的牙齿如圆锯,有的……还如,隐喻尼罗河是一位友善的朋友,但有时也是一个严厉的主人,教会了尼罗河河谷居民协作;等等。

(二) 传情达意力求通俗易懂

"普"这个目的决定了文学科普的语言必须通俗。正如中国科普队伍的组织者、中国科普作家协会名誉理事长章道义所言:"整个科普创作过

---

① 袁枚. 随园诗话(下). 北京:人民文学出版社,1960:688.

程，实际上也就是专门知识通俗化的过程。①"这也就是把复杂的科学内容表达成妇孺皆知的水平。依托文学的科普，切忌唯美的"纯文学"。面对素质参差不齐的普通大众，过于纷繁的文学技法和过于深沉的审美情趣往往不能为普通读者所理解。阳春白雪、曲高和寡，不可能取得普及科学内容的效果，华美的辞章反倒会导致科普脱离群众。因此，审美功能不应作为文学科普的主要目标。文学科普的主导目标应放在文学的社会功能和教育功能方面。作者的语言只要做到生动有趣、深入浅出、通俗易懂即可。

房龙作品即为这方面的楷模。为了把相关科学内容讲解得深入浅出，房龙注重从身边熟悉的事物中取材，或从科学联系人类社会，使作品富有生活气息与文学趣味，从而把科学从学术的象牙塔中解放了出来。前文分析过的许多桥段都有此特色。例如，房龙把掌管四季轮回、行星运转、潮涨潮落的希腊诸神，阐释为读者熟悉的政府官员，掌管着农业部、邮电部、财政部；将博洛尼亚大学的产生归因于慕格雷希恩大名而来的求学者们，为了免受当地小旅馆老板和房东老板娘的欺诈，组织而成的互助协会；为了把远超读者理解力的天文距离具体化，房龙采用了火车星际旅行所要花费的时间予以形象说明；用穿过苹果和橘子的毛衣针，直观地解释南北极的概念；用一打手帕的挤压，说明地壳的变动；以房间里的火炉和浴室里的电热器，讲解温差及风的形成；以20本书压平树叶或花瓣讲解气压；以读者长时间向汤里吹气讲解海流的形成；讲哺乳动物时，以读者在街头随处可遇的猫为例；讲两栖动物时，以跳过读者面前的青蛙为例；等等。

房龙作品启示我们，文学科普达到通俗易懂的有效手段如下。一是"化陌生为熟悉"的语言策略。作者应尽力将科学内容同读者的实际生活和生产联系起来，越是复杂的科学现象和道理，越要通过生活化的事例和常识来展现。二是尽量绕开深奥的科学术语。如果实在绕不开，则应作浅显凝练地阐释，将陌生术语分解为一些读者熟知的概念。此外，在火候方面，语言的通俗程度要拿捏在普通读者能接受的范围内，不能拔高，也不能太低幼，要与一般读者所具有的语文知识量和生活常识相匹配。作者应尽量选用熟悉的字词，采用规范的句式，用普通的原理把科学内容解释

---

① 章道义，陶世龙，郭正谊，等．科普创作概论．北京：北京大学出版社，1983：38．

清楚。

(三) 语言风格尽量简洁明快

科学内容本身就已经非常复杂难懂，若再配上复句等冗长的书面语，读者只能如堕五里雾中。因此，讲述科学内容的语言应尽量简洁明快，最好根据读者的欣赏习惯和理解能力，使用艺术化的口语，力求亲切、自然、轻松、活泼、幽默、风趣，不可装腔作势。能一言以蔽之的内容，就不要用两句话说。而且要一语中的，做到最大化地承载信息，经得起推敲，解渴、有"嚼劲"。微言大义的成语、俚语、俗语、谚语等熟语是至善境界。

房龙为文学科普树立了简洁明快的语言范例。一是在遣词方面，由于英语并非房龙的母语，其作品反倒能以普通的英语词汇尽显风流，避免了生僻、拗口的用词，更加讲究运用表现力强的描绘性口语词，如动词、绘色词、摹状词、语气词、拟声词，适当地运用概括词，选择适合的数词。二是在造句方面，讲究句式的错综变化，灵活搭配句子的长短、整散、对偶、排比、陈述、感叹、疑问和祈使。一句之内、几句之间，长短相宜，抑扬顿挫，使之产生整体感和节奏感。整体而言，房龙讲述科学内容的语言节奏分明，声律和谐，或高或低、或长或短、或快或慢、或轻或重，读来抑扬顿挫、铿锵悦耳、流畅顺口，给读者以美的享受。

之所以能够产生这种简洁明快的语言效果，一是因为房龙自幼即掌握了多国语言的丰富词汇，因而总能披沙拣金、信手拈来、一笔传神；二是受制于出版商的参与，后者对作品的篇幅往往有出于市场考虑的要求。因此，房龙作品的语言大多惜墨如金，尽可能以简练的语言去描绘和概括复杂的科学内容，因而信息含量丰富、知识密集。其实，如果没有了这种束缚，房龙的每一句话背后都将一言难尽。正如苏联诗人马雅科夫斯基所言："你想把一个字安排得停当，就需要几千吨语言的矿藏。不仅要掌握丰富的语言的矿藏，而且要精心地选择、提炼。[①]"

可以说，房龙作品的艺术性，就在于每个字句都用得恰如其分，没有废话。房龙经常寥寥数笔就能描写出非常生动的场面，准确地表现出事物的本质特征，真正做到了法国作家莫泊桑所言："不论人家所要说的事情

[①] 十四院校《文学理论基础》编写组. 文学理论基础. 上海：上海文教出版社，1981：136.

是什么，只有一个字可以表现它，一个动词可以使它生动，一个形容词可以限定它的性质。因此我们得寻求着，直到发现了这字，这动词和形容词才止，决不要安于'大致可以'。"

此外，房龙深谙乐理，又兼具高校教师的经历和讲演、播音的天赋，因而在写作中善于依据语言文字本身的音乐性将其组织起来，流畅地讲述科学内容，极具艺术感染力。房龙非常重视与读者的即时对话，仿佛一个与读者聊天的老朋友，不是对作者说教，而是顺应读者的心声，亲和地引导读者跟上他的节奏，从容不迫，有条不紊。

例如，在《人类的家园》中："关于风和雨的一般原理就介绍到这里。在讲述各国情况时还将作详细的讨论。现在简单介绍一下地球本身，以及我们生活于其上的由坚硬的岩石形成的地壳。"在《人类的故事》中："千万年后人类学家（问你爸爸是什么意思）带着他的小锹和单轮车来了……这是一个很麻烦很麻烦的故事。我不能给你们讲过多的细节：我要把他们的冒险故事织成一个简单的网……我在本书的其余部分要告诉你们的就是这种新的文化，而且假如你们不在意，我们就要离开欧洲北部去拜访一次埃及和西亚。'但是这不公道，'你们要说，'你答应告诉我们有史以前的人的故事，这故事刚开始有趣，你却要放下这一章跳到世界别的地方，而且不管我们高兴不高兴，都要跟着你跳'。"在《万能的人类》中："即使现在，如果读者有耐心读完本书的话，他可能会自言自语地说：'为什么这个无知的家伙会忘掉这件事？为什么他忽略了那一部分？'……这些都是对的。书中原本还可以提到数百个其他的话题，但是本书并不想冒充为一部'发明史'，也不想成为一部关于人类智慧先驱不幸生活的论文集。相反，它只不过是一本启迪人类智慧的书。本书的目的是，给予普通读者一个新的观点，为他提供一个简短可行的提纲，使他今后能够进行独立分类，从有益的分类活动中获得乐趣（也许是教诲），并且对一切现有的发明作进一步的分类。"这些使读者立即就产生了一种亲切感，并被他深深吸引。由此，房龙创立了自己友好、坦诚地沟通读者风格，并频繁地运用于写作中。

总之，房龙的作品语言总是将上述特质有机结合，完全可以引用秦牧的话予以概括："总是像海绵吸水似的，去吸取大量富有生命力的词汇；总是像一座喷泉喷出的水柱似的，擅于说出优美动听的语言；总是像卓越的射手似的，要使他的语言的箭精确地射中'意义的靶心'；总是像一具精密的天平似的，能够称出各个意义仿佛相似的词儿细微的区别。①"

二、借鉴房龙的表现手法

文学创作中的艺术表现手法种类繁多，主要有描写、叙述、抒情、议论和说明等。房龙对于作品中的科学内容主要以两种表现手法见长，一是栩栩如生的描写，二是行云流水的叙述，抒情和议论偶也有之，但未构成主体。

（一）栩栩如生的描写

在房龙的文学科普实践中，描写手法集中体现于塑造科学人物形象上。凭借多种多样的描写技巧，房龙刻画了泰勒斯、爱因斯坦、达·芬奇、罗杰·培根等一系列科学人物，展现了这些科学巨匠的精神气质，从多方面揭示了科学人物的性格特征，可资借鉴的具体描写手法如下。

第一，肖像描写有特征必抓。

异人必有异相，古往今来的许多科学家都形容古怪，这就为对其进行文学描写创造了绝佳条件。房龙的高超之处在于，他不单通过肖像描写让读者了解人物的外貌，更通过外貌体现科学家的身份和个性，尤其注重揭示科学家的内心世界。如前文曾分析的，房龙精当地抓住了爱因斯坦不修边幅的外在特征，如蓄着长发、叼着烟斗、举止邋遢等特点，使这位大科学家不拘小节的性格跃然纸上。

第二，心理描写能随时上手。

鲁迅说："显示灵魂的深者，每要被人看作心理学家；尤其是陀思妥耶夫斯基那样的作者。他写人物，几乎无须描写外貌，只要以语气，声音，就不独将他们的思想和感情，便是面目和身体也表示着。又因为显示着灵魂的深，所以一读那作品，便令人发生精神的变化。②"科学家的心理活动往往超越常人规范，为文学描写提供了广泛的发挥余地。

作为心理描写的行家里手，房龙对泰勒斯和安那克萨哥拉等古希腊科学家的描写就重在心理方面，主要是他不可能如对爱因斯坦般目见耳闻，只能直接描写这些古代科学家的科学精神，展示其内心活动。例如，泰勒斯对民众迷信的无可奈何心理、安那克萨哥拉对民众迷信"得寸进尺"的

---

① 秦牧．艺海拾贝．上海：上海文艺出版社，1978：149．
② 鲁迅．鲁迅全集：第7卷．北京：人民文学出版社，1981：94．

试探心理等都颇具匠心，给读者以深刻的感染。

本书认为，描写科学家的心理不必作抽象的冗长的心理分析。因为心理描写毕竟多出于作家的艺术虚构，点到即止即可。例如，房龙描写普罗塔哥拉无意为科学献身，仓促出逃、不知所踪，只用淡淡几笔就勾画出了普罗塔哥拉累累若丧家之犬、慌不择路的心理状态。

此外，由于许多科学发现都是科学家灵光一现的结果，其中不乏梦中得来的佳话。例如，德国化学家凯库勒做梦联想到苯环的结构。所以，描写科学人物心理活动的方式还可以采用一种展现人物精神世界的特殊的方式，即通过梦境写人物的思想、愿望，用以显示人物思想意识变化的曲折历程。例如，房龙对笛卡尔"一夜三梦"的描写，就采用了这种手法。其用意精密，恰到好处地反映了笛卡尔在探寻科学之路上的心理状态。

第三，语言描写尽可能典型。

豪言壮语最能体现科学家的科学精神。许多科学家都为后世留下了个性鲜明的座右铭，往往成为他们的个性化符号，恰如其分地表达出他们的科学思想观点和性格特征。例如，哥白尼所言"人的天职在勇于探索真理"，伽利略所言"一切推理都必须从观察与实验得来"等。房龙作品中虽无此类直接描写，但那段经院学究告发罗杰·培根的独白，其实表现了更高的艺术技巧，借反科学势力之口反衬出科学家的科学精神，推动了故事情节的发展。

第四，行为描写尽可能具体。

恩格斯说："我觉得一个人物的性格不仅表现在他做什么，而且表现在他怎样做。①"具体到科学家群体，其科学精神往往体现在其具体的行为上。因此，文学对于科学精神的弘扬，要求作家必须选择、提炼那些富有典型意义、最能表现科学家性格特征的行为。如房龙对笛卡尔离群索居、不断搬家等行为的描写，就将笛卡尔对科学苦心孤诣、皓首穷经的探索精神展现得淋漓尽致。

第五，概括描写尽可能全面。

在科学家出场的前后，站在讲故事人的视角，对其出身、经历和性格特征等方面作系统的全面的介绍，有助于读者对科学家各方面有个轮廓性的认识，获得一个总的印象，从而为理解其承载的科学精神打好伏笔，做

---

① 中共中央马克思恩格斯列宁斯大林著作编译局. 马克思恩格斯选集：第4卷. 北京：人民出版社，1972：344.

好铺垫，水到渠成、顺理成章，同时有助于情节的展开。

例如，房龙在《天堂对话》中对达·芬奇出身和成长经历的简笔"白描"，寥寥几笔就勾勒出主人公的科学精神来源，体现了笔法的经济性；对笛卡尔家庭及宗教背景的工笔精细描写，以及对其一生经历和遭遇不厌其详地介绍，则详尽而细致地展现了笛卡尔的全貌。需要指出的是，这种写法可能会流于单纯地絮烦地介绍人物，损害形象的生动性，使作品变成人物评论，容易使读者感到呆板、沉闷，减低艺术感染力，不宜过多运用。

第六，直接描写与间接描写应相结合。

科学人物往往是时代的先驱，难免饱受争议。因此，对其描写宜从不同视角呈现给读者。房龙作品中对科学人物的描写方法不外乎两种，一是直接描写（正面描写），二是间接描写（侧面描写）。直接描写如爱因斯坦、达·芬奇等，是由作者把人物的肖像、心理、语言和行动等直接地表现出来。这是房龙作品常用的表现手法。间接描写如泰勒斯、罗杰·培根等，房龙则是用烘托和其他人物的议论、评价、印象等方式侧面地描写人物。在房龙的作品中，这种写法也屡见不鲜，往往使读者置身于情节发展之中，起到了比直接描写更好的效果。总体而言，房龙的手法是侧面描写与正面描写交错运用、相辅相成。

第七，环境描写不可或缺。

科学人物都生活在一定的环境中。通过描写人物活动的自然环境和社会环境，一来能给主人公的活动提供空间，点明故事发生的场所和氛围；二来能够更好地展示科学人物的性格。例如，为了说明普罗塔哥拉与德谟克利特在科学精神层面的联系，房龙刻意提到了二人是希腊北部阿布德拉城的同乡。此外，房龙对达·芬奇生活的南欧的描写，对笛卡尔在北欧低地国家的生活环境的描写等，都指出了自然景物及社会环境对其科研状态的影响，成为环境描写烘托科学人物的范例。

综上所述，在科学人物描写方面，房龙作品对我们有如下启示：一是弘扬科学精神宜寄托于对科学人物的描写。二是描写科学人物的方法多种多样，不宜孤立使用，而应杂糅在一起交错使用。此外，相关描写方法也不可随意滥用和生搬硬套，而应视塑造人物的需要。三是各种描写方法主要是为深刻揭示科学人物身上的科学精神服务的。因此，要具体研究各种手法对突现科学人物性格和精神风貌的作用。

除了丰满的人物描写之外，房龙的景物描写和场面描写也非常传神，而且能够突破景物描写的静态局限，升级为动态描写，突破场面描写大多为塑造人物服务的思路。如此前细致分析过的地球形成的聚焦式场面、冰川运动的鸟瞰式场面等，都从整体着眼，较全面地、概括地写出场面的总的景象和总的气氛，营造了完整的艺术画面。在此不再重复列举。

（二） 行云流水的叙述

叙述是文学科普经常运用的又一基本表现手法，主要用于具体介绍和说明科学人物和事件。由于文学科普属于借船出海，所以对于科学内容的叙述只能化整为零，见缝插针，随形附影，融入其他故事来展现，如同"寄人篱下"。这就对作者的叙事技巧提出了严峻的挑战。把握不好，很可能"东一榔头，西一棒槌"。这就要求作者有能力在广阔的素材中，瞻前顾后，如玉雕大师般宏大构思，在挥洒自如之余，不失科学内容的自有体系。

在房龙作品中，散布于各处的科学内容与整体叙事的逻辑性并行不悖，从文学作品的结构角度分析，科学题材甚至构成了许多作品的暗线，这得益于房龙行云流水的叙事技巧。房龙还常常能够迅速地在不同主题间自如切换，而且乐此不疲。在引入科学内容时，房龙经常运用变化多端的手法，先声夺人，从心理上抓住读者；紧接着的展开叙述往往交替使用各种方法，以顺叙为主，间或倒叙、插叙，综合运用抑扬、快慢、断读、离合等技巧，使叙述峰峦起伏、跌宕多姿；结尾部分则更以其丰富的想象力和展望性而使人感到余韵无穷。

房龙切入科学内容叙述的技巧可谓变化多端，主要包括 5 种。第一，以生动的故事开头。例如，《万能的人类》的开篇："有这么一天，有这么一粒小小的微尘从它妈妈怀里，也就是太阳上，脱离开来，自己成家立业。"第二，以发人深思的提问开头。例如，《人类的故事》全书开篇即提出："我们生活在一只巨大问号的阴影底下：我们是谁？我们从哪儿来？我们将去往何方……"第三，开门见山，起首点题。例如，《人类的家园》中"我们的地球"一章："我们先从一个古老而可信的定义说起。这个定义说：'地球是宇宙空间中一个小型黑色的物体……'"第四，描述性开头。例如，《文明的开端》一开篇就用描述性文字向读者介绍了科技进步的影响："当初，哥伦布从西班牙航海到西印度群岛，历时 4 个多星期。现在，我们乘飞机越过大西洋，只需要 16 个小时……我们还是像讲童话那样来开始我们的叙述吧。"第五，议论性开头。例如，《人类的家园》中"地图"一章："我们都很熟悉地图，我们简直无法想象那种情景：如果没有地图，如果一个人根本不知道要尽最大可能依据地图来旅行，这就同我们今天根本不知道要依据数学公式来穿越宇宙一样。"

在展开叙述中，房龙"文如看山不喜平"，往往运用曲笔等表现手法，避免平铺直叙，取得波澜起伏、一波三折、欲左先右、欲扬先抑的艺术效果，从而牢牢抓住读者的心，使之不忍释卷。如前文重点分析的房龙对墨西哥湾暖流的叙述，即有效地揭示了海流科学知识的本来面目。在此不再赘述。

在叙述方面，房龙文学科普还有一个特点就是结尾意蕴隽永、文字简洁，令读者回味无穷。一是总结性的结尾。例如，《万能的人类》有关嘴的一章末尾指出："我们不懂的事情还多得很呢。所谓科学的太平盛世，还不能说是近在眼前。"二是启发性的含蓄结尾。例如，《人类的故事》"机器时代"一章的结尾："我如果是一个小说家，而不是一个必须注重事实不能发挥想象力的历史学家，当最后一辆蒸汽机车被放进历史博物馆，置于恐龙、飞龙和其他古代绝种动物的骨架旁边的时候，我要描绘这一天到来时的愉快情景。"三是首尾照应型结尾。例如，《人类的家园》"冰岛"一章的末尾指出："人们不仅以冰岛为家，而且还要在那里继续生活下去。在过去的60年里，有2万多人移居到了美洲，主要集中在马尼托巴。但是许多人又返回故里。下雨了。真不方便。但是，这是家。"

总体而言，房龙的实践启示我们，以文学的语言叙述科学内容，可以形成独立的叙述体系和规律。首先要确定清楚的线索，理丝有绪，无论多么庞杂的科学内容，都要自成条理。如前文分析的其对人类科技文明迁移的叙述。二是凡叙述都能交代明白，清楚地告诉读者"是什么"，给读者一个时间、地点、人物、事件、原因、结果齐全的完整印象。三要详略得当。房龙对科学内容的叙述，对其发展过程的每个阶段并非等量齐观，而是根据内容的具体情况，灵活安排概括叙述和具体叙述，总有侧重。详而不杂，细而不荒，简而不陋。

第九章 结 语

在人类文明的历史长河中,科学的百花园一直五彩缤纷、气象万千。方今之时,第四次科技革命大潮涌动,发明创造日新月异。量子通信、转基因、人工智能、脑科学、先进制造、新材料……种种科技进步事件层出不穷。"神女应无恙,当惊世界殊",世界被高科技装点得愈加光怪陆离。

科技深刻地改变着人类的生产和生活,其进步是如此之快、如此之大、如此之强烈,以至于普通大众对"克隆"和"转基因"等科技成果的功过是非竟感茫然不知所措。同时,大师、神功等伪科学和迷信仍深植于不少百姓的内心。这种科技带来的悖论令普通公众的思想在冰火两重天之间翻滚,常常出现使用微信等先进手段传播伪科学和迷信的讽刺性场面。

本书认为,打开上述迷局的钥匙正在于科普。如同著名科学家、教育家、科普专家竺可桢在新中国成立初所言:"科学进步,一日千里;提高普及,并进不废;犹鸟两翼,缺一则替;齐头并进,万众所企。①" 又如科技部原部长徐冠华所称:"科技普及与科技创新,是科技进步的两个基本体现,是科技工作的一体两翼。②" 科普的重要性已经毋庸置疑。

科普的灵魂在于拉近科学与公众的距离。而文学尤其是大众文学在此方面具有天然优势。这就引发了本书探索的核心问题:面对科普,文学应该扮演什么角色? 在理论层面,本书批判性地论证了鲜活的文学语言能够表达严谨的科学内容。在实践层面,本书细致分析了房龙作品的科普价值,证明了以文学手段普及科学内容的可行性。

在具体的实现路径上,本书主张将传统的造船出海扩展至更加实际的借船出海。前者的思路长期局限于科技工作者科普的思维定式和科普小品

---

① 竺可桢,樊洪业,段异兵. 竺可桢文录. 杭州:浙江文艺出版社,1999:310.
② 科技部部长徐冠华在全国科普工作会议上的讲话. 科学时报,2003-01-17.

文的传统套路，如同"特种兵"作战，实践证明效果有限；后者的思路则采用了逆向思维，主张将科学内容化整为零和文学工作者科普，突破了科普小品文的文类局限，将科普的职能分散至更为广阔的文类和题材，如同"集团军"作战，效果可想而知。

这里面有两个前提条件，一是"科"的丰富，二是"普"的程度。"科"的丰富为文学科普提供了广泛的写作素材，其可供开掘的题材丰富程度不亚于人文社科领域，正是文学大有可为之处，甚至是文学新的生命力量所在。"普"的程度为文学工作者承担科普任务提供了能力的可及性。房龙作品的科普价值充分证明了这一思路的可行性。然而，当代中国的科学家、社科学者、人文知识分子虽然为数不少，但不少人对科普不屑一顾，或在能力上望洋兴叹。真正实现科学与文学水乳交融的作品微乎其微，作家凤毛麟角。中国科普迫切呼唤如房龙般的作家。

综上所述，房龙把相当比例的科学内容引进文学的书写领域，以轻松活泼的散文故事展现端庄严谨的科学题材，做到了知识性、思想性、趣味性的有机融合。房龙的作品就像一幅科学"导游图"，从各个历史时期的科技发展中选取典型人物和事件，形成一个个"景点"，引导读者领略人类科技云诡波谲的景观，有利于公众获取科技知识、掌握科学方法、形成科学思想、弘扬科学精神，客观上取得了良好的科普效果。

房龙的作品打破了文学语言与科学内容之间森严的学术壁垒，为文学的发展拓展了疆域、注入了新的价值和功能。"尔曹身与名俱灭，不废江河万古流。"很多思想家、作家、学者无非昙花一现，而房龙却随着时间的流逝变得越发的光彩夺目。他学识渊博，文笔优美，说理透彻，风趣幽默。作品浅显而不肤浅，坦率却不直白，力求生动活泼，拒绝故弄玄虚，结构环环紧扣、遥相呼应。从其作品中，我们很容易看出作者在行文中时刻揣度着读者的心理，延展着读者的思路，深化着读者的认识，启发读者用一种喜闻乐见的视角来认识科学技术之美。

设想房龙生至今日，他会怎样书写当今时代的科技面貌呢？研究房龙是为了续写房龙。微斯人，吾谁与归？

参考文献

[1] Adams H C, Van Loon H W, Siegel W. The wonder book of travellers' tales. Liveright, 1942.

[2] Brady Charles A. Van Loon's lives. America, 1942, 67(25): 693.

[3] Beard Charles A. The story of mankind. The New Republic, 1921, 29(368): 105.

[4] Cotton W T. The Eutopitect: Lewis Mumford as a reluctant utopian. Utopian Studies, 1997, 8(1): 1 – 18.

[5] Van Minnen Cornelis A. Cornell-Harvard Cornell(1902 – 1905). Palgrave Macmillan US, 2005.

[6] Richards Jack C. Principle of literary criticism. Routledge, 2001, 58(10).

[7] Jacobs William Jay. The Newbery Medal. Teachers College Record, 2005.

[8] Kemble John Haskell. The Pacific Ocean by Felix Riesenberg; Stephen J Voorhies; The story of the Pacific by Hendrik Willem Van Loon. Pacific Northwest Quarterly, 1941 (3): 340 – 341.

[9] Lewis Mumford. The proud pageantry of man. The Freeman, 1922 (4): 449 – 450.

[10] Van Loon H W. With knowledge, but without malice. Journal of Higher Education, 1944, 15(5): 281 – 282.

[11] Hendrik Willem Van Loon. Observations on the mystery of print and the work of Johann Gutenberg. Book Manufacturers Institute, 2012.

[12] Hendrik Willem Van Loon. Around the world with the alphabet, and, to teach little children their letters and at the same time give their papas and mamas something to think about. Simon and Schuster, 1935.

[13] Hendrik Willem Van Loon. A historian looks at a changing world. Bulletin of the American Library Association, 1932, 26(8): 482 –486.

[14] Hendrik Willem Van Loon. The life and times of Rembrandt. Bantam Books, 1930.

[15] Ilse Bing. Hendrik Willem Van Loon. Rembrandt, 2011.

[16] Cornelis A, Van Minnen. Van Loon. Palgrave Macmillan US, 2005.

[17] Cornelis A, Van Minnen. A troubled youth in Holland(1882 – 1902) // Van Loon. Palgrave Macmillan US, 2005.

[18] Cornelis A, Van Minnen. The reincarnation of Erasmus(1942) // Van Loon. Palgrave Macmillan US, 2005.

[19] Mumford Lewis, Van Loon H W. The story of utopias: ideal commonwealths and social myths. George G Harrap, 1923.

[20] Lucy Sprague Mitchell, Van Loon H W. Here and now story book: two to seven year olds. Kessinger Publishing, 1921.

[21] Nodelman Perry. History as fiction: the story in Hendrik Willem Van Loon's story of mankind. Lion & the Unicorn, 1990, 14(1): 70 – 86.

[22] Nunn Diane. Loon magic for kids (book). School Library Journal, 1991, 37(3): 188.

[23] Roman Jakobson. Language in literature. The Belknap Press of Harvard University Press, 1987.

[24] Smith J R. Van Loon's geography(book). New Republic, 1932, 73(942): 168.

[25] Hendrik Willem Van Loon. The story of mankind. Boni & Liveright, 1921, 111(3): 371 – 372.

[26] Hendrik Willem Van Loon. The story of the Bible. Patron, 1923.

[27] Hendrik Willem Van Loon. Van Loon's geography: the story of the world we live in. Simon and Schuster, 1932.

[28] Hendrik Willem Van Loon. Children like to read—What. New Republic, 1932, 73(938): 49.

[29] Hendrik Willem Van Loon. Short cut to God. New Republic, 1930, 65(839): 185.

[30] Hendrik Willem Van Loon. The way of Germany and the way of

Mexico. New Republic, 1916, 7(90): 304.

[31] Hendrik Willem Van Loon. The story of the Pacific. Harcourt Brace, 1940.

[32] Hendrik Willem Van Loon. Our battle: being one man's answer to my battle by Adolf Hitler. Simon and Schuster, 1938.

[33] Hendrik Willem Van Loon. Ideals and the common sense of the situation. Education Digest, 1937, 2(8): 32.

[34] Hendrik Willem Van Loon. The story of America. Dell, 1927.

[35] Hendrik Willem Van Loon. Tolerance. Boni & Liveright, 1925.

[36] Gerard Willem Van Loon. The story of Hendrik Willem Van Loon. Lippincott, 1972.

[37] Cornelis Van Minnen. Amerika's beroemdste Nederlander: een biografie van Hendrik Willem Van Loon. Boom, 2005.

[38] Hendrik Willem Van Loon. Report to Saint Peter: upon the kind of world in which Hendrik Willem Van Loon spent the first years of his life. Simon and Schuster, 1947.

[39] Hendrik Willem Van Loon. America looks at Europe's War. Vital Speeches of the Day, 1939, 6(2): 29.

[40] Van Minnen C A. Amerika's beroemdste Nederlander. Boom, 2005.

[41] 房龙. 人类的故事（英文版）. 北京：外语教学与研究出版社, 2000.

[42] 房龙. 房龙地理·太平洋的故事（英文版）. 北京：中国城市出版社, 2009.

[43] 歌德. 浮士德. 绿原, 译. 北京：人民文学出版社, 1994.

[44] 维特根斯坦. 哲学研究. 徐纪亮, 译. 北京：生活·读书·新知三联书店, 1988.

[45] 巴赫金. 巴赫金全集. 蔡鸿滨, 译. 北京：中国社会科学出版社, 1989.

[46] 林焕平. 高尔基论文学. 南宁：广西人民出版社, 1980.

[47] 戴卫·赫尔曼. 新叙事学. 马海良, 译. 北京：北京大学出版社, 2002.

[48] 卡勒. 结构主义诗学. 盛宁, 译. 北京：中国社会科学出版

社，1991.

[49] 杰勒德·威廉·房龙．房龙传．朱子仪，译．北京：北京出版社，2003.

[50] 房龙．张闻天手稿：西洋史大纲．张闻天，译．上海：上海辞书出版社，2003.

[51] 房龙．古代的人．林徽因，译．北京：当代世界出版社，2015.

[52] 房龙．人类的故事．周炎，译．北京：中国档案出版社，2001.

[53] 房龙．房龙地理．赵绍棣，黄其祥，译．北京：国际文化出版公司，1997.

[54] 房龙．人类的家园．逸凡，译．上海：立信会计出版社，2012.

[55] 房龙．人类的故事．逸凡，译．上海：立信会计出版社，2012.

[56] 房龙．文明的开端·奇迹与人．李丽娜，王晓红，译．北京：北京出版社，1999.

[57] 房龙．人类征服的故事．常莉，译．南京：江苏人民出版社，1997.

[58] 房龙．发明的故事．杨禾，编译．北京：金盾出版社，2014.

[59] 房龙．奇迹与人．雅瑟，编译．北京：新世界出版社，2014.

[60] 房龙．人类的艺术．衣成信，译．北京：中国文联出版公司，1989.

[61] 房龙．与世界伟人谈心．常绍民，等译．北京：中国和平出版社，1996.

[62] 房龙．房龙文集．李丽娜，译．北京：北京出版社，2001.

[63] 房龙．古代的人．林微音，译．北京：人民文学出版社，2007.

[64] 史蒂芬·霍金，列纳德·蒙洛迪诺．大设计．吴忠超，译．长沙：湖南科学技术出版社，2011.

[65] 曹聚仁．我与我的世界．北京：人民文学出版社，1983.

[66] 丁玉宝．作家们童年读什么书．教育导报，2011-10-25.

[67] 樊洪业．科普史辨三则．科学时报，2004-01-09.

[68] 约翰·里克曼．弗洛伊德著作选．贺明明，译．成都：四川人民出版社，1986.

[69] 龚育之．论科学精神．人民日报，2000-10-10.

[70] 郭沫若．沫若文集．北京：人民文学出版社，1958.

[71] 焦国力．引进文学手法，创立科普美学//中国科普作家协会．中国科普作家协会2009年论文集．2009.

[72] 科技部部长徐冠华在全国科普工作会议上的讲话. 科学时报, 2003-01-17.

[73] 瞿秋白. 瞿秋白文集. 北京: 人民文学出版社, 1986.

[74] 钱满素. 向无知与偏执挑战//房龙. 房龙文集. 张文, 等译. 北京: 北京出版社, 1999.

[75] 胡经之, 等. 西方二十世纪文论选. 北京: 中国社会科学出版社, 1989.

[76] 蒋蓝. 叶兆言: 总想写没写过的东西. 成都日报, 2011-09-13.

[77] 刘新芳. 当代中国科普史研究. 合肥: 中国科学技术大学, 2010.

[78] 刘志. 最好的"偷懒"是"勤奋". 政工学刊, 2014 (3): 36.

[79] 柳湜. 论科学小品文. 太白, 1934, 1 (1).

[80] 李晓锦, 戴雅娜. 浅析"只问是非, 不计利害"的当今意义——兼谈科学精神的新变化. 科技信息（学术版）, 2008 (24): 456.

[81] 莲芷. 用优雅的方式向孩子们推荐房龙. 中国图书商报, 2011-12-13.

[82] 林贤治. 房龙: 为宽容而斗争. 南方周末, 2003-04-10.

[83] 鲁迅. 鲁迅全集. 北京: 人民文学出版社, 1973.

[84] 聂作平. 宽容: 房龙的精神品位. 书城, 1997 (1): 44-45.

[85] 蒲国武. 党校怎样培养学员创新精神的哲学思考. 中共四川省委党校学报, 1999 (S1): 149-152.

[86] 秦牧. 艺海拾贝. 上海: 上海文艺出版社, 1978.

[87] 任鸿隽. 科学精神论. 科学, 2015, 67 (6): 13-14.

[88] 十四院校《文学理论基础》编写组. 文学理论基础. 上海: 上海文教出版社, 1981.

[89] 童庆炳. 文学理论教程. 北京: 高等教育出版社, 2004.

[90] 唐晓峰. 踏入历史地理学之路——再论青年侯仁之. 读书, 2013 (7): 132-140.

[91] 谭旭东. 西方儿童文学的视野. 长春: 吉林人民出版社, 2012.

[92] 谢希德. 科学思想和科学方法. 上海: 上海科学普及出版社, 1999.

[93] 本雅明. 写作与救赎: 本雅明文选. 李茂增, 苏仲乐, 译. 上海: 东方出版中心, 2009.

[94] 袁源."讲故事的人":莫言与本雅明的巧合.世界文学评论(高教版),2013(2):12-16.

[95] 尹鸿.精神分析学与中国二十世纪文学批评.海南师范大学学报(社会科学版),1991(4):37-42.

[96] 杨玉圣.学术批评丛稿.沈阳:辽宁大学出版社,1998.

[97] 颜坤琰.房龙的故事.世界文化,2004(3):29-30.

[98] 颜坤琰.房龙与罗斯福.世界文化,2005(8).

[99] 颜玉强,常绍民,庞旸.三人话房龙.博览群书,1997(7).

[100] 袁枚.随园诗话(下).北京:人民文学出版社,1960.

[101] 朱子仪.房龙与二三十年代的中国出版界.中华读书报,1999-08-18.

[102] 朱子仪.老房龙:大象风格的历史写家.北京日报,2001-03-12.

[103] 朱子仪.品尝老房龙的人文主义盛宴.工人日报,2001-12-12.

[104] 张广智.房龙的风格 杜兰的气派——序//文聘元.话说西方.历史教学问题,2011(5):67-68.

[105] 郭正谊.中国科普佳作精选:打开原子的大门.长沙:湖南教育出版社,1999.

[106] 张寅德.叙述学研究.北京:中国社会科学出版社,1989.

[107] 周宪.文学理论导引.北京:高等教育出版社,2014.

[108] 竺可桢,樊洪业,段异兵.竺可桢文录.杭州:浙江文艺出版社,1999.

[109] 章道义,陶世龙,郭正谊,等.科普创作概论.北京:北京大学出版社,1983.

[110] 中央编译局.列宁全集:第29卷.北京:人民出版社,1986.

跋

笔者愚见，著书的意义重在立说，编书的意义重在记录。我已编了一些书，不堪卒读，不再赘述。仅以著书而论，古人成书多毕其一生，故能鞭辟入里，浑然天成。今人成书多则三五载，少则三两月……毕竟生产工具已经高度发达！既在于物质生产，也在于精神生产。"神女应无恙，当惊世界殊"——基于互联网、大数据、机器学习等技术进步，人工智能已可作诗、绘画、谱曲……不断成熟的创作模型和算法似乎使艺术创作变得越来越高效。比尔·盖茨所言"有一天计算机能听、会讲、能看、会想、能理解人类"的愿景已计日程功。然而，笔者仍执拗地认为：生长期的长短决定着木材品质的好坏，一如杉树之于红木。

拙作亦紧跟时代步伐，两载成书，未能免俗。虽不至于漏洞百出，但难免挂一漏万，毕竟坐井观天、一孔之见。虽不敢"王婆卖瓜"，但立于众多"粗制滥造"者中，倒也问心无愧。望读者于读罢之后，鄙弃之余，且息雷霆之怒，休发虎狼之威，明鉴"愚者千虑，必有一得"。或有方家斥此书为无稽之谈，可古之文豪尚且满纸荒唐言，独不许今之虫豸满嘴"跑火车"？对于有共鸣的读者，高山流水遇知音，感谢您的宽容。古往今来，无论中西，宽容都是人类社会文明进步的良方。这一宽容的理念构成了房龙作品的基调，也是我深爱房龙作品的重要原因。

房龙的作品算不得精深，但足够博大，值得研究的点比比皆是。譬如其内容，时时蕴含着深邃的人文思想；譬如其文笔，处处闪耀着泻地水银的光芒。总之，开卷有益，读过方知知之甚少。笔者仅从科普的角度切入可谓"处心积虑"，既有实用的导向，也有取巧的因素，更是为了稳妥起见。平心而论，本书中的每一个思考都只是皮毛和开端，未及深入，特别是对于语言在不同应用领域间的转换现象及其背后规律，只是点到为止，意犹未尽。如能抛砖引玉，也算对相关的学术共同体有所贡献。窃以为，一流的作品凸显思想，二流的作品凸显理论，三流的作品凸显知识。至于以奇谈怪论标新立异、以游戏文字信口雌黄的微言网文，只唤作未入流。IP新贵足可嫉妒，却不值得羡慕。传世方为经典。

  书将付梓。致谢我的父母与妻，伺候我笔耕不厌其烦；感谢我的博士生导师李庆本先生对我的指导与包容。特别感谢科技部的李有平先生，此书成稿于我在科技部机关借调期间，有平先生有水平，不仅对此书提出了许多宝贵意见，而且为我的创作提供了诸多方便。同样感谢本书的策划编辑孙江莉女士，此作本是我对康德、席勒"游戏说"的实践，原想敝帚自珍、束之高阁，得以公开出版，全赖她的慧眼。书尾表扬我的儿子刘浚源临凡不扰，特将此书送你作份礼物。是为跋记之。

图书购买或征订方式

关注官方微信和微博可有机会获得免费赠书

 淘宝店购买方式：
直接搜索淘宝店名：科学技术文献出版社

 微信购买方式：
直接搜索微信公众号：科学技术文献出版社

 重点书书讯可关注官方微博：
微博名称：科学技术文献出版社

 电话邮购方式：

联系人：王　静
电　话：010-58882873，13811210803
邮　箱：3081881659@qq.com
QQ：3081881659

汇款方式：

户　名：科学技术文献出版社
开户行：工行公主坟支行
帐　号：0200004609014463033